KB042995

잇츠 빌런스 코리아 **1**

초판 1쇄 인쇄일 2023년 1월 12일 **|** **초판 1쇄 발행일** 2023년 1월 17일

지은이 초촌 **|** **펴낸이** 곽동현 **|** **담당편집 팀장** 이범수
편집부 정요한 김승건 조혜진

펴낸곳 (주)조은세상 **|** 출판등록 제2002-23호
주소 서울특별시 동작구 동작대로1길 27 5층
TEL 02)587-2966 **|** FAX 02)587-2922
E-mail bukdu@comics21c.co.kr

초촌ⓒ2023
ISBN 979-11-391-1391-4 **|** ISBN 979-11-391-1390-7(set)
값 9,000원

1

북두
(주)좋은세상

잇츠
빌런스 코리아

초촌 현대판타지 장편소설

초촌 현대판타지 장편소설

MODOERN FANTASY STORY

CONTENTS

≪오늘 한민당 대통령 후보 경선이 마무리되었는데요. 예비부터 1차, 2차, 본경선까지 기나긴 레이스가 끝났고 곧 결과가 나올 것 같습니다. 남 위원님, 어떻게 보십니까?≫

≪으흠, 글쎄요. 박빙이었다는 말은 나돌았으나 아무래도 조두극 후보의 승리가 확정적이지 않겠습니까? 줄곧 1위를 지켜 왔고 사전 조사 또한 그리 나타났습니다. 다른 변수가 없는 한 무난한 당선이 될 것 같은 예상입니다.≫

≪그렇다면 김문호 후보는 어떻습니까? 2030의 지지를 받으며 엄청난 반향을 일으키지 않았습니까? 청년의 힘이라 불릴 만큼 큰 이슈 몰이를 하였는데요. 돌풍이 결과에까지 영향

을 끼치지 않았을까요?≫

≪그렇다면 김문호 후보는 어떻습니까? 2030의 지지를 받
으며 엄청난 반향을 일으키지 않았습니까? 청년의 힘이라 불
릴 만큼 큰 이슈 몰이를 하였는데요. 돌풍이 결과에까지 영향
을 끼치지 않았을까요?≫

≪그렇게 볼 수도 있겠지만 조두극 후보의 지지 기반도 워낙
에 견고하여 대세는 크게 달라지지 않을 것이라 보고 또…….≫

≪아! 말씀 중에 죄송합니다. 마침 결과가 나왔다고 합니
다. 아아, 예, 이렇게 나왔군요.≫

화면에 집계표가 그려졌다.

결과를 기준으로 후보로 나선 인물이 사방으로 포진, 이름
아래로 받은 표가 나왔다.

선거인 수 584,826

투표자 수 315,721

투표율 53.98%

조두극 1위 당선.

득표수 293,211

득표율 46.43%

김문호 2위 낙선.

득표수 263,842

득표율 41.78%

……

≪당원 50%와 국민 50%를 합해 추산한 결과물이라 합니다. 여기에서 당원 50%란 선거인 수 중 투표한 자의 수를 말합니다. 국민 50%는 이미 집계된 투표자 수를 총점으로 두고 여론조사를 통해 나온 지지율을 반영하여 임의로 뿌린 숫자입니다.≫

≪아아, 이 둘을 합하여 각 후보자의 득표율이 계산되는 방식이군요.≫

≪맞습니다. 이는 당원과 국민의 표심을 합한 완전무결한 대통령 후보를 뽑겠다는 한민당의 야심 찬 계획이라 했습니다.≫

방송상으로 도표가 그려지고 당선 확정을 받고 만면에 사람 좋은 미소로 일관하던 조두극 후보의 입가에 균열이 일어난 건 세부 결과가 나타나면서부터였다.

이를 바라보는 아나운서의 시선도 복잡해졌다.

≪아아, 이건 좀 논란이 나올 만한 결과로군요. 조두극 후보가 당원 투표에서는 과반을 차지했지만, 국민 투표에서는 김문호 후보가 과반을 차지했습니다. 국민의 선택과 당의 표심이 엇갈렸다는 해석이 가능한데요. 이 일을 어떻게 봐야 할

까요······.≫

이 사실로 후보가 바뀌거나 할 일은 없다지만.

기삿거리는 충분히 되었다.

인터넷 기사가 범람한 건 순식간이었다.

【5십만 당심이 5천만 민심을 누르다】

【6070대만의 지지. 과연 누구를 위한 대통령 후보인가?】

【2030이 말한다. 한민노인당. 당신들은 언제까지 우물쭈물만 퍼마실 작정인가?】

【2030 vs 6070 간의 세대 갈등이 격화될 조짐이 보인다】

【2030의 집단 탈당 러시. 한민당의 내홍으로 이어지는가?】

실컷 떠들어 대지만 모두 부질없는 얘기였다.

이제서야 떠들면 뭘 할까.

결과는 나왔고 낙선 꼬리표는 박혔다.

제아무리 국민을 위해 당을 위해 헌신할 의지가 있다 해도 정치는 뽑아 주지 않으면 허상이었다.

이게 선거였다.

당선자는 드넓은 곳으로 올라가 막강한 권한을 휘두르고 낙선자는 조용히 음지로 들어가 코 박고 사라져야 하는 1등만을 기억하는 세상.

2등 따윈 인정하지 않는 세상.

"이 내가…… 두 번이나 떨어지다니."

젊은이들의 지지를 받으며 이번만큼은 승리를 확신했다.

그러나 현실은 불 꺼진 거실 어둠 속에 몸을 숨긴 패배자였다.

집에는 아무도 없었다.

아이는 외국으로 유학 보냈고 아내와 단둘이 사는데 오늘따라 친정에 갔다. 바라지도 않던 마음 추스를 시간을 주겠다며.

"……."

집 안에 흐르는 적막에 숨이 막힐 것 같았다.

명목상이라도 부부인데 애간장이 다 녹는 고통을 홀로 앉아 감내하게 만들다니.

너무 외로웠다.

방금 전까지도 주위엔 수십 명이 둘러싸며 김문호를 외쳤건만.

아무도 없다.

기막힌 심정을 위로해 주는 건 한 잔의 소주뿐.

유일한 빛인 TV는 승리자 조두극만을 비춘다.

≪……논란에 대해 절실히 통감합니다. 그러나 저는 이 또한 저에게 주어진 사명이라 생각합니다. 맞습니다. 더욱 겸손하겠습니다. 더 열심히 움직이겠습니다. 지켜봐 주십시오. 언제나 국민 앞에서 최선을 다하는 제가 될 것이고 원팀의 한민당은 늘 그렇듯 승리할 것입니다.≫

세상이 참 무서웠다.

조금 전까지도 당심이 중요하니 민심이 더 중요하니 헐뜯느라 정신없던 언론의 논조가 저 인터뷰를 마치자마자 뒤바뀐다.

조직선거론의 폐해를 떠들던 이들은 그새 다 어디로 갔는지, 2030의 탈당 러시가 가져올 변화가 무엇을 불러올 것인지 떠들던 이들은 어디로 자취를 감추고 새로운 얼굴이 나와 조두극이 앞으로 놓치지 말아야 할 과제와 주의점을 논한다.

대선을 앞두고 캠프를 어떻게 정비할 것인지?

2030의 표심을 어떻게 달랠 것인지?

공약의 허실은 메울 방법은 있는지…… 등등.

언뜻 씹어 대는 것처럼 보이지만 희망적인 뉘앙스였다.

분위기를 전환하겠다는 것.

그리고 기다렸다는 듯 언론은 다시 안면을 바꾸며 조두극을 높이 들어 올린다.

그 클라이막스는 아마도.

"나를 만나는 장면이겠지. 나를 찾아와 하나 된 한민당을 이끌자고 손을 내밀며. 성난 2030도 달래고."

기자들과 함께 우르르르.

빤히 읽히는 행보였다.

지난 대선 후보 경선에서도 똑같은 경험을 하였다.

받을 수도, 받지 않을 수도 없는 손이 왔고 정치 생명을 끊을 생각이 아니라면 무조건 잡아야 했다.

'어쩔 수 없더라도 대인배처럼 행동한 대가가 다음 총선이

돌아올 때까지 재야에 묻히는 것일 줄은 그때는 몰랐지.'

약간의 기대도 있었다지만.

3년 경력의 보좌관 따위가 차관 자리 하나씩 꿰찰 때도 김문호란 이름은 세상 누구, 어떤 언론의 찌라시 하나에도 언급되는 일이 없었다. 서서히 의도적으로 잊혀지게 말이다.

총선 직전, 죽자 사자 나서서 사회 이슈를 일으키지 않았다면, 그 절실한 마음을 받은 2030의 호응을 가져오지 못했다면 정계 은퇴가 수순이었을 것이다.

"이번에도 똑같겠지."

철컥. 문이 열렸다.

이 시간에 올 사람이 없는데…….

보좌관이었다. 20년간 한솥밥 먹은 최측근.

"역시 혼자 계셨군요. 이것 좀 사 왔는데 괜찮겠습니까?"

검은 봉지를 흔든다.

묵직한 실루엣만 봐도 소주가 여러 병인 걸 알겠다. 역시 최고.

적적한 마음을 알아주는 건 보좌관밖에 없다.

"잘 왔네. 안 그래도 모자라서 사러 가야 하나 싶었는데."

"이런 날엔…… 소주가 제격이죠."

"맞아. 자네 말이 맞아. 하하하하하하, 소주가 제격이지."

"한 잔 따르겠습니다."

"어이쿠, 감사하네. 고맙게 마시겠네."

바로 사 온 소주라 아주 시원했다.

식도가 초정리 광천수로 씻겨 내려가는 느낌이다.

주거니 받거니.

보좌관과는 술친구로서도 15년 경력이 넘었다.

굳이 말을 안 해도 잔을 채워 주는 사이.

≪오늘 조두극 한민당 대선 후보가 새로운 공약을 예고했습니다. 아마도 2030을 겨냥하여 만든 공약 같은데요. 현실과 동떨어졌다는 세간의 평을 뒤집을 아주 획기적인 내용일 거란 정보가 있습니다.≫

≪속보입니다. 조두극 후보의 새로운 공약에 대한 내용이 공개되었습니다. 그동안 고질병처럼 우리 사회를 옥죄 왔던 청년 실업에 대한 해법인데요. 자세한 내용은······.≫

온통 조두극이었다.

보통 인물이 아닌 건 알고 있었으나 행보도 참으로 빨랐다.

더 웃긴 건 언론이고.

겨우 대통령 후보 경선 통과한 것뿐인데 조두극이 무슨 대통령인 것처럼 군다. 그가 이끌 대한민국을 그리게 한다. 얘기를 듣다 보면 조두극이 대통령이 안 되면 안 될 것 같다.

웃음이 나왔다.

"늘 이런 식이지."

말만 앞세우는 공약이 무에 어려울까.

공약을 왜 안 지켰냐느니 어째서 공약을 파기했냐느니 나중에 뭐라 한들 무슨 소용일까.

　이미 대통령이 된 사람의 귀엔 그따위 건 닿지 않는다. 일이 커지더라도 대충 현실 반영이 어려워 부득이하게 못 하게 됐다고만 하면 끝.

　"그렇게 속아 놓고 왜 또 그리들 믿는 건지."

　씁쓸했다.

　실천하는 대통령이 되고 싶었는데.

　"끝까요?"

　"놔두게. 거슬리지는 않아."

　"……그러시군요."

　술도 이제 빈 병만 열 개다.

　무심코 집은 마지막 남은 한 병을 보다 보좌관과 시선이 딱 마주쳤는데 자세를 바로잡고 있었다.

　무언가 중요한 이야기가 나올 때 나오는 특유의 버릇이었다.

　'역시 용건이 있어 왔구나.'

　직감했다.

　그 용건이 그리 환영할 만한 게 아닐 거라는 걸.

　"모두 제 갈 길을 가게 될 겁니다."

　"……."

　"그동안 고생 많으셨습니다."

　일어나 꾸벅 허리를 굽힌다.

　뭐지?

　"……."

"죄송합니다. 저도 여기까지인 것 같습니다."

아아~ 떠나려는구나.

이 술자리가 이별주였다니. 20년을 함께한 파트너와의.

"흐음…….."

물론 인간의 만남이라는 게 영원할 수 없는 것도, 만남이 있다면 언젠가 헤어짐도 있다는 걸 알지만, 언뜻 이해가 잘 가지 않았다.

보좌관은 정치에 뜻이 깊었다. 야심도 있고 향상심이 강했다.

설사 쭉정이처럼 밀려 파묻히게 될지라도 김문호라는 정치인이 20여 년간 이룩한 유산은 생각보다 컸다. 얼마든지 다음을 기약할 수 있었고 또 정계 은퇴가 아니고서야……!

"설마 이 바닥을 떠나겠다는 건가?"

"아닙니다."

"아니라고?"

더 이해 안 갔다.

"그럼 왜?"

"그분들이 당신을 위험 인자로 인식했습니다."

"으응?"

그분들? 위험 인자?

"이번 경선은 조두극 후보가 무조건적으로 이겼어야 할 판이었습니다. 그리 설계했고 결과 또한 그리 나와야 정상이었죠. 그런데 민심이 과반이나 넘게 당신을 선택했습니다. 의외성이 허용치를 넘어섰습니다."

"그게 무슨 말인가?! 좀 알아듣게 얘기하게!"

"후보님이 그동안 번번이 떨어진 이유가 '안 된' 게 아니라 '못 된' 거라는 말씀을 드리는 겁니다."

"안 된 게 아니라 못 된 거라고……?"

"들러리로서 지켜야 할 선을 한참 넘어 버리셨어요. 너무 커 버리신 겁니다."

"……!"

"그러게 왜 손을 잡지 않으셨습니까? 기회가 왔을 때."

"무슨……."

"잊으셨습니까? 그날 밤, 찾아온 사람들."

"……!!!"

"최근까지 두 번이나 거절하셨습니다. 그까짓 신념이 뭐라고."

"자네!"

"맞습니다. 전 그들의 하수인입니다. 20년 전 당신을 만나기 전부터. 그러니 배신은 아닙니다."

"허어……."

"저뿐만이 아닙니다. 캠프의 주요 인사들도 지역구 의회도 또 늘 당신의 곁에 계시던 사모님까지 다 한편입니다. 아닌 사람을 찾는 게 더 어려울 정도로요."

"뭐, 뭐라고?!"

"받아들이지 못하시는군요. 맞습니다. 너무도 철저했으니까요. 사모님과의 첫 만남을 떠올려 보십시오. 답이 나올 겁니다."

"······."

입을 떡 벌리는 김문호에 보좌관은 여전히 고저 없는 목소리로 할 말을 이어 갔다.

"내일 이런 기사가 실릴 겁니다. 한민당 김 모 의원 대선 후보 경선에서 탈락한 실망감에 홀로 과음하다 심장 마비로 사망."

"뭣?!"

"내일 아침 일찍 사모님이 오셔서 당신의 죽음을 세상에 알릴 겁니다."

"그게 무슨······ 으, 으헉."

가슴이 꽉 조여 왔다.

누가 심장을 쥐어짜는 것 같았다.

눈앞이 핑 돌고 숨이 막혀 왔다.

보좌관 놈의 손가락은 말없이 소주병들을 가리켰다.

아아······ 저기에 뭘 탔다는······.

"당신의 유산. 제가 고스란히 물려받겠습니다. 2030의 뜻을 반영하는 차세대 정치인으로서 바통을 이어받을 겁니다. 그리고 대권을 잡겠습니다. 그동안 참으로 감사했습니다."

"네, 네가 나를······."

"죄송합니다. 당신만 사라지면 모두가 행복해집니다. 부디 좋은 곳으로 가십시오. 저도 당신의 신념과 뚝심 하나만큼은 인정합니다."

"으어어, 으으······."

쿵.

식탁에서 쓰러진 시선 속 보좌관은 아무런 가책도 느껴지지 않는 걸음으로 현관문을 나서고 있었다.

어디 지문 묻을지 조심하는 것도 아니고 태연하게 자기 집처럼 문을 열고 밖으로 나간다.

그 순간 알 수 있었다.

놈의 말이 사실이란 걸.

아주 오랫동안 기만당하고 있었다는 걸.

죽음도 피할 수 없다는 걸.

되레 웃음이 났다.

"어이가…… 없군. 이 내가…… 죽음까지 당하다니."

당 통합을 위한다며 조두극이 몸소 달려와 손 내밀 줄 알았는데. 칼을 먹였다.

"이놈들의 상상력은…… 크윽, 늘 내 생각을 초월하는구먼. ……이 내가 여기에서 끝이라니."

시야가 서서히 닫히고 있었다.

원래 어두웠던 거실보다 더 큰 어둠이 의식을 감싼다.

정말 죽는구나. 이 내가.

"후우……."

그렇게 삶이 끝난 줄 알았다.

Chapter. 1

　"하하하하, 콜. 안 그래도 기분도 꿀꿀한데 시원하게 적셔
보자. 가자!"

　"오케이, 종목은 뭐냐?"

　"막걸리다!"

　"오예~ 모둠전 시켜 줄 거지?"

　"두부김치도 있다. 자식아."

　"오올~~ 대박."

　"야! 다 데려와. 나 어제 알바비 받았어. 지갑 졸라 뚱뚱해."

　한 무리 학생들이 우르르 몰려 나갔다.

　봄의 향기가 물씬 나는 서울대 캠퍼스는 언제나 그렇듯 활

기차기 이를 데 없었다.

대한민국 지성을 키우는 최고의 요람.

그곳에서 피어난 젊은이들은 그 기대답게 패기가 넘쳤고 무엇이든 다 헤쳐 나갈 수 있을 것처럼 당당하기만 했다. 20년 후 어떤 꼴을 당할지도 모르고.

- 내가 돌아왔다. 이 개새끼들아~~~~~~~~~~~~~~.

"뭐, 뭐야?!"
"뭐야?!"
"누구야?!"
"누구야?! 누가 욕한 거야?!"

막걸리의 시원 든든함과 모둠전의 고소함을 기대하며 씩씩하게 걸어가던 무리마저 멈추고 주변을 돌아볼 만큼 센세이셔널한 외침이었다.

두리번거리는 건 그들뿐만이 아니었다. 인근에 있는 모든 이들이 이곳저곳을 살피며 소란을 일으킨 장본인을 찾으려 했다.

그러나 안 보인다.

안 보이는군.

안 보이니까.

이제 갈까?

마음이 바빴다.

학업이든 술자리든 할 일이 넘쳐나는 이들답게 뜬금없던 괴성도 금세 또라이들이 가끔 치는 이해 못 할 사고로 치부하고 제 갈 길로 돌아갔다.

　"하하하하하하, 씨벌, 내가 진짜 돌아왔어. 돌아왔다고. 이 내가!!"

　서울대 인문관 옥상 벽에 기대앉은 김문호는 하늘을 보며 마구 웃었다.

　한참을 웃다 또 허탈한 듯 복잡한 심경이 비치는 얼굴로 입술을 씹었다.

　일주일 됐다. 같은 편인 줄 알았던 놈에게 암살당하고 눈 뜬 지.

　젊어진 육체, 촌스러워진 거리 패션, 이해 못 할 날짜를 가리키는 달력 등등 모두가 지금이 2004년 4월이라는 걸 지속적으로 알려 줬건만, 도무지 인정할 수가 없어 지금껏 헤맸다.

　그렇잖나? 믿기 힘들기도 하고 꿈결인가 싶기도 하고 최대한 조심하며 주변을 파악하고 고려하다 보니 시간이 좀 흘렀다.

　"한나절이면 끝날 작업을…… 그냥 인정하면 편할 걸 빙 둘러와 버렸어. 하여튼 제 버릇 개 못 준다니까…… 후우, 내가 돌아왔구나. 30년을 넘게 격해서."

　이 기분을 뭐라고 표현해야 좋을지 모르겠다.

　좋기도 하고 어찌해야 하나 막막하기도 하고 그러다가도 또 기쁘기도 하고 무섭기도 하고 뒤죽박죽이었다.

　"앞으로 어떻게 살아야 하나……."

날씨도 좋고 몸도 가볍고 충만한 에너지는 가만히 있어도 만족감을 준다.

이게 젊음이라듯 어디 한 곳 거슬리는 데 없이 편안~하다.

"좋구나. 저 흔해 빠진 뭉게구름마저 저리도 이뻐 보이니 참으로 달콤하고 좋은 시절이구나."

좋은 시절이었다.

그러나, 잊혔던 시절이다.

"……."

김문호는 잠잠히 앉아 옛 생을 되짚어 보았다.

박했던 초년의 삶.

출발점 자체가 평범보다 아주 낮았던 인생이라.

처음 남과 다름을 인식했을 때 사회가 붙여 준 꼬리표는 '고아'였다. 남들은 고아원이라 부르고 정부 지자체에선 보육원이라 부르는 곳이 집이었다.

"반항은 잠시였지. 처지에 대한 판단이 비교적 빨랐던 덕에 일찍 공부를 시작했어. 공부 빼고는 허락된 게 없었으니까. 맞아. 죽을 둥 살 둥 매달릴 수밖에 없었지. 살려면."

그렇게 겨우 서울대에 입학했다.

커트라인이 살짝 낮은 국사학과지만 무려 서울대 타이틀이다. 그 이름값 덕에 과외도 잡아 빚 안 지고 자취방도 얻고 나름 풍족히 먹고 살았다.

취업운도 좋았다.

학교 선생님이나 연구원 외 교수직밖에 쓸데가 없는 국사학과인데도 졸업하자마자 직장을 잡았고 자리를 잡아 가며 나름 대로 퍼진 인생을 사는가 싶었다. 그걸 제일 많이 기대했다.

하지만,

"출신은 변하지 않았어."

누굴 사귈 때도, 누군가와 통성명할 때도, 굳이 외적인 시선을 들먹이지 않더라도 관심 자체가 뿌리를 벗어나지 못했다.

"동생들……이 눈에 밟혔으니까."

고아원에는 퇴소 제도가 있었다.

만 19세가 되면 제아무리 용가리 통뼈라 해도 방 빼고 나가야 한다. 돈 오백 들고.

겨우 만 19세였다. 한국 나이로 20세.

그네들이 차가운 겨울 바닥에 맨몸으로 나와서 무엇을 할수 있을까?

아무것도 할 게 없다.

"밑바닥만 전전하다 범죄의 먹잇감이 되거나 범죄자가 되는 거지."

한두 건, 서너 번 겪으며 무뎌질 만한데도 참담함만 더해 갔다.

이래선 안 된다. 이런 식으로는 안 된다.

어느 때부터 스스로에게 욕지거리를 하기 시작했고 억울함이 치미는 순간마저 이성은 지금 잡은 행운을 놓치지 마라. 어떻게 올라온 자리인데…… 어떻게 잡은 직장인데…… 어떻게 얻은 평온인데…… 그걸 망치니! 하는 스스로가 역겨웠다.

결국 김문호란 인간은 바보였고 사회 운동에 뛰어들었다.

"막막했지. 누구 하나 도와주는 사람도 없고 어떻게 해야 일이 풀리는지도 모르고. 아무리 외쳐도 철밥통들은 꿈쩍도 안 하고 가진 돈도 다 떨어지고 이제 어떡하나? 제풀에 지쳐 갈 때쯤 그 양반을 만난 거야."

∞ 자네, 정치 한번 해 볼 생각 없나?

∞ 우리 쪽에도 사회 복지 쪽으로 떠들 입 정도는 있어야 할 것 같아 하는 말일세.

∞ 철밥통들 움직이게 하고 싶지 않나? 그놈들 조지는 건 정치만큼 잘하는 쪽이 없다네.

처음엔 위세도 좋은 양반이 여기에서 왜 이러나 싶었지만, 철밥통을 조질 수 있다는 말에 혹하고 설렘을 느꼈다.

그놈들을 조질 수 있다면 못 할 게 없다고 생각했을 때였으니까.

그게 정치 입문이었다.

"사회 복지 관련 업무를 맡다가 정무까지 올라갔고 2016년에 첫 공천을 받아 초선 의원이 됐지. 그때가 참 좋았는데. 4선까지 승승장구에 이후 한민당 대선 후보까지 됐으니까. 경선에서 두 번 탈락하고. 마지막엔 제거당하고. 쿠쿠쿠쿡."

고아로 태어나 제법 파란만장한 삶을 살았다 할 수 있겠지만, 역시나 뒷맛이 찝찝했다.

돌이켜 보건대. 전생의 삶은 이력만 화려했지 쭉정이였다.

첫 목적이었던 보육원 만 19세 퇴소 반대도 겨우 25세까지 늘인 것뿐 근본적인 해결책을 보지 못했고 이후로는 온통 권력 싸움에만 치중했다. 스스로 우물로 들어갔고 흘러가는 대로 살다 흐름에 먹혀 버렸다. 그 권력 싸움이라는 것도 결국 꼭두각시놀음에 불과했던 거고.

"쿠쿠쿠쿠쿡, 내가 들러리용이었다니…… 20년을 같이 울고 웃었던 보좌관에, 마누라에 지역구 의회가 전부 다른 놈의 지시를 받고 움직였다니."

부인하고 싶었지만. 이미 알고 있었다.

"맞아. 인정하기 싫었지."

진심이 아닌 위선의 속성이 그랬다.

어색함, 왜곡, 가식, 선동, 불협화음 같은 가짜는 단기간이라면 몰라도 장기간으로 흐를수록 하나둘 파탄을 일으키기 마련이다. 눈 감지만 않는다면 충분히 알아챌 수 있는 것들이다.

하지만 난 바보 같게도 수상한 의도를 봐도 넘어가기 바빴다. 관계의 흐름이 매끄럽지 않음을 캐치했으면서도 모른 체하였다. 그걸 팀을 위한다고 여겼다.

20년 산 여자도 그랬다.

처음 만난 여인이 결혼하자고 쫓아다닌다. 그렇게 곰살맞게 굴 수가 없다. 곱고 예쁜 여자가 딱 붙어 좋아하는 것만 해주는데 빠지지 않을 남자가 있을까?

"그러네. 결혼식장을 나서기가 무섭게 냉담해졌어. 나는 그 이유도 몰랐고."

이후 아내가 웃는 모습을 볼 수 있었던 건 당내 부부 공식 행사 때뿐이었다.

"나는 그게 함께 시간을 많이 나누지 못한 내 잘못이라고 여겼어. 등신처럼. 크쿠쿠쿠쿠쿡, 젠장, 진짜 더럽네. 결혼은 지가 하자고 매달려 놓고…… 하아~~ 너는 대체 왜 그런 지옥 같은 삶을 산 거니? 보좌관 놈이야 내 유산을 물려받기 위해서라지만 도대체 뭘 약속받았기에 싫어하는 남자랑 살며 자기 삶을 망가뜨린 거냐?"

한 짓은 괘씸하기 그지없었지만.

그래서 더 궁금하였다.

도대체 어떤 반대급부가 있어야 싫은 사람과의 평생을 감수할 수 있는지.

2004년의 하늘은 이리도 청명한데. 그 여자는 지금 어디서 무엇을 하고 있을까?

"……부질없겠지."

김문호는 바지를 툭툭 털고 일어났다.

이젠 전혀 상관없는 사람이다.

돌아온 건 명백했고 전생의 삶도 이 정도면 잘 정리했다.

남은 건 앞으로 어떻게 사느냐인데.

두 갈래 길이 있었다.

정치 복수극을 한 편 제대로 찍느냐.

아님, 조용하고 안온한 삶을 살아가느냐.

"조사가 필요하긴 해. 판단을 위해서라도. 조금은 더 철저하게 말이야."

◇ ◆ ◇

2004년에도 미디어는 활발했다.

조사 범위도 국가 전방위가 아닌 한민당이었다.

조두극이란 놈이 있는지. 있다면 지금 어디 쯤에 위치하는지. 그놈의 뒤를 누가 봐주고 있는지. 이 시점 한민당 주력 현안이 무엇인지.

간단히 생각하고 들어갔는데.

파고들수록 빡빡한 기분만 맛봤다.

2004년의 한민당은 철옹성에 가까울 만큼 아주 강력했다.

탄핵 역풍을 받았음에도 여전히 호의적인 지지율에, 빵빵한 중진들에, 충성하는 사회단체에, 일사불란하게 움직이는 당 조직력에, 무조건적으로 찍어 주는 시멘트 표심까지. 추측하기에 2037년의 한민당보다 세 배는 더 강력하게 보였다.

"달걀로 바위 치기도 아니고 이거 원……."

5공 시대를 겪은 베테랑들이 학익진을 펼치고 있었다. 그 뒤를 탄탄하게 받칠 새로운 피도 수혈했다. 얼마나 발 빠른지 30대를 주축으로 하는 기수들을 뽑아 이미 엘리트 코스를 밟게 하는 중이다.

조두극이 그 선두 격.

그러니까 조두극은 30년 전부터 한민당이 다음 세대를 이끌 남자로 점찍었다는 건데. 한민당의 왕자로.

"기가 막히네. 내가 이런 놈과 경쟁을 벌인 건가? 대체 넌 뭘 하고 다닌 거냐?"

얼마나 가소로웠을까. 가끔씩 마주칠 때마다 깔아 보던 눈빛의 의미를 이제야 알아채다니.

"올챙이 주제에 개구리가 된 것처럼 굴었구나."

보통 눈꼴사나운 일이 아니었다.

들러리 주제에, 저들이 만들어 둔 판을 흔들다 못해 완전무결해야 할 대통령 후보에 우물 안 개구리라는 낙인을 찍어 버렸고 다음 대 대선판마저 장담할 수 없게 하였다.

단칼에 죽여도 모자랄 놈이 된 거다.

"판단이 빨랐구나. 더 늦었으면 날 건들 수 없었을 거야. 내가 일어나는 순간 2030은 결집했을 테고 화제의 중심이 되었을 테니까. 그 때문에 당이 분열됐을 수도 있고. 다음 대선판도 시간이 흐를수록 위선자 조두극에 실망한 표심이 나에게로 몰렸을 거야."

낙선된 날 움직인 이유였다.

신세 한탄하다 술에 먹혀 죽은 못난 놈으로 만들어야 했다.

최대한 등신으로 만들어 놓고 혹시나 죽음에 대한 의문도 때마침 적절한 의사 놈이 하나 나와 평소 지병이 있었다 말하면 끝, 아내까지 인정한다면 사건 종결이다. 2030 표심은 보좌관 놈이 유지를 잇겠다며 얼굴을 들이밀면 얼추 수습될 테고.

"일석몇조야? 죽을 수밖에 없었네. 죽으려고 지랄을 한 거야. 당장에 외국으로 튀어도 모자랄 판에 술이나 퍼마시고 있었으니."

다시 생각해도 소름 끼쳤다. 그날, 그 순간, 그때의 일이.

저들은 잠재력 있는 정치인의 주변에 십수 년이든 사람을 깔아 놓을 만큼 집요했고 거기에 걸맞은 장대한 기획력에, 조직력까지 갖췄다.

자금력은 또 얼마고 대선 경선 후보까지 단칼에 죽일 수 있는 과단성은 또 어떨까.

괴물들이었다. 정치 괴물들.

"지금이라면 이길 수 있을까?"

솔직히 자신 없었다.

미래 지식이 있다 한들 한 분야에 한정됐고 지금은 서울대 타이틀 외 아무것도 가진 게 없는 23세 청년이다.

"차라리 민생당으로 갈까?"

혹시나 했다가 김문호는 힘없이 고개 저었다.

높이 올라가고 나서야 보이는 것들이 있다.

이놈이나 저놈이나…… 낮엔 싸우는 척, 밤만 되면 지들끼리 모여 술판 벌이고 작전 짜고 주머니 살찌우고.

괜히 분탕질 쳤다가 회까닥해서 칼 들고 오면 방법이 있나?

한숨이 나왔다.

"내가 씨벌…… 나 김문호가 정치를 몰랐던 거야? 5선이나 해 먹었던 내가……?"

영화나 드라마에서 나오는 의기 좋은 변호사 한 명이, 정치인 한 명이, 세상을 변화시키는 건 진정 불가능에 가까운 일이었던가? 정치는 정말 힘 대 힘의 싸움이었던가?

한 대 맞으면 반드시 한 대 쳐 줘야 하고 부딪칠 능력이 없다면 고개 숙이고 조용히 살거나 아예 판에 끼어들지 않는 게 일신에 좋다는 것 정도는 잘난 입으로 줄창 말하고 다녔음에도 어째서 본인 삶에는 적용시키지 못했는지.

등신, 등신, 상등신이었다.

"어! 미청당에서 인턴 뽑나 봐."

"정말? 어디어디?"

"여기 말고. 대자보에 붙어 있대. 경력 불문, 나이 불문, 세상을 바꾸려는 의지와 열정만 있다면 지원하래."

"가 보자. 가 보자. 잘하면 FATE 님과 만날 수도 있잖아."

우르르 몰려가는 이들.

바삐 지나가는 여학생들이 흘리는 샴푸향이 코끝을 스치지만, 김문호는 그걸 느낄 새도 없었다.

"미청당?"

처음 들어 보는 당명이었다.

홀린 듯이 대자보 앞으로 갔다.

아주 크게 붙여 놨다. 미래 청년당 인턴십 모집이라고.

당 대표 장대운이라는 사람이 17대 국회의원에 당선됐고 의정 활동을 도와줄 뜻깊은 인재를 찾고 있다는 내용이다.

'장대운?'

"어머어머, 진짜야. 진짜야. 우리 FATE 님이 진짜 국회의원이 됐나 봐."

"정말? 된다고 하더니 진짜 됐나 보네."

"끝장이지 않냐? 전국 수석에 학교 다닐 땐 3대 고시 수석을 휩쓸더니 졸업하자마자 국회의원이 됐어. 우리 선배야."

"당연한 거 아냐. 우리나라의 보물인데. 하아…… 나도 이 형님 따라 정치계에 입문할까? 따라다니면 왠지 좋은 일이 생길 것 같은데."

"웃기고 있네. 네 주제에 누구한테 기생하려고. 감히 우리 하늘 같은 선배님의 발목을 잡으려면 나부터 넘어라. 자식아."

"그래도 한번 지원해 볼까? 선배님이라면 새바람을 불어넣을 것 같긴 하잖아."

"그렇지. 언론도 꼼짝 못 하잖아. 비공식적으로 대통령실 경제 고문도 한다 하시고. 재계에서는 기침 한 번이면 회장급들이 몰려온다던데?"

"우와~ 멋지다. 한 번 사는 인생, 그렇게 살아 봐야 하는데. 근데 그 형님은 왜 정치판에 끼어든 거야? 지금 있는 것만 누려도 다 못 누릴 거 아냐."

"그때 선언 못 봤어? 이전의 삶은 녹록지 않은 자기 인생을 위해 살았다면 이제는 이렇게 키워 준 은혜를 갚으며 살겠다고. 그때부터 다 내려놓고 맨바닥에서 시작하더니 결국 해냈잖아. 진짜 대단한 사람이야."

대자보를 둘러싸고 다들 한마디씩 하는데 김문호는 당최

무슨 소린지 알아들을 수가 없었다.

장대운이 누구고 미래 청년당은 뭐고 전국 수석에 현 대통령실 경제 고문에 같은 학교 선배는 뭐냐고?

들을수록 가관이었다.

슈퍼 히어로도 아니고 이 암담한 대한민국에 하늘에서 뚝 떨어진 것 같은 이상한 존재가 있었다. 일곱 살 때부터 전 세계를 뒤흔들고 세계인의 열광을 받은 초천재가.

더 이해할 수 없는 건 그 초천재의 존재를 자신이 전혀 모른다는 것이다. 진실로 말하건대 단 한 번도 들은 적이 없었다.

그 순간 눈이 번쩍, 등골로 전율이 쫙 돋았다.

'조, 조사가 필요해. 그것도 당장!'

◇ ◆ ◇

장대운.

나이 28세, 만 나이 27세.

입지전적의 인물로 세계 대중음악계를 평정한 남자.

정치계 입문 전까지 오필승 그룹의 총괄로서 대한민국 재계를 좌지우지함.

그가 벌인 사업은 이랬다.

- 엔터테인먼트 사업

1983년 7세의 나이에 데뷔.

오필승 엔터테인먼트 설립.

1987년 FATE란 이명으로 일본 시장을 뒤흔들다 미국 진출.

1988년 그래미어워드 제너럴 4개 부문 최연소 석권. 장르 부문 5개 수상.

2003년 레전드상까지 그래미어워드 72개 수상. 기네스에 등재됨.

2004년까지 판매한 앨범 판매량이 LP 2억 9,820만 장, CD 1억 8,390만 장, 도합 4억 8,210만 장. 이도 기네스 기록인데 소니뮤직만의 공식 집계에 불과함. 88 올림픽 기념 앨범과 기타 유통된 판매량 제외. 불법으로 판매된 숫자를 더하면 15억 장이 넘는다 함.

※ 요주의 : 음반 판매량도 미칠 지경인데 대중가요계에 미친 영향력은 전무후무할 정도. 팬덤 민들레는 세계 정계마저 뒤흔들 만큼 강력함.

- 기술 및 특허 사업

1988년 CCTV용 멀티플렉싱 기술 개발로 오필승 테크 설립.
　　　마이크로소프트 윈도우 한국·일본 독점 판매권 획득.

1990년 TDMA 기술을 활용한 통신 규격 복기-1 개발, 같은 해 7월 3일 유럽 통신 표준으로 채택. 12월 영국에서 첫 상용화 성공 후 전 세계 무선 통신망 제패. 현재 복기-3 서비스 중.

1994년 초고속 데이터망인 기가 스피드 설립. 전국 인터넷 시대 개막.

1997년 포털 NABER 설립. 지식인으로 돌풍.

1999년 mp3 개발 회사 오캐스트 설립. 미국과 유럽에 3천 만 대 판매.

※ 요주의 : 현재 자율 주행 자동차와 차세대 배터리 개발에 몰두 중.

- 건설 사업

1984년 오필승 건설 설립.

1985년 석촌호수 6만 5천 평 대지를 활용한 최초의 한옥 호텔 가온을 건립. 롯네월드는 없음.

이후 오필승 건설은 건축이 아닌 부동산 사업에만 올인.

강남구 매봉산 아래 2만 5천 평을 매입, 오필승 타운 건설. 현재 오필승 그룹의 임원들이 거주.

상암동 지역 30만 평을 매입, 오필승 시티 건설. 오필승 그룹의 전 사업이 들어감.

서울시 요지마다 건물, 토지 매입. 분당, 일산, 판교 외 경부선과 걸친 지역의 대형 창고형 대지 확보.

충남 연기군 100만 평 대지 중 50만 평을 국가에 헌납.

각 시도별 요충지마다 대지와 건물 확보.

전국적으로 발 걸치지 않은 땅이 없음.

※ 요주의 1 : 대한민국에서 아파트를 지으려면 오필승 건설을 먼저 찾아가라는 말이 떠돎.

※ 요주의 2 : 스타번스 코리아 1천 매장 운영 중. 계속 늘

릴 계획.

  - 방산 사업

2001년 미국 무기 2급 라이센스 확보를 기반으로 오필승 디펜스 설립.

         창룽천과 망월산을 끼는 50만 평 대지 위에 건설.

※ 요주의 : 주한 미군이 가는 길목에서 자주 목격됨. 시설 외 연구실, 샘플 관련 규모만 언론에 노출된 것이 벌써 수십조 원 규모라고 함.

이외에도 에너지 음료 파워스와 몬스터 파워스로 코카콜라의 아성을 집어삼킨 독일 기업 J&K의 최대 주주이며 오필승 재단, 오필승 가드까지 운영 중.

본인 스스로도 IQ 190의 대천재에 살아 있는 유일한 미국 명예시민권자로서 1996년도 수능에선 전국 수석에 그해 서울대 전체 수석도 모자라 학년 중 사법, 외무, 행정 3대 고시 수석 패스까지.

가히 괴물이다.

여기에서 굳이 한 줄 더 붙인다면 2004년 4월 당선된 제17대 국회의원도 이력이 되겠다.

놀라운 건 이 정도가 단지 하루 만에 알아낸 내용이라는 것이다.

별다른 노력도 없이 대중에 알려진 것만 이 정도.

저 위치의 인간이 전부 까 보일 리 없으니.

보여 준 것만 이만큼이라는 거다.

허락한 것만 이 정도라는 것.

결론도 같았다.

기존 상식으로는 절대로 파악할 수 없는 인물이었다.

파 보면 파 볼수록 더 많은 이야기가 나올 테고 그것이 금기인지 아닌지는 굳이 맛보지 않아도 알 수 있었다.

"현재로선 판단 불가야. 모르겠어. 전혀 감이 안 잡혀."

도대체 어디에서 이런 사람이 뚝 떨어졌을까?

당최 갈피를 잡을 수가 없었다.

기술이나 건설 분야에서야 전문성이 떨어지는 관계로 장대운의 성공을 어느 정도 납득할 수 있다지만 엔터테인먼트 부분에서만큼은 아무리 가슴을 열고 받아들이려 해도 받아들일 수가 없었다.

장대운 신화의 시작이자 뿌리인 FATE 앨범들 전부가 문제였다.

그 안에 수록된 곡들.

기억하고 있는 게 정말인지 의심하며 되짚어 보길 수십 번.

아무리 되새겨 보아도 It's My Life는 Bon Jovi의 노래였고 2000년 발매였다. 1983년 발매된 페이트 5집 : frontier 9번 트랙이 아니라.

정말 좋아하고 자주 불렀던 곡이라 너무나 잘 알았다.

그뿐인가?

1983년 발표한 1집 : beginning엔 My heart will go on이 있었다. 영화 타이타닉 OST가.

1984년 발표한 3집 : resolute엔 Boyz II Men의 End Of The Road와 R. Kelly의 I believe I can fly가 있다.

이뿐인가?

Oasis의 Don't Look Back In Anger가, Eric Clapton의 Change The World가, Maroon 5의 Sugar가, Coldplay의 Viva La Vida가…… 한 시대를 풍미한 주옥같은 곡들이 모두 FATE 앨범에 수록돼 주인이 바뀌어 있었다. 가수조차 한국 가수로 도배돼 있고.

허탈함은 둘째고 어릴 적 추억을 도둑질당한 것 같은 기분이 드는 건 이 몸이 찌질한 질투쟁이라서일까?

"아니야 내 기준엔 모두 표절이 맞…… 표절도 아닌가? 아예 나오기도 전에 스틸했으니 도둑……질?"

팬덤 민들레도 수상 소감에서 민들레 홀씨 얘기를 하여 탄생했다고 한다.

영악하게도 MIDI 음악이 세계 전반으로 형성되기 전 1999년 10집을 끝으로 은퇴해 버렸다. 메모리에 몇백 곡씩 저장해 두는 시절이 오기 전에 말이다.

누가 봐도 의심스러운 정황.

"아닌가? 나만 의심스러운 건가? 여긴 당연할 테니. 설마…… 여기가 멀티 버스는 아니겠지?"

평행 우주라면 인정한다.

그러나. 그게 아니라면 답은 하나밖에 없었다.

장대운 = 회귀자.

동류.

그런 눈으로 보면 앨범 외에도 예시는 아주 많았다.

가수들 병력을 관리해 준다거나 김선재의 죽음, 휘트니 휴스턴의 가정 폭력, 미국 무역 센터 무너짐 예고 같은…… 성공한 사업도 거의 선점이었다. 물론 선점하고 싶어도 할 수 없는 기술 파트가 대부분이긴 한데.

"헷갈리네."

주식시장을 외워 돈을 벌 수는 있어도 기술 자체를 가져오는 건 불가능했다. 통신 기술은 유럽이 먼저였고 이런 유는 돈이 있다고 살 수 있는 종류가 아니다.

그런데 오필승의 것이다.

"원래 기술 계통이었나? 기술 계통이 음악도 잘 알아서 꿰고 공부도 잘하고 금융도 잘하고 음료 사업도 잘하고 막 다 잘하는…… 내가 지금 무슨 소릴 하는 건지 씨벌."

그럴 수 없다는 걸 스스로가 잘 알았다.

인간은 무에서 유가 안 되고 한 방면에 특출하다는 건 다른 방면에서 젬병이라는 뜻과 같았다.

이걸 웃어야 하는 건지 울어야 하는 건지.

"……그냥 평행 세계가 아닐까? 그러면 이해하기 편리한데."

그러면서도 자꾸 회귀 쪽으로 추가 기운다.

머리가 복작복작. 초점을 잡을 수가 없다.

어떻게 해야 하나? 어떻게 해야 할까?

씨벌, 가서 물어봐? 넌지시 힌트라도 던져 봐?

근데 장대운이 회귀자인 걸 알아서 뭐 할 건데?

알면 우리 둘이 아삼륙이라도 되나?

"……!"

경험상 커다란 비밀을 간직한 자일수록, 또 그 비밀을 온전히 소화한 자일수록 완전성을 훼손당했을 때 나오는 반응은 별다른 차이가 없었다.

"미친……."

그걸 건드렸다가 심장 마비로 회귀당하지 않았나?

당해 봤으면서 그 전철을 또 밟으려고?

대학 졸업반 김문호 vs 회귀 비밀.

어느 것이 더 무거울까?

설사 그렇지 않더라도 누가 이 말을 믿어 줄까?

관종으로 찍혀 매장당하지 않으면 모를까. 민들레 팬덤도 어마어마하다는데.

장대운 정도면 뒷일 해 주는 이들도 많을 테고 잘못 덤볐다간 시멘트 덩어리 줄줄이 매달고 서해 어딘가에 가라앉을지도 모르겠다.

사방이 오리무중한 가운데 유독 명료해지는 건 오로지 위험 신호밖에 없고.

조두극도 그랬다. 대선 경선 상세 결과지를 보고 입가에 균열이 일지 않았나?

그러다 돼졌다.

"……."

입맛이 썼다. 고삼차 1L 들이켠 것 같은 기분.

아니라고 우길 생각은 없었다.

이 마당에 또 어이없게 죽는 건 회귀시켜 준 놈들이 더 어이없을 일이니 정체를 밝히는 건 완전히 기각.

평행 우주든 회귀든 어느 면이든 거스르면 안 된다는 건 알겠다. 밝히는 것도 절대로 안 된다.

끝끝끝, 도장 쾅!

"다른 방향성을 찾아야…… 어떻게 하면 이 상황을 나에게 유리하게 끌 수 있을…… 어! 가만. 내가 이럴 게 아니잖아!"

이 와중에 슬그머니 고개를 쳐드는 깨달음 하나.

"아아, 그러네. 그러네. 정말 그러네."

김문호란 인간이 가진 판단력의 편협함과 좁다란 응용력에 따귀 백 대를 날리고 전신에 몽둥이찜질을 해 주고픈 만큼 어이없었다.

이 명쾌한 결론을 두고 어떻게 헛짓거리나 망상에나 사로잡힐까?

"나는 회귀자잖아!"

장대운은 장대운 대로 나는 나대로 가면 된다.

장대운이 뭐든 놀랄 필요고 없고 그 흐름에 편승할 필요도 없다.

회귀한 주제에 어째서 동류를 찾으려 한 걸까.

말마따나 장대운이 회귀한 거랑 내가 회귀한 거랑 무슨 상
관인데.

"그냥 나도 하면 되잖아!"

- 새로 시작할 수 있다.

이 사실이 주는 메리트가 얼마나 대단한지 잊고 있었다.

"인생 실패자에게도 최고위에 올라본 사람에게도 후회는
똑같아."

그때 내가 그 자리에 있었더라면.

그때 내가 이렇게 했더라면.

지금과는 달라졌을 텐데!

목적지를 향해 걸으며 수없이 만나야 할 고뇌의 갈림길이
회귀와 마주치는 순간 우스워지는 것이다. 단지 그것만으로
도 회귀는 핵에 비견될 무기였다.

무기인데…….

"근데 내가 장대운보다 잘할 수 있나?"

이건 또 전혀 다른 문제다.

비록 회귀 시기에서 20년이 넘는 격차가 있다 하나 단순히
드러난 것으로도 장대운이라는 놈의 능력은 자신을 아득히
상회한다. 이미 괴물로서 정평이 나 있고.

설사 같은 출발 선상에 있었다 해도 같았다.

일곱 살, 고아원생의 삶에 미래 지식이 덧붙여진들 무슨 수

로 세계적인 아티스트가 될 것이며 어떻게 세계 최고의 기술 기업을 일으킬 것이며 어떻게 대한민국 최고의 땅 부자가 될 것인가.

어느 것 하나 만만한 게 없었다.

추진력, 지식, 인맥, 자본력 전부.

장대운도 초년 운이 그렇게 좋지 않았다고 했는데 그런 면에서 능력 하나만큼은 인정해 줘야 했다.

장대운은 불세출의 천재였다.

"……."

인정하니 왠지 앞이 잘 보이는 것 같았다.

아는 건 보건 복지와 역사, 정무, 정치 술수밖에 모르는 바보와 장대운.

누가 이 사회, 이 국가, 이 민족에 도움 되는 즉시 전력감인지는 바로 나온다.

김문호의 자리는 없었다.

정치 외엔 할 줄 아는 게 없는 인간.

정치는 이 시점 일반 국민에겐 혐오의 대상일 뿐이다.

이게 현재 김문호의 포지셔닝.

너털걸음으로 대자보 앞에 섰다.

- 경력 불문, 나이 불문, 세상을 바꾸려는 의지와 열정이 있다면 지원하세요.

사람을 뽑겠다는 의지는 알겠는데.

왜 이렇게 허점투성이일까?

아무리 보아도 평범한 문구다. 가족 같은 직원을 구한다는 구인 광고와 전혀 다를 바 없는 소소한 임팩트.

나아가고자 하는 정치색도 없고 포스터 이미지부터가 노멀. 미래 청년당이라는 아이덴티티도 드러나 있지 않은 데다 로고 또한 부실하다. 포스터 디자인도 왜 붙여 놓았는지 모를 만큼 눈에 띄지 않는다.

모든 게 어설픈…….

"……."

정말 이제 막 꾸리는 것인가?

의외로 장대운이 정치에서만큼은 초짜라면……. 아니다. 초짜라고 보고 덤비면 큰코다칠 것이다. 단 20년 만에 이런 기업을 일으킬 정도라면 정치력이 없이는 불가능하다.

방심은 금물.

"그래도 내가 할 일이 있을 것 같은데……."

판단을 내리기에 앞서 한 번은 제대로 만나고 싶다는 게 솔직한 마음이다.

"그래, 사람은 만나 봐야 진가를 알지."

구더기 무서워 장 못 담그랴.

이 시점, 그를 정확히 만날 방법은 오직 하나였다.

"그렇군. 지원서를 작성해야겠어."

인턴십.

까짓거 접수해 준다.

◇ ◆ ◇

"어머, 이것 좀 보세요."

"뭔데요?"

정은희 수석보좌관이 넘겨준 건 인턴십 지원서였다.

앞장 이력은 평범하고 자기소개서도 고아 출신이라는 것 외 달리 특별할 게 없는 사람.

그런데 어랍쇼!

당돌하게도 앞으로 미래 청년당에게 필요한 세 가지란 제 안을 적어 놨다. 간략하게 첨부된 내용조차 심상치 않다.

"으흠……."

"어때요? 의원님."

"실력인지 단순한 의기인지 구분을 못 하겠어요. 기대도 없던 인턴십에서 이런 사람을 만날지 몰랐네요."

"어머, 그 정도예요?"

"진짜라면 더더욱 그래요. 어떻게 판단해야 할는지 가늠이 잡히지 않네요. 뭔가 뒤통수를 빡 때리는데 사기꾼 같기도 하고. 근데 이력을 보면 절실함만 보이고."

"정말요? 그러면 만약에 이 지원자가 진짜배기라면요?"

"천재급이죠."

"어머머."

"진짜라고 가정하고 다시 봐 보세요. 여기 이 부분요. 우리한테 미끼를 던지잖아요."

"예?"

"저한테 이러는 거예요. 이 정도까지 해 줬는데 못 알아봐? 그럼 넌 정치하기 그른 거야. 라고 하네요."

"그런 말은 전혀 안 쓰여 있…… 직접적인 내용도 없는데 의원님 눈에는 보이는 건가요?"

"그래서 더 재밌죠. 절 시험하잖아요. 정 수석님도 그걸 은연중 느껴서 저한테 넘겨준 거고요. 자세한 이야기를 듣고 싶으면 자기를 부르라는데요."

"어머머머, 이야~ 감탄이에요. 어떻게 이 간단한 몇 문장을 보고 그런 것들을 읽어요? 정치 정말 재미있네요."

정은희 수석보좌관의 입가에 요놈 봐라란 미소가 진해졌다.

"이쯤 되면 미끼를 안 물 수가 없겠어요. 너무 먹음직스러워서. 이 녀석이 진짜인지 아닌지 판단하기 위해서라도 만나야겠죠?"

"그래야겠어요. 체크해 두겠습니다."

"예."

"도 보좌관께도 알릴까요?"

"됐어요. 미국 로펌 정리하러 갔으니 당분간은 놔두죠."

"알겠습니다. 내일 당장 면접장에 부르겠습니다. 몇몇 괜찮아 보이는 이들도 있던데 같이 부를게요."

"예, 저도 준비할게요. 우리 식구 맞는 일인데 저도 성의를 보여야죠."

"전적으로 옳으신 말씀입니다. 내일은 우리가 면접을 보기 위해서이기도 하지만 우리 미래 청년당이 면접을 보는 자리나 마찬가지니까요."

"예, 그럼 저도 준비할게요."

자연스럽게 서류를 뒤적이는 장대운을 본 정은희 보좌관은 조용히 일어나 그의 앞으로 다가갔다. 서류를 뒤적이는 손을 잡아 멈추게 했다.

"왜요?"

"그만 집에 들어가서야죠."

"예?"

"사모님 기다리시잖아요. 나머지는 제가 정리할게요."

"아, 그게⋯⋯."

"내일은 국회에도 들어가서야 하고 바쁘시잖아요. 얼른 들어가세요. 신혼에 야근은 좋지 않습니다."

"알⋯⋯겠습니다."

등 떠미는 정은희에 못 이기는 척 장대운은 외투를 집었다.

오필승 그룹 시절부터 그랬다.

정은희는 불문율로 통했다.

그룹 고문부터 대표단까지 누구도 그녀의 말을 거스르지 않았다.

심지어 주인마저도.

"그럼 먼저 들어갈게요. 죄송해요."

"조심히 들어가세요. 좋은 꿈 꾸시고요. 호호호호호."

"예."

◇ ◆ ◇

오후 4시까지 오라 해서 갔더니 앞에 한 명이 앉아 있었다.

엉거주춤 앉으려는데 40대의 여자가 와서 이름과 신분증을 확인하고는 큰 이름표를 가슴에 달라고 주었다. 그 여자의 왼쪽 가슴엔 작은 이름표가 붙어 있었는데 정은희라고 쓰여 있었다.

'아~ 이 사람이 정은희구나. 오필승 그룹의 안방마님. 장대운이 정치계로 입문함에 따라 그룹 재무실장의 자리를 박차고 따라 나온 사람.'

지난 며칠간 따로 조사한 오필승 그룹은 전생의 오성 그룹을 가볍게 압도하였다.

총괄인 장대운은 정·재계를 통틀어서도 맞설 사람이 없었고 기획실장 도종민은 대한민국 10대 그룹사 회장과 어깨를 나란히 한다. 재무실장인 정은희는 정부 재정기획부 수장이라도 함부로 굴지 못했다.

이렇게 마주치고 보니 확실히 보통 사람은 아니었다. 남달랐다.

"자, 다음 분 들어가세요."

앞선 사람이 들어가고.

잠시 기다리고 있으니 현관으로 사람이 한 명 더 들어왔다.

40대를 걷는 중후함이 깃든 남자.

체격은 크지 않지만, 눈빛이 날카로웠고 전반적으로 단단해 보였다.

그가 정은희에게 다가가 공손하게 인사했다.

"정 수석님, 아직 면접 중이십니까?"

"예, 저분을 마지막으로 오늘 면접은 끝나요."

"아, 그렇군요."

"백 비서관님은 잠시 기다리시면 될 거예요. 30분 정도 남은 것 같네요."

"알겠습니다. 제 자리에 가 있겠습니다."

한눈에 알아보았다.

백은호였다. 오필승 가드의 대표였던 남자.

대한민국 특수 부대원들이 퇴역하고 제일 먼저 찾는 곳이 오필승 가드라 했다. 그곳 대표는 군 장성도 부럽지 않다고.

그러면서도 백은호는 장대운의 수행 비서 겸 개인 경호를 절대 놓지 않았고 정치 입문과 동시에 대표 자리도 물려주고 정은희처럼 수행 기사 겸 5급 비서관이 됐다.

'떠도는 얘기가 거짓은 아닌 것 같아. 그룹사 많은 이들이 장대운을 따르려 했다는데 겨우 둘만 데려온 거라고. 확실히 개개인의 충성도가 아주 높아.'

이 때문에 오필승 그룹이 한때 홍역을 앓았다고 한다.

특히나 재무실장인 정은희와 기획실장인 도종민은 전쟁까

지 불사했다고. 자기가 따라가야 한다며.

"김문호 씨, 면접실로 들어가세요."

"아, 예."

앞서 들어간 자가 나왔다. 내 차례다.

"흐음⋯⋯."

문 앞에 섰다. 흔한 나무 재질로 만든 문이다. 합판으로 잇댄.

심호흡했다. 이제 이 문만 넘으면 의문에 대한 해답을 얻을 것이다. 문고리를 잡으려 했다. 그런데,

'으응?'

두근두근. 김문호는 별안간 가슴 떨림을 느꼈다.

긴장감이 아니었다. 기분 좋으면서도 기대감 넘치는 간질간질함이다.

'뭐야? 이 내가 설렌다고?'

두근두근. 심장이 뛴다. 옅은 홍분으로.

회귀 순간에도 당혹과 어이없음이 더 강했는데.

인식할수록 첫 소개팅의 순간을 떠오르게 할 만큼 아주 강렬한 감정이 치솟아 올랐다.

'이럴 수가⋯⋯ 더는 설렐 게 없을 줄 알았는데.'

정치판에서 닳고 닳은 자에게 세상사 이치와 인간에 관한 통찰은 새삼스러운 일이 아니었다. 젊음이 주는 싱그러움도 다시 시작할 수 있다는 희망도 그에 비하면 전부 예상 내의 것일 뿐.

욕망과 욕망이 부딪치는 진흙탕 속에서 자행되는 추악한 현장은 근처에서 목격한 것만으로 인간에 대한 기대를 사라

지게 한다.

이곳에 낭만은 없었다. 최측근의 배신을 겪은 상처도 아직 아물지 않았다. 그런데.

두근두근. 심장이 나댄다.

아니라고. 아직 늦지 않았다고.

'설마 몰라서? 미지(未知)라서 그런 거야?'

모르는 것에 대한, 처음 대면하는 종류에 대한, 막연한 두려움이라는 건가?

'이게 두려움이라고?'

김문호는 고개 저었다.

아니다. 기쁨에 가까웠다. 어쩌면 일종의 직감일지도 모르겠다.

저 너머에 어떤 가능성이 있음을. 미처 시러퍼지도 못하고 사라져야만 했던 어느 정치인의 집념이, 철학이, 소망이 이뤄질 토대가 꿈틀거리고 있다고.

"김문호 씨?"

"아, 아예."

"어서 들어가세요. 심호흡은 그만하셔도 됩니다. 그다지 힘겹진 않을 거예요."

"죄송합니다. 저도 모르게 희망을 엿본 것 같아서요."

"예?"

문을 열었다.

이세계로 이어지는 차원문처럼 열린 공간으로 나타난 이

는 환한 미소로 이쪽으로 걸어오고 있었다.

'이 사람이 장대운!'

훤했다. 마치 후광이 비치는 것 같다.

신장도 크다. 190? 비율까지 아름다운 남자가 가까이 다가와 호의 가득한 손을 내민다.

게다가 저 눈.

'깊다!'

만물을 직시하는 듯, 심부를 꿰뚫을 듯, 깊고도 깊다.

"아…….."

"어서 오세요. 장대운입니다."

"아아, 예, 저는 김문호입니다. 만나서 반갑습니다."

절로 허리가 굽혀진다.

"오래 기다렸어요. 문호 씨를. 아 참, 문호 씨라고 불러도 되죠?"

"예, 물론입니다."

근데 오래 기다려?

"하하하하하, 자자, 어서 앉으세요. 저는 오늘 이 만남을 무척 기대했답니다."

"아…… 예?"

"정 수석님."

"예."

정은희가 문을 열고 고개를 빼꼼 내민다.

"백 비서관님 오셨죠?"

"예."

"같이 들어오세요. 오늘의 피날레잖아요."

"알겠습니다. 잠시만 기다려 주십시오."

뭐가 뭔지.

면접장은 국회의원 개인 집무실이었다.

업무 볼 큰 책상 하나에 남은 공간엔 'ㄷ' 자형으로 소파가 놓여 있었다.

장대운이 소파의 꼭짓점에 앉자 정은희가 반대편에 앉아 이쪽을 바라보았다. 백은호는 아예 자리에 앉지도 않고 의원 책상에 걸터앉았다.

으응? 어디에 걸터앉았다고?

하늘 같은 의원님 책상에, 보좌관이?

장대운은 전혀 신경 쓰지 않았다. 이 사무실에 단둘만 있는 것처럼 흐뭇하게 바라보고만 있었다.

"무척 궁금했어요. 자기가 어떤 사람인지 알리기에도 바쁜 와중에 자소서에다 우리 미래 청년당이 나아가야 할 길을 제시한 사람이 있다는 게. 오늘 이렇게 만나고 보니 가짜는 아니라는 느낌이 드네요. 보물이 나에게로 왔다는 확신이 팍 와요."

"어머, 그럼 김문호 씨가 진짜라는 얘기예요?"

"예, 저 눈을 보세요. 아주 많은 이야기가 담겨 있잖아요. 우리는 알지 못하는 역경을 헤쳐 온 게 틀림없어요. 결코 평범한 분이 아니에요."

"오오~~ 그렇게 말씀하시니 뭔가 특별해 보이긴 합니다."

김문호는 움찔했다.

사람을 앞에 두고 품평회? 란 불만도 잠시, 깜짝 놀랐다. 농담이 아니라 온몸이 낱낱이 해부되는 기분이 들었다.

하나하나 부품별로 해체해 나열하는 느낌.

이해할 수 없었다. 어째서 이런 기분이 들까?

장대운은 정말 초인이라도 되는 걸까?

어떻게 사람을 한 번 보고 진위를 가릴까?

그런 능력은 수없이 많은 사람을 겪은 자신도 가질 수 없던 것이다. 란 대목까지 가자 전생의 부인, 보좌관 새끼, 대선 후보 경선캠프 모든 새끼들의 얼굴이 지나갔다.

가슴 한쪽이 찌르르 울렸다. 아프게.

"지금도 보세요. 이 와중에도 저를 관찰하잖아요. 지지 않겠다는 겁니다. 보통 내공이 아닌 거예요. 대체 어떤 전장을 거쳐 왔길래 20대 초반에 이런 걸 갖게 된 걸까요?"

"……"

그런 말은 일곱 살 때부터 세찬 풍파를 뚫은 네가 할 말은 아닐 텐데라고 속으로 읊조리고 있는데.

"으응?"

왼손에 무언가 닿는 느낌이 왔다.

장대운의 손이 어느새 손등을 덮고 있었다. 측은한 눈길로. 전장을 겪은 사람들만이 알 수 있는 동질감으로.

'엇!'

김문호는 자신이 이토록 무방비로 정신 빠져 있었다는 데서 더 놀랐다.

이 알 수 없는 남자는 그 행동 방식마저 상상을 초월하였다.

거침없는 사람.

이 순간 어찌 된 일인지 대기업 회장들에게서조차 느낄 수 없었던 청량감을 맛본다.

"이상하죠? 마치 다른 세상에서 살다 온 분 같아요. 정 수석님, 문호 씨는 저를 몰라요. 지금의 눈은 의외의 상황에 대한 놀람이 아니에요. 새로운 것을 본 연구자의 것이에요. 도대체 무슨 세상을 살았기에 이토록 강렬한 파동이 전해질까요?"

"자, 잠깐만요. 김문호 씨가 지금 의원님을 모른다고요?"

"예, 문호 씨는 저를 몰라요. 안다고 해도 아주 최근에 알았어요."

"어디 산간 지방에서 자연인처럼 산 것이 아니라면 어떻게 의원님을……."

정은희의 저 이해할 수 없다는 표정처럼 김문호도 같은 심정이었다.

살며 이렇게 발가벗겨지는 것 같은 기분은 처음이었다. 도무지 감당이 안 되는 의식의 흐름과 쳐들어오는 물결.

정신을 놓고 싶을 정도였다.

이 사람은 보물이 아니라 괴물이었다. 순식간에 남의 인생을 읽어 버리고 바닥에 깔린 저의까지 들춰낸다. 단지 마주했을 뿐인데…….

'아아, 내가 판단하러 온 게 아니라는 건가? 오히려 판단당

하고 있다는 건가? 이 내가? 이 김문호가?'

어떻게 이런 일이 있을 수 있는지.

상대는 28세였다. 평범한 인생을 살아온 자라면 겨우 신입 사원 딱지를 달고 벌벌 떨고 있을 시기.

상식적으로 정치판에서 지천명을 넘어 환갑을 바라보던 자신이 먹히면 안 된다.

장대운의 눈을 다시 바라봤다.

젠장.

먹히고 있었다. 야금야금 곁에서부터 착실하게.

더 있다간 핵심까지 도달할 지경.

안 된다. 이대로는 안 된다. 이렇게 송두리째 먹히는 건 있을 수 없는 일이다.

급히 눈을 피했다. 그러자 반응까지 빨랐다.

"앗! 제가 초면에 너무 실례했나 보네요. 어떡하죠? 정 수석님, 우리 문호 씨가 당황하셨어요."

"엇! 아이고, 그러네요. 첫 만남부터 너무 무례했어요. 맞아요. 이번 일은 순전히 의원님의 잘못이에요. 어떻게 면접 보러 오신 분을 두고 그렇게 압박하실 수 있나요?"

보좌관이 국회의원을 질책한다.

더 웃긴 건 장대운의 반응이었다.

"아아, 맞아요. 저도 모르게 흥이 올랐나 봐요. 어떡하죠?"

국회의원이 쩔쩔맨다. 일개 보좌관에게.

또 그 보좌관은 당연하다는 듯 국회의원을 제끼고 자기가 나선다.

"미안합니다. 문호 씨. 우리 실수예요. 우리 의원님은 마음에 드는 분을 만나면 꼭 이렇게 오버하셔요. 문호 씨가 싫어서 그런 게 아니에요. 오히려 문호 씨가 좋아서 그런 거예요. 사과할게요. 받아 주세요."

한낱 인턴십 지원자에게 고개도 숙인다. 백은호는 쳐다만 볼 뿐 여전히 끼어들지 않고.

얼마나 더 충격을 받아야 할까?

이들은 정말 어디 이상한 나라에서 온 건가? 이러다 오늘 진짜 쌍코피 터져 쓰러지는 건 아닌지…….

"……."

국회의원은 1998년 개정된 국회법에 따라 9명의 보좌진을 둘 수 있었다.

4급 보좌관 둘, 5급 선임 비서관 둘 외 6급, 7급, 8급, 9급 비서에 잡무를 도울 인턴 하나.

언뜻 숫자가 많아 보이긴 하나 국회의원이 FM으로 의정 활동을 하게 된다면 이도 턱없이 모자랐다.

어쨌든 국회의원은 보좌진에 대한 절대적 인사권을 가진 자였다.

눈 밖에 나는 순간 You Fire!

좁디좁은 정치 바닥답게 해고되는 순간 모든 국회의원 사무실에서 이 사실을 알게 된다. 보좌관 하나 얻으려고 해당 국회의원과 적이 될 인간은 없을 테니 그건 곧 정계 은퇴나 마찬가지였다.

　국회의원 보좌진으로 활동했다는 건 나름대로 정치에 뜻이 있다는 얘기인데 해고되는 순간 강제 은퇴가 되는 셈이다.

　그래서 보좌진들에게 국회의원은 왕이었다. 대학원생들에게 교수가 왕이듯.

　즉 지금 정은희가 하는 짓은 쿠데타에 가까웠고 역성혁명 수준이다.

　김문호는 장대운의 눈을 피하며 상한 자존심은 사라진 지이미 오래였다. 오히려 눈을 피하게 만든 사람이 있다는 것과 그런 사람마저 쩔쩔매는 사람이 있다는 게 묘한 희열을 불러일으켰다.

　게다가 정은희는 물론 장대운까지 다시 대화의 주도권을 잡으려 하지 않고 상대를 기다려 주고 있었다.

　미안하다며.

　너무도 어이없는 일의 연속.

　'만난 이래 계속 충격만 받는구나. 속수무책으로. 아무것도 못 하고. 이 내가. 상대는 뭘 어떻게 하지도 않았는데.'

　전부 다 괴물들이었다.

　노련함은 물론 면도날 같은 예리한 판단력에 언뜻 드러나는 눈빛엔 덤비는 순간 가차 없이 물어뜯을 야수성마저 보인다.

　지금 저 심부를 꿰뚫는 눈으로 말이다. 상대를 배려 중이었다. 단지 그것만으로 절로 호의를 일으키는 마력까지 장착하고 있었다.

괴물들.

인정할 수밖에 없었다. 내가 졌다.

'이러니 어느 분야로 가든 가는 곳마다 제패하지. 결국 정치도 시간문제라는 건가?'

30년 해 먹었다고 잘난 척할 게 없었다.

굳이 끼어들지 않아도 현 정치계에서 이들을 상대할 자는 없어 보였다. 조두극이든 그 뒤를 받치는 세력이든 걸리는 순간 족족 해체돼 사라질 게 눈에 선했다.

'내 앞을 가로막던 거대한 산맥들이 야트막한 언덕배기로 보일 지경이구나.'

산이 가로막는다면 터널을 뚫는다. 정글 따위로 딴지를 건다면 왕복 16차선 고속도로를 깔아 버리겠다.

'그렇다면 내 역할은 무엇이지? 이들에겐 인재가 절실하지 않아. 굳이 직원이 필요하면 발에 채는 돌무더기 치우는 정도일까?'

기가 막혔다. 대체 여기에 왜 온 걸까?

한민당이든 민생당이든 군소 정당이든 어딜 가더라도 정치 분야에서만큼은 천재로 불릴 회귀자가 겨우 찾아온 일이 마당쇠라고?

그런데 말이다. 이걸 또 달리 말하면 어디로 가든 장대운을 상대해야 한다는 건데.

도무지 이길 자신이 없었다. 아니, 살아남을 자신이 없다는 게 솔직한 심정.

'졌구나. 졌어. 내가 완벽하게 패했어. 뭘 어떻게 하지도 못하고.'

이런 사람이 있는 줄 전혀 몰랐다.

살며 이런 사람을 만날 줄도 몰랐다.

앞으로 어떻게 해야 하나? 어떻게 살아야 하나?

장대운이 정치판에 계속 머문다면 어딜 가든 똑같을 것이다.

결국 방법은 둘 중 하나였다.

다른 길을 찾거나 복속되거나.

갈팡질팡하고 있을 때 장대운이 다시 손을 잡아 왔다.

"잠시 딴 길로 새긴 했는데 이제 좀 진정된 듯하니 면접을 시작해도 될까요? 오늘 면접 보러 오셨잖아요."

이 말이 왜 같이 가고 싶다는 말로 들리지?

"아예, 면접…… 예, 면접 보셔야죠."

"좋아요. 이제 본격적으로 시작해 볼까요?"

이미 다 털렸는데 무슨 본격적?

탁자 위 올려진 이력서를 펼치는 장대운이었다.

펄럭펄럭 휘날리기만 할 뿐 읽고 있다는 느낌은 아니었다.

역시나 바로 덮는다.

"굳이 이 마당에 학력이니 출신이니 지난 삶을 되짚어 볼 필요는 없겠죠. 바로 본론으로 들어갑시다. 자, 문호 씨는 본인의 인턴십에 앞서 미래 청년당이 시급히 해결해야 할 문제를 짚었어요. 맞나요?"

"……맞습니다."

"그 의도에 대해 우리에게 설명해 주실 수 있나요?"

"……가능합니다."

김문호가 끄덕이자마자 장대운은 입꼬리가 살짝 올라갔다. 정은희는 그 입꼬리를 보고 푸근한 미소를 지었다.

"좋아요. 지금부터 설명할 시간을 드릴게요. 우리를 설득해 보세요."

'설득?'

설득하라고?

무엇을 설득하라는 거지? 설득이 안 되면 같이 안 가겠다는 건가?

장대운을 보았다.

'아니군. 하고 안 하고의 문제가 아니야. 듣고 싶다는 거야. 내가 왜 그런 제안을 하게 됐는지.'

이러면 또 사람이 진지해질 수밖에 없다.

상대는 흔한 대학 졸업반의 의견이라도 가치 있다면 경청하겠다는 태도였다.

그리고 너의 의견이 충분히 가치 있음을 눈으로 말해 주고 있었다.

기회를 주겠다고.

'또 말리는 것 같은데 전혀 기분 나쁘지가 않아. 젠장.'

오늘 '젠장'만 몇 번인 건지.

또 젠장.

어차피 쏜 화살 같았다.

김문호는 심호흡으로 마음을 가다듬었다.

사흘 전, 무언가 헤매는 듯한 느낌의 미래 청년당에 던져 준 해법은 총 세 가지였다.

굳이 제목을 붙이자면.

- 현시점 미래 청년당 포지셔닝에 대한 고찰.

정도가 좋겠다.

사흘 전 학교 대자보의 포스터를 보고 마주친 건 이루 말할 수 없이 투박한 아마추어의 향기였다. 단지 그것만으로도 미래 청년당의 가치가 평가 절하될 만큼 암울한.

그래서 호기로울 수 있었다.

인적 구성부터 조직 아이덴티티까지 전부 헤매고 있다면 이 몸이 어느 정도 해결책을 제시해 줄 수 있겠다. 다만 이걸 알아보냐는 순전히 너희의 역량이겠지. 쿠쿠쿡.

그리고 지금.

비웃었던 걸 아주 많이 후회 중이다.

미래 청년당은 장대운을 만나기 전과 만난 후로 나뉜다.

전혀 딴판인 조직.

하루 만에 아무렇지 않게 써 던진 내용쯤은 이미 알고 있고 진행시키고 있을 것 같다는 예감이 들었다.

'…….'

수치심이 올라온다.

부끄럽고 창피하고 한시라도 빨리 이 방에서 벗어나고 싶을 만큼 간절히.

괜히 아는 척하다가 망신살이나 뻗치는 건 아닐지.

'그럼에도 이들은 나를 위해 경청하겠다는 태도를 보여. 자기들이 알고 있어도 다른 사람의 의견까지 충분히 수렴하겠다는 거야. ……이러다 정말 밑천까지 풀어야 할지도 모르겠는데.'

당황한 건 부인할 수 없었다.

그러나 석죽지는 않겠다.

정치판에서 맴돈 짬이 얼마인데 찍어 먹어 보지도 못하고 지레 겁먹어 다리를 절까.

못 먹어도 GO!

어디 씨벌. 개싸움 한번 해보자.

Chapter. 2

김문호는 딱 뱃심을 주고 허리를 곧추 폈다. 지켜보는 이
들을 향해 천천히 입을 열었다.

"지원하기 전 조사한 미래 청년당은 거의 사회단체와 비슷
한 성격을 띠었습니다. 대한민국의 공인된 정당으로서 면모
도 전혀 갖추지 못한 상태였고요."

"으음⋯⋯."

동조하는 건지, 아픈 데를 찔렸다는 건지 모를 정은희의 침
음성이었다.

2001년, 정계 진출을 선언한 장대운은 곧바로 창당 수순을
밟았다. 미래 청년당. 줄여서 미청당.

시작은 조촐했다. 보좌관 둘에 경호원 하나, 본인까지 단 넷으로 간판을 달았고 사무실을 열었다.

하지만 정당 이름을 띠었다고 정식 정당으로 인정받는 건 아니었다.

본디 정당이란 5개 이상의 광역자치단체에서 각각 1,000 명 이상의 당원이 필요했다. 미래 청년당은 변변한 국회의원 도 한 명 없다.

이름뿐인 정당.

물론 장대운이라는 네임드는 움찔하는 것만도 언론이 대 서특필로 다룰 만큼 영향력이 컸고 수많은 정재관 인사들이 그 행보에 주목하기는 했다지만. 오픈빨은 길 수가 없다. 거 창한 일보와는 달리 한계가 금방 드러났다.

- 정치 핵심과는 동떨어진 활동력.

권한에 관한 얘기였다.

정당이란 입법에 관여할 수 있어야 존재로서 가치가 있었다.

입법 주도는 물론이고 교섭 단체로서 정국에 영향력을 끼 치려면 국회의원이 한두 명도 아니고 최소 20명이 필요하다.

즉 아무것도 없는 미청당은 국회 주변을 맴돌며 때를 기다리 는 시민단체처럼 사회 이슈와 부조리에 대해 떠드는 언로밖에 할 수 있는 게 없었고 지금껏 그 프레임에서 벗어나지 못했다.

"가타부타할 것 없이 핵심부터 들어가겠습니다. 제가 제안

드린 내용은 세 가지였습니다. 그중 가장 시급한 것이 세력 확장이었죠."

세력 확장.

앞서 말한 것과 같이 정당이 정당으로서 기능하기 위해 필요한 국회의원의 숫자는 20명 이상이다.

한민당, 민생당 두 거대 정당으로부터 조성된 정치 환경에서 자기 목소리를 내려면 다른 방법이 없다. 둘 사이를 오가며 줄타기하는 수밖에.

민주주의 사회에서 힘은 곧 세력이고 과반수를 얻지 못한 법안은 나가리다. 그 선을 오가며 20표를 휘두르는 게 교섭 단체였고 그 중요성을 따지자면 법안 발의 때마다 한민당이든 민생당이든 무조건 끌어안아야 할 대상이 된다는 것이다.

장대운과 시선을 마주쳤다.

"이 자리에 온 순간 교섭 단체로서의 성장은 이미 설계하고 계실 것 같다는 예감을 받았습니다. 당연하겠지요. 그래서 저는 다음 순서에 중점을 두었습니다."

"……."

"……."

아무 말도 하지 않지만, 정은희 장대운 두 사람의 집중력은 강했다. 조용한 가운데 고개 끄덕임 같은 적절한 리액션을 섞어 발언자의 기운을 북돋웠고 편안하게 주장할 수 있도록 자세도 풀지 않았다. 확실히 보통 사람들이 아니었다.

김문호도 슬슬 기대에 부응하고 싶어졌다.

"지역구를 봤습니다. 의원님의 지역구인 강남구 갑. 포괄적으로 강남구 전체를 봤습니다."

"으음…… 이유는요?"

정은희가 못 참고 질문을 던진다.

이도 또한 어떤 시각으로는 아주 적절했다.

답이 준비됐다면 질문이야말로 최고의 도우미일 테니.

"의원님이 강남구를 지역으로 가지고 있기 때문이죠. 의원님이 의원님으로 계실 수 있는 원천이니까요."

당연한 말이다.

고개도 끄덕끄덕. 정은희가 미소 짓는다.

순간 질문한 의도가 보였다. 화자(話者)가 자칫 방향성에 함몰돼 본질을 놓치고 있는 건 아닌지 확인하고 싶었던 거다.

'좋은 끼어듦이야.'

김문호도 왠지 흥이 올랐다.

합이 맞다면…… 합이 맞는 사람을 만나는 건 일생의 복이다.

"여기에서 저는 크게 세 가지를 유심히 보아야 한다고 생각했습니다."

"무언가요?"

"하나는 강남구의 행정을 맡은 강남구청, 다른 하나는 강남구 행정 사무에 대한 감사와 더불어 구민과의 중간자 역할을 하는…… 작은 국회라 불리는 강남구의회, 마지막 하나는 말할 필요도 없이 강남구민이겠죠."

"……."

"……."

"그리고 현시점, 미래 청년당이 손에 넣은 건 아무것도 없다는 겁니다."

조사하며 이런 가정을 해 봤다.

장대운이 차라리 무소속이었다면 어땠을까?

여러모로 지금보다는 형편이 훨씬 나았을 것이다.

두 거대 당이 서로 모셔 가려 애썼을 테니. 비위도 맞춰 주고.

하지만 장대운이 미래 청년당 소속인 이상 그들이 선택할 방법은 두 가지밖에 없었다. 하나는 당 통합이라는 명분으로 흡수하거나 남은 하나는…….

"아마도 투명인간처럼 무시할 확률이 높습니다. 지역구에 세력이 없는 국회의원이 처음 등장했죠. 구의회가 작긴 하나 저들은 두 거대 당을 등에 업고 있습니다. 특히 선거 도중 후보를 잃은 한민당 소속들은 4년 후 강남구 갑의 공천을 받기 위해서라도 충성 행보를 벌일 겁니다. 의원님 앞에서도 기세등등할 만큼 말이죠. 어쩌면 대놓고 비웃을지도 모르겠습니다. 우리 없이 너희가 무엇을 할 수 있겠냐고요."

"……."

"……."

"저라면 어떨까 생각했습니다. 감히 의원님께 행패는 부릴 수 없을 테니 다음 총선 때까지 팔다리가 자라지 못하도록 고립시키겠다. 스스로 무너지게끔 뒤에서 양념이나 치면서 말이죠."

장대운을 직접적으로 건들 간 큰 인간은 이 대한민국에 없

75

을 것이다. 물론 어디에서나 과한 충성자들이 있긴 하겠지만 그건 번외고.

여기에서 유심히 봐야 할 건 이슈 메이커의 영향력이었다.

이슈 메이커들이 부리는 힘은 어지간한 정치인을 압도한다.

하물며 대한민국의 살아 있는 국보라 일컫는 장대운이라면.

그들도 알 것이다. 장대운은 건드리는 것이 오히려 장대운을 도와주는 꼴이란 걸.

"4년간 아무것도 못 하게 일관할 겁니다. 법대로만 움직이고 근처에도 오지 않겠죠. 그렇게 4년 후 외칠 겁니다. 봐라. 아무나 뽑으면 이 꼴이 난다. 어설픈 사람을 뽑아 놓으니 갈 길 바쁜 강남구의 4년이 통째로 사라졌지 않느냐?"

"……!"

"……!"

"하지만 그들이 진짜로 노리는 건 의원님이 아니라는 점입니다."

"그렇군요. 그래요."

장대운이 처음으로 호응했다. 물었다.

"아십니까?"

"구민 길들이기. 아닌가요?"

맞다. 구민 길들이기. 세뇌의 과정이다.

영세토록 권력을 쥐기 위해 부리는 간악한 술책.

기득권이 무서운 점이 바로 여기에 있었다.

지금으로부터 30년 후까지 제아무리 새로운 바람이 불어도 강남구만큼은 한민당 텃밭이 됐던 이유.

보수적인 구민의 성향도 있겠지만, 변화를 싫어하는 구민의 성향을 악용한 정치적인 수작이 훨씬 더 컸다.

장대운도 이것만큼은 공감하는지 격한 리액션이 나왔다.

그러나 김문호는 절대로 장대운을 얕보지 않았다.

감히 판단컨대 이들은 처음부터 알고 있었을 것이다. 철옹성 같은 강남의 아성을 무너뜨려야 국회에 입성할 수 있었을 테니 이에 대한 연구를 심도 있게 했겠지.

"으흠, 방법이 있습니까?"

장대운이 적극적으로 나왔다.

네 판단을 인정하겠다는 의미다.

속으로 쾌재를 부른 김문호는 자신 있는 표정으로 한 발을 더 내디뎠다.

"방법론이라면…… 양지, 음지 어느 것을 원하십니까?"

캬아~ 양지, 음지 어느 것을 원하십니까?

게임 셋이다. 끝.

이 정도면 빽 가서 '더 들을 것도 없군요. 김문호 씨, 우리와 함께합시다.' 손 내밀 수밖에 없다. 이 몸은 살짝 잡아 주는 거로 몸값을 올리고. 그런데,

"좋아요. 방법이 있다 하니 일단은 거기까지입니다. 다음으로 넘어가죠."

생각지도 못한 스톱 선언이었다.

김문호는 어이없음과 동시에 속으로 탄성을 내질렀다.

완급 조절이라고? 이 타이밍에?

가장 하이라이트에 채널을 틀어 버리는 과단성이라니.

이러면 오히려 주장의 주체인 내가 더 갈증을 느끼게 된다.

김문호는 마른 입술을 혀로 적시며 진정하려 애썼다.

거역은 안 된다. 지금은 주인이 원하는 대로 가야 한다.

"큼큼, 다음을 원하시니. 넘어가겠습니다. 다음은 조사 기구가 필요합니다."

"조사 기구……라니요?"

정은희였다.

"정확히는 리서치를 다룰 검증 전문 기관이 필요합니다."

"검증 전문 기관요?"

왼쪽 눈썹을 올리는 정은희 대신 장대운에게 물었다.

"의원님은 혹시 누가 의원님을 찍었는지 아십니까?"

"누가 찍었……다니요?"

고개를 갸웃.

"아! 질문이 잘못됐습니다. 어느 연령층의 무슨 직종의 사람들이 의원님께 표를 줬는지 아십니까?"

"……!"

모른다.

모르는 걸 아무렇지도 않게 얼굴로 밝힌다. 동시에 방금의 질문이 무엇을 의미하는지 깨달은 표정이 됐다.

말도 안 되는 속도감이다.

"혹시 전략적 포지셔닝을 뜻하는 겁니까?"

"……맞습니다."

우와~~~.

대답하면서도 김문호는 팔에 소름이 돋는 걸 느꼈다.

진짜 단박에 캐치했다. 전략적 포지셔닝을.

정치인의 처음과 끝을.

- 내가 누구고 내가 무엇을 할 수 있고 내가 너희에게 무엇을 줄 수 있는지에 대한 진지하고도 확증적인 대외 이미지.

성공만 한다면 너무나도 훌륭한 이미지 메이킹 수단이기에 정치인이라면 누구라도 이행하고 싶겠지만, 성공적인 포지션은 아무나 가질 수 없다.

성공 사례는 백에 하나? 혹은 천에 하나?

모르겠다. 김문호도 아는 건 획득할 조건이 아주 명확하다는 것뿐이었다.

첫째, 이름에 가치가 있어야 한다.

둘째, 가고자 하는 길에 대한 확고한 신념이 있어야 한다.

셋째, 그 사실을 국민이 인식해야 한다.

넷째, 비로소 관철해 내야 한다.

언뜻 간단해 보이지만.

노력해라. 정진해라. 단련해라. 매일매일 공부에 힘쓰고 남는 시간이 있다면 부모에 효도하고 돈 잘 벌고 주변 도와주고 가정 잘 지키고 또 남는다면 국가와 민족에 충성해라. 와 비슷한 얘기였다.

'일반인이 할 수 있는 게 아니지.'

못 하니까 부모님이든 선생님이든 만나는 사람마다 좔좔 외워 대는 것이다.

노오오력! 노오오오오력 하라!

언젠가 고등학교 은사님도 이런 말씀을 한 적이 있었다.

∞ 너희들 조선 시대 때 수절한 과부에게 열녀문을 왜 세워 줬는지 알아?

∞ …….

∞ 어휴~ 똘빡들아. 열녀가 없으니까 열녀문을 세워 주는 거 아니겠냐. 거짓말하니까 거짓말하지 마라 교육하는 거고, 사회에서 말하는 정의 대부분이 잘 지켜지지 않으니까 정의를 부르짖는 거 아니냐. 이 멍청한 것들아.

당시에는 잘 이해 못 했는데.

이 순간 왜 이다지도 쏙쏙 들어오는지.

"…….."

각설하고. 정치인은 권력을 좇는다.

권력이 없으면 정치인도 없다.

그렇기에 권력을 잃은 정치인은 가치가 없다.

기존 환경에서의 전략적 포지셔닝이란 수많은 난관을 뚫고 올라서는 자만이 가질 수 있는 왕관과도 같다. 또 그걸 가진 자야만이 대권에 도전할 기회를 받는다.

대한민국 권력의 정화. 대통령으로.

하지만 모든 게 새로운 지금 굳이 남들이 짜 놓은 판을 따라갈 필요가 있을까?

"계속해 보세요."

"예, 누가 나를 좋아하고 나를 좋아하는 이들이 무엇을 좋아하고 또 무엇을 원하는지 캐치하는 건 정치인의 숙명과도 같습니다. 그들이 곧 정치 인생을 함께할 유산이 될 테니까요."

"맞아요. 인정합니다."

"공신력 있는 조사 기관이 합당한 질문으로써 지속적으로 의원님의 이름을 노출시킨다면 한층 더 단단한 지지층을 확보할 수 있을 겁니다. 예를 들어, '이런 것도 가능해?'에서 이미 이런 걸 하고 있는 정치인이 된다는 거죠. 더해 상대의 약점도 파악할 수 있고요."

이 땅에 태어나 이 땅에서 살아오며 웬만한 건 이해하고 있다지만.

딱 한 가지, 우리 민족이 도무지 이해하기 힘들 때가 있었다.

희한하게도 누가 유리하다고 하면 유리한 사람을 찍어 준다. 설사 다른 사람을 지지하고 있더라도 일할 사람에게 표를 준다는 논리로.

영문을 모를 사고방식이다. 내가 지지하는 자가 밀리고 있다면 그 사람을 찍어 줘야 할 텐데 그냥 일등 하는 놈을 찍는다.

그래서 영호남의 확고부동한 시멘트 지지층이 존재하게

되고 정치판에 혼돈이 들어오는 20년 후에는 이를 이용한 리서치물이 판을 친다.

누가 유리하더라. 누구의 지지율이 몇 % 앞섰더라. 누가 대통령 될 확률이 높다더라…….

우후죽순으로 설립된 리서치 회사가 내놓는 데이터를 언론은 또 좋다고 자기 입맛에 맞는 후보의…… 어디에서 나온 건지 검증도 안 된 리서치 결과물을 지속적으로 보여 주며 호도한다.

우르르 우르르. 이쪽으로. 저쪽으로.

누가 뭘 하겠다는 건지도 모른 채 선거판은 우왕좌왕, 엉망진창이 된다.

'무주공산인 리서치 시장을 선점하는 거다. 신뢰도 1등의 조사 기관을 손에 쥔다면 앞으로의 선거판을 쥐고 흔들 수 있다.'

"으음…… 조사 기관이라."

"하나 더 보탠다면 그 검증 기관으로 대통령부터 전국 시도 자치 의회와 국회의원들의 공약 이행률도 조사해 보는 것도 좋겠죠. 해마다 이슈처럼 결과물을 낸다면 한층 더 파괴력 있는 기관이 탄생할 수 있습니다."

개인 의견도 슬쩍 밀어 넣으며 김문호는 장대운의 눈치를 살폈다.

'물어라. 물어라.'

만나지 않았다면 모르되 만난 이상 이 자리는 장대운의 면접장이기도 했다.

하던 가락을 못 이겨 이 몸이 다시 정치판으로 나간다면 앞으로 함께할 수 있는 인물인지 아닌지 필수로 알아야 하지 않겠나? 거기에는 그의 사상은 물론 능력 검증도 포함된다.

신중해야 했다. 대외적으로 알려진 이미지가 가짜일 수도 있다. 가면 쓴 거짓말쟁이들을 한두 번 만나 보나?

'진짜일 확률이 훨씬 더 높지만 일하는 스타일도 봐야 해.'

그렇기에 자소서에 적은 제안 전부에 어떤 의도를 숨겼다.

첫 번째, 세력 확장이 장대운의 영향력과 능력 전반에 대한 제언으로 가진 걸 어떻게 활용하고 또 어떤 기준으로 성을 쌓을지에 대한 것이라면. 이번 두 번째는 돈에 관한 얘기였다.

돈.

- 사람을 움직이는 건 보상이다.

동서고금을 막론하고 이 의견에 태클 거는 자는 없을 것이다.

물론 이도 무엇을 원하느냐에 따라 보상의 종류와 질과 규모가 천차만별로 달라지겠지만 대체로 돈이면 통한다.

세상 모든 게 경제의 논리이고 리서치 회사를 꾸리는 것도 상당한 자본이 소요된다.

보통의 국회의원 나부랭이라면 제아무리 뒷돈을 받고 지랄을 떤대도 절대로 할 수 없는 일이지만 장대운은 가능하다.

국회의원에 출마하며 제출한 본인 재산 내역에 100조 원 + ∝라고 적은 마성의 남자.

두 거대 당도 십 원짜리 한 장까지 전부 모아 봐야 1천억도 안 될 시점에 드러난 재산 규모만도 1천 배가 넘어간다.

이 와중에 재밌는 건 누구도 1원 내역까지 세세히 적지 않았냐고 시비 터는 놈이 없다는 것이다.

그만큼 그에 대한 인식이 압도적이라는 건데.

'이게 뭐라고 긴장되냐.'

꿀꺽. 침이 꿀렁이며 넘어갔다.

이 안이 통과된다면 할 수 있는 게 아주 많아진다. 돈을 쓰는 용처의 범위도 훨씬 넓어진다. 장대운의 돈 쓰는 방식을 알게 될 테니.

'물어라. 물어라. 사람을 움직이는 데 대체로 필요한 게 돈이다. 정치는 세력 싸움이고 돈과 권력의 시너지는 상상을 초월한다. ……엇!'

눈치를 한 번 더 보는 순간 장대운과 눈이 마주쳤다.

피식 웃는다.

아아, 젠장. 들켰나?

장대운이 등을 기대던 자세를 풀고 똑바로 앉았다.

"문호 씨가 알아야 할 게 있어요."

"……."

"나랑 다이렉트로 말할 때는 명심해야 할 것 중 하나인데. 들어 보시겠어요?"

"옙, 경청하겠습니다."

김문호는 일단 납작 엎드렸다.

"좋아요. 태도가 아주 마음에 드네요."

흐뭇하게 웃는다.

들킨 건가? 아닌 건가?

"긴 얘기는 아니에요. 센스의 영역이죠. 먼저 설명해 드릴
게요. 나는 평소 보고서 따위 잘 보지 않아요. 보고서를 보다
보면 왠지 모르게 꼭 자기 의견을 새겨들으라고 강요하는 것
같더라고요. 안 그래도 말 많은 삶인데 그런 것에까지 휘둘릴
필요가 없잖아요."

"……?"

보고서? 무슨 소리지?

"그런 건 실권 없는 월급 사장들이나 좋아라 한다는 얘기예
요. 근거 좋잖아요, 돈을 써야만 했던 이유, 보고서란 그 필요
성을 증거로 남겨야 할 사람들에겐 아주 유용한 수단이겠죠."

"……."

"그런데 말이에요. 나 같은 규모를 나같이 마음대로 움직일
수 있는 사람은 보고서가 거의 필요 없어요. 현황, 문제점, 개선
점, 확장성 따위를 순서대로 정리해 댄 종이 쪼가리는 내 관심
을 전혀 끌지 못한다는 얘기예요. 그럼 어떻게 해야 하느냐?"

"……?"

"내가 묻는 건 딱 하나예요. 되냐? 안 되냐?"

"……!"

"된다 싶으면 될 때까지 돈이고 사람이고 자원이고 싹 때
려 붓는 거고 안 된다면 쓰레기통으로 슝~~ 여기까지 말했
는데 무슨 뜻인지 모르시면 안 되겠죠?"

"아아…… 예."

압도된다. 압도된다.

이러면 안 되는데 이러면 안 되는데 하면서도 압도된다.

이 시점, 이 조그만 한국에 어울리지도 않게 상장하는 순간 시가 총액이 2,000억 달러 아니, 3,000억 달러를 호가할 기업 집단이 있고 또 그 기업 집단의 지분 90% 이상을 소유한 남자가 있다는 것이 전혀 이해가 가지 않았는데. 완전히 알아들었다.

'내가 틀렸구나. 장대운을 내 수준에서 판단했어.'

거인이었다. 뱁새의 상식 내에서 접근한 것 자체가 심각한 오류였다.

거인에게는 거인만의 철학이 있을 텐데…… 이걸 거인론 (巨人論)이라 해야 하나?

토닥토닥.

'으응?'

누가 어깨를 건드린다 싶었는데. 장대운이었다.

괜찮다고 한다. 당연히 그럴 수밖에 없다고.

'나를 위로해 준다고?'

뭐지, 이 사람?

"……."

"입은 이제 다물어도 됩니다."

"아, 아옙. 츄릅, 죄송합니다."

"많이 놀랐나요?"

"아, 그게…… 예, 좀 충격받았습니다."

"사고방식이 많이 다르죠?"

"……예."

"진정이 됐다면 마지막 장으로 넘어가도 될까요?"

"아! 물론입니다. 근데 저 물 한 잔만……."

입안이 깔깔해진 김에 시간이나 벌까 하여 부탁했는데.

말이 나오기가 무섭게 정은희가 물컵을 앞에다 둔다.

언제 준비한 거지?

이상한 나라의 앨리스도 아니고 여긴 대체 뭐지?

아니, 씨벌 그래서 조사 기관을 만들겠다는 거야? 안 만들겠다는 거…… 아니구나. 장대운이라면 되겠다 싶을 테니 진행시키겠구나. 그 얘길 해 준 거구나. 더 열 올릴 필요 없다고.

이런 게 거인식 화법인가?

물이 코로 들어가는지 입으로 들어가는지.

정신없는 와중에도 김문호는 희미해져 가는 집중력을 붙잡고 마지막 장을 펼쳤다.

"큼큼큼, 예…… 말씀드릴 세 가지 중 마지막으로 파고들어야 할 부분은 뭐니 뭐니 해도 업적입니다. 의원님이 내세울 업적. 이것 하면 장대운이 떠오를 만큼 확고한 위업이 필요합니다."

"업적…… 위업이라……."

"새삼스러운 일은 아닌 듯 보이겠으나……."

뜨뜻미지근한 반응에 얼른 부연 설명을 이으려는데.

"아니에요. 업적 아주 절실하죠. 안 그래요. 정 수석님?"

"동의합니다. 이전까지의 삶은 그것대로 충분하겠지만, 정치인으로서는 아직 우리 의원님이 능력을 보여 준 적이 없으니까요. 루키죠. 아주 정확한 지적이에요. 문호 씨 상당한데요."

"그렇죠? 모두가 알고 있다고는 하나 이렇게 끄집어내는 건 전혀 다르지 않습니까? 아주 명철해요."

"의원님, 더 듣고 싶은데요."

"아, 예. 그러시죠. 문호 씨, 부탁해요."

이것 참……

너무 친밀하고 자연스러워서 같이 어깨동무할 뻔했다.

하여튼 이 두 사람은 국회의원과 보좌관을 넘어서는 분위기를 자아낸다.

"예, 그럼 알고 계시다 하니 업적이 어째서 필요한지는 생략하겠습니다."

"아니에요. 원래 하고자 했던 건 다 해 주세요. 방금 건 우리가 끼어든 것뿐이에요."

정은희가 준비했던 대로 해 달라고 한다.

"예…… 그럼 그렇게 하겠습니다. 별스러운 얘기는 아닙니다. 대한민국이란 나라의 정치 환경이 그렇다는 겁니다. 제17대 국회의원 선거를 기준으로 이 나라 최고의 엘리트들이 단 299석을 두고 경쟁하고 있는 근본 원인을 짚어 보자는 겁니다."

"으음……"

장대운이 알겠다는 듯 고개를 끄덕끄덕.

김문호는 다시 발동 걸었다.

"승리하는 자만이 299석 중 하나를 차지하고 그중 가장 뛰어난 자가 대권에 도전할 기회를 부여받습니다. 이 한 사람을 위해 엄청난 자원이 소모됩니다. 가히 상상도 못 할 만큼 많은 것들이요."

"……."

"……."

"하지만 의외로 그들을 승리의 길로 인도하는 건 자금력도 인맥도 기획된 설계도 아닙니다. 바로 실적입니다. 이 사람이 과연 무얼 했고 무엇을 부르짖었나? 그 사람 이름 석 자를 두고 딱 떠오르는, 각인된 이미지가 그를 승리자의 길로 데려다 놓습니다. 이걸 간과하는 이들이 많습니다."

"……!"

"……!"

"오늘 드린 세 가지 제안도 모두 이와 일맥상통합니다. 첫 번째 세력 확장이 의원님의 기반을 닦는 것이라면 두 번째 조사 기관은 의원님께 날개를 달아 줄 것이고 세 번째 실적은 확고한 지지 기반이 될 겁니다. 용이 여의주를 문 것처럼요."

세 번째를 조금 더 깊게 표현하자면 통찰력의 문제라 할 수 있었다. 제대로 된 일을 발견하고 제대로 매진할 수 있느냐. 그럴 만한 대운(大運)이 있느냐.

김문호는 여기까지 오면서 어느새 장대운이 회귀자인지 아닌지는 전혀 중요치 않게 됐다는 걸 깨달았다.

만족스러웠다.

기쁘고 뿌듯하고 말의 맛이 아주 좋다는 것만 남아 있었다.

나오는 제안마다 족족 흡수되고 쏙쏙 들어간다. 한마디 어디 흘려버리는 것 없이.

살며, 이렇게 말이 잘 통하는 상대는 만난 적이 없었다.

아무렴 상관없었다.

'씨벌, 멀티버스면 어떠고 회귀자면 어때. 이렇게 잘 들어주는데.'

동시에 이 감각이 거울의 효과처럼 장대운에게도 똑같이 적용됨을 깨달았다.

'내가 장대운이라면 나를 어떻게 생각할까?'

이것만큼은 자신할 수 있었다. 갖고 싶을 거라는 걸.

'비록 한 분야라 하나 나는 사람들이 알지 못하는 미래 지식을 가진 자다.'

손잡는 순간 장대운에게 큰 도움이 될 거라는 확신은 있었다.

하지만 그래도 방심은 않는다. 모든 게 호의적인 상황이라도 이것이 건설적으로 도움 된다는 보장이 없으니까.

'맞아. 설레발은 금물이지.'

조용히, 눈에 안 띄게 살 거라면 모를까 지식은 가진 것만으로는 아무런 도움이 못 되는 걸 잘 알았다. 드러나는 순간 도리어 그런 사실을 알고 있다는 것만으로 상당한 위험을 초래하기도 한다는 걸.

'지식이 빛날 때는 그 지식을 지킬 힘이 있을 때뿐.'

그래서 더 명확히 느껴졌다.

시작하는 떡잎 vs 완성으로 가는 나무.

세상 vs 김문호.

세상 vs 장대운.

무게추가 장대운으로 한참 기운다. 내가 아닌 장대운으로.

'내가…… 아닌 건가?'

모든 화살표가 장대운에게 쏠린다.

명백하게 느껴진다. 내가 아닌 장대운이라고.

어쩌면 숙명일 수도 있겠다는 예감마저 들었다. 뜬금없이 회귀한 이유도 다 이 사람을 만나기 위해서라는 얼토당토않은 가정을 할 만큼. 강력한 킹메이커로서의 어떤 남자가.

짝짝짝짝. 박수 소리가 들렸다.

고개를 드니 장대운이 박수를 치고 있었다. 뒤이어 정은희도 박수 쳤다. 백은호는 여전히 지켜만 본다.

"휘유~ 오랜만에 좋은 경험을 한 것 같네요. 이렇게 대단한 명강의를 듣다니. 가히 앱솔루틀리입니다."

비꼼 하나 없는 순수한 감탄이었다.

감사의 태도마저 완벽하다.

화답 차원에서 이쪽도 인사 정도는 해 주려는데.

장대운이 먼저 말을 이었다.

"나는 말이죠. 아주 민감한 사람입니다. 초민감자라고 불려도 될 만큼 보통 사람은 잘 느끼지도 못한 세계와 접해 있죠. 특히 향기, 소리, 빛, 감정에 민감해요. 사람의 심성을 잘 느끼고 거짓을 직관적으로 캐치해 내죠. 그래서 상처를 더 잘 받습니다. 내 보기엔 문호 씨도 그런 것 같은데 맞나요?"

"아…… 그게…… 초민감자는 잘 모르겠지만 예민한 편입니다. 동생들과 있을 때 그런 말을 자주 듣습니다. 잠잘 때는 더욱요."

"맞아요. 그런 사람들은 직관이 아주 발달해 있죠. 보는 순간 아는 능력 말입니다."

"……!"

"여기에서 필연적으로 질문이 하나 나오게 됩니다. 내가 정치하려는 이유는 이미 오래전에 세상에 밝혔습니다. 자, 이제 제가 문호 씨에게 묻겠습니다. 문호 씨는 왜 정치하려는 겁니까?"

- 너는 왜 여기에 있는 거냐?

"……!!!"

깜짝 놀랐다. 속이 훅 파인 기분.

너무도 저돌적이라서 또 너무도 통쾌하여 뼈아플 정도라니.

이런 걸 정문일침(頂門一針)이라 하나?

머릿속 깊숙이 숨겨 놓은 핵을 꿰뚫리는 감각에 아찔해진 김문호는 자기도 모르게 자세를 다시 바로잡았다.

정신이 번쩍 들 만큼 강렬했다.

장대운은 정말 강했다. 자기만의 독특한 분위기를 띄우면서도 명료한 시선으로 진실을 향한다. 드높은 자리에 있으면서도 빙 둘러 가는 화법을 쓰지 않고 오로지 목표에만 득달같이 달려드는 사자처럼 직관적이다.

이제 와 정치와 보통의 삶을 저울질하고 있단 말은 스스로에게 침 뱉는 격일 것이다. 에둘러 표현하는 것도 장대운은 금세 알아차릴 것이다.

'근데…… 솔직하게 해도 될까?'

이제껏 누구에게도 꺼내 보인 적 없는 상처, 울분, 분노를?

김문호는 눈을 감았다. 스스로에게 질문을 던졌다.

- 이 사람을 믿을 수 있겠나?

여전히 자신은 없었다.

조석 간으로 열두 번씩 바뀌는 진심 따윈 포기한 지 오래고 최측근 놈에게 다친 상처에선 아직도 피가 흐르는 중이다.

이번 생만큼은 오직 스스로만 믿는다는 게 결심이었는데.

어째서 이 사람은 믿을 수 있을 것 같은지….

망설여졌다. 단호하게 끊어도 모자랄 판에 망설이다니.

설마…… 나 혹시 기대고 싶은 건가?

'으응?'

갑자기 그 녀석이 떠올랐다. 예전, 아주 예전, 정치 첫 입문 때 첫 보좌관을 맡아 준 녀석.

∞ 외로워질 거예요. 형님. 외로워집니다. 앞으로 형님의 길이 외로움과의 싸움이 될 만큼…… 틀리지 않을 거예요. 그

렇지 않아요. 오기 부리지 마세요. 내가 본 형님은 절대 외로움을 이길 수 없어요. 반드시 누군가에게 기대려 할 겁니다. 헌데…… 쿠쿠쿠쿠쿡, 이제 형님 곁에 누가 있나요? 불쌍한 우리 형님. 그 끝에 정말 우리가 원하는 게 있을 것 같아요?

마지막 헤어짐의 자리에서 잔뜩 취해 던진 말이었다.

쓸쓸히 돌아서던 녀석의 뒷모습을 난 이 꼴이 돼서야 떠올렸다.

'아주 까마득히 먼 옛날처럼 느껴져. 난 대체 무엇을 원했던 거지?'

그 녀석이 떠난 자리를 차지한 게 그 개새끼였다. 세련된 외모, 반짝이는 아이디어와 뛰어난 정무 실력으로 혼자서 몇 명의 역할을 해내고는 완벽하게 인정받았다.

그리고 결국 나까지 집어삼켰다.

그놈 뒤엔 그들이 있다.

'아니, 몰랐던 게 아니야. 나도 다 알고 있었잖아. 아내도 주변 인물도 외면해 고립돼 갔다는 걸. 전부 알면서도 모른 척했어. 그저 권력이 갖고 싶어서. 지지받는 게 기뻐서 그거면 된다고 생각했어. 멍청하게.'

그 녀석의 말대로 정말 많이 외로웠다.

결혼할 때만 해도 왁자지껄한 가정을 꿈꾸며 이 지겨운 외로움에서 탈출하나 싶었는데.

식장에서 나오자마자 소원해졌다. 당시엔 꿈에도 몰랐다.

결혼으로 인해 더 지독한 외로움에 몸을 비틀 줄은.

인정한다. 출신이 엿 같아서 그런지 어딜 가든 찰싹 붙어 있으려는 습성이 있다.

직시하겠다. 다시는 도망가지 않겠다. 선천적 외로움을 정면으로 받아들이겠다.

눈을 떠 장대운을 보았다.

여전히 진지한 표정으로 기다리고 있었다.

피식.

'으응? 나 방금 웃었어? 이 내가, 지금 이 순간에?'

아뿔싸!

기함했다. 이 진지한 자리에서 웃어 버리다니. 미친 게 아닌지.

단언컨대 이런 실수는 처음이다. 당황하여 어떻게 말해야 하는지 허둥대고 있는데.

"괜찮습니다. 문호 씨는 지금 기쁜 거예요. 편안하고 좋아서 주체를 못 하는 거니까…….."

'내가 지금 기쁘다고? 이 내가? 정말……?'

"……."

편안하긴 했다. 그것도 아주 많이.

"……."

인식하니 더 편안해진다.

고아원에서의 삶, 청년이 돼서의 삶, 정치인의 삶을 통틀어서도 가장 편안할지도 모르겠다.

이해할 수가 없었다. 어째서 이 자리가 편안할까.

다시 장대운을 보았다. 결국 저 사람인가?

맞다는 듯 고개를 끄덕인다.

젠장, 이젠 사람 마음까지 들여다보나?

"……싫었습니다."

갑자기 튀어나온 말에 깜짝 놀라 입을 다물려다 멈칫, 김문호는 그냥 놔 버렸다.

"……그래요. 맨날 당하는 것이, 맨날 당하면서 애써 당하는 이유를 만들고 그걸로 만족하는 게 끔찍하게 싫었습니다."

"그렇군요."

"그렇게 호구같이 지낼 바엔 차라리 악당이 더 나을 것 같았습니다. 피도 흘리고 평판도 떨어지겠지만 적어도 만만히 보이진 않을 테니까요."

"으흠……."

"제 생각이 위험한 건 압니다. 그렇지만 자긍심 떨어지는 것보단 낫다고 여겼습니다. 굽신굽신, 처맞고도 말 한마디 못 하는 등신, 쪼다, 쩌리는…… 더 이상 싫었습니다. 저는 할 말 다 하는 대한민국을 원합니다. 한 대 맞으면 바로 턱주가리 날려 주는 대한민국을 상상했습니다. 요원한 길인 줄 알면서도 휘기 싫었습니다. 안 된다 해도 싫다 말했습니다. 제가…… 그리도 잘못한 겁니까?"

전생, 현생을 포함 아무리 돌이켜 봐도 나는 내가 잘못한 걸 모르겠다.

그런데 사회는, 국가는, 주변은 모두 잘못이라고 한다.

그냥 맞고 말라고. 그냥 눈 한 번 질끈 감고 말라고.

그게 안 되는데 어쩌라는 걸까.

"문호 씨는 바보군요."

"예?"

"오해 마세요. 저도 바보입니다. 그리고 저는 바보를 아주 사랑합니다. 그 바보들 덕에 우리나라, 우리 민족이, 여기까지 올 수 있었다고 믿는 사람이니까요. 그래서 저도 똑같이 바보짓을 자주 합니다."

김문호는 직감적으로 느꼈다. 이것이 어쩌면 바로 장대운이 정치판에 뛰어든 진짜 이유일지도 모르겠다는.

"그럼……?"

"잽싸지 않아도 됩니다. 손해를 봐도 무방합니다. 다 괜찮습니다. 그럼에도 괜찮다고 하는 세상이 보고 싶어졌습니다. 그래도 여유가 넘치는 세상을 만들고 싶었습니다. 어려울까요?"

"어렵습니다!"

"맞아요. 바보는 숫자가 적으니까 바보로 불리는 거죠. 하지만 전 여전히 꿈을 꿉니다. 바보의 숫자가 더 많아지길 바라며."

"설마…… 바보가 상식이 되길 바란다는 겁니까?"

"제 정치가 그렇습니다. 김문호 씨의 정치는 어떻습니까?"

'내 정치?'

청년들의 아픔을 어루만져 주려 했다.

나라의 부조리를 바로잡으려 했다.

국가 간 불공정을 조정하려 했다.

그로써 조금 더 나은 나라를 만들려 했다.

'······.'

그런데 장대운은 그저 바보들의 나라가 되길 바란다고만
한다.

'······.'

왠지 진 것 같은 기분이다.

도도히 흐르는 강물 앞에 놓인 실개천이 된 기분.

그때 장대운이 손을 들었다.

"이도 오해는 마세요. 내 방향성이 옳으니 무조건 나를 따
르라는 말이 아닙니다."

"······."

"그저 결이 비슷해 보여서요. 문호 씨의 악당이 개차반을
뜻하는 건 아니잖아요."

"······예."

"문호 씨가 말하는 악당이란 특정 누군가의 이익이나 어떤
세력에 반하는 게 아닌가요?"

"맞습니다. 국민을 기만하고 자기 잇속만 챙기는 놈들의
악당이 되고 싶습니다."

"악당의 악당이로군요. 좋아요. 그런데 그 길로 가기엔 딱
하나 문제점이 있네요. 지금은 몰라도 훗날 문호 씨가 문호
씨와 반대되는 바보를 만날 수 있다는 겁니다."

"들키지 않으면 악당도 평범한 시민일 뿐입니다."

"들키지 않는다라…… 하긴 언제나 정도만을 걸을 순 없겠죠. 좋습니다. 이제 문호 씨의 마음을 들어 볼 차례네요."

장대운이 자리에서 일어난다.

정은희도 일어나기에 김문호도 얼른 따라 일어났다.

장대운이 손을 내민다.

"나는 함께 가고픈 마음입니다. 문호 씨가 그리는 세상이 궁금해졌거든요."

"설마…… 제가 어떻게 하든 괜찮다는 말씀이십니까? 악당 짓을 해도요?"

"안 들키면 된다면서요."

"들키면 의원님께 피해 갑니다."

"저는 바보거든요."

"아……."

"아직도 고민할 시간이 필요하십니까?"

그의 시선이 손을 가리켰다.

안 잡을 테냐?

"……."

안 잡긴. 김문호는 의지와는 상관없이 입꼬리가 마구 승천하는 것을 느꼈다.

씨벌, 너무 좋다. 눈물 나도록.

"앞으로 잘 부탁드립니다. 최선을 다해 임하겠습니다."

◇ ◆ ◇

"어땠어요?"

"아주 인상적이었죠."

"맞아요. 아주 인상적이었어요."

"이런 말 해도 되는지 모르겠는데 꼭 우리 의원님 어린 시절을 보는 듯했어요."

정은희가 오른손을 허리쯤 높이로 내렸다.

"요만할 때 우리 처음 만났죠?"

"기억하세요?"

"그럼요. 얼마나 혼났는데요. 어리게 보고 이리저리 재다가 찔끔하고 괜히 이학주 고문님 찾아갔다가 더 혼나고 도종민 실장님과 함께 대구까지 내려갔잖아요. 그때는 이게 뭔가 싶었죠."

"죄송해요."

"아니에요. 당시엔 그럴 수밖에 없었잖아요. 어리기 때문에 더 권위를 세워야 했으니까요."

"……."

"그날 이후 제 인생이 완전히 달라졌답니다. 어딜 가도 추파나 받고 커피나 타던 정 양이 오필승의 안방마님으로까지 불리게 된 거죠. 뿔뿔이 흩어졌던 가족이 다시 모이고 웃음도 되찾고…… 혹시 아세요? 당시 의원님이 어땠는지?"

"하하하, 많이 당돌했죠?"

멋쩍음을 못 이긴 장대운이 뒷머리를 긁으나 정은희는 고개를 저었다.

"아니요. 당돌한 수준이 아니었어요. 눈에서 불이 뿜어져 나왔어요. 자기 확신으로 가득 찬…… 세상을 잡아먹을 듯 말이죠."

"……."

"오늘 문호 씨에게서 그 느낌을 받았어요. 문호 씨도 어딜 가든 의원님처럼 짙은 향기를 뿌리겠구나, 하고요. 일곱 살 어린 시절에도 30, 40대 어른들을 쥐락펴락했던 그 기세 말이에요."

"……."

"저는 의원님 말고 그런 사람이 또 있다는 것에 아주 놀랍답니다~~."

말끝에 운율을 담는 정은희에 장대운도 미소로 답했다.

"이거 더 열심히 살아야겠는데요. 잘못하다간 제가 먹히겠어요."

"설마요. 비교할 상대가 없어서 의원님을 예로 든 거지 한참 모자라답니다. 똑같은 향기를 풍겨도 의원님이랑은 차원이 다른 격차가 있죠."

"그런 걸 어떻게 아세요?"

"저는 알죠. 의원님을 모신 게 몇 년인데요. 아마도 이 부분에서만큼은 제가 세계 최고의 감별사일 겁니다."

사람 잘 들였다는 말을 참으로 어렵게도 하는 정은희였다.

고작 인턴십이었다.

앞으로도 5급, 6급, 7급, 8급, 9급 각 1명씩 더 뽑아야 할 텐데도 정은희는 어설픈 사람 채용하느니 김문호 하나면 전부 해결될 것 같다고 하였다. 차라리 다섯 명분 월급을 더 챙겨 주는 게 어떻겠냐고?

장대운도 큰 관문을 넘긴 느낌이었다.

모처럼 마음에 드는 사람을 만났는데 정은희가 '노' 하면 제아무리 김문호라도 오래 못 간다.

이게 오필승의 철칙.

그러고 보면 오필승 그룹의 대부분을 정은희가 뽑았다. 대외적인 스펙과 관계없이 오직 저 감별사적 직감만으로만.

'하긴 정 수석도 20평 내외의 이 초선 의원 사무실에서 보좌관 업무나 볼 인력은 아니지. 이도 어떻게 보면 인력 낭비인가?'

백은호도 그렇고 어찌 된 일인지 주변엔 이런 사람들이 많았다.

콧노래가 절로 나왔다. 김문호만 생각하면 장대운은 길바닥에서 금덩어리를 주운 기분이었다. 가방을 챙기면서도 룰룰루.

자기 위치도 초선 의원 정도가 아니라는 걸 전혀 인지 못하고선.

"감사해요. 조심히 들어가세요."

"의원님도 좋은 밤 보내십시오. 내일 8시에 차 대 놓겠습니다."

"예, 알겠습니다."

수행 기사 겸 5급 비서관인 백은호와도 거하게 헤어지는 듯하지만, 오필승 타운 내였다.

걸어서 5분 내 거리.

백은호는 장대운이 집 안까지 무사히 들어가는 걸 확인한 후에야 차를 돌려 집으로 향했다.

방탄은 기본 옵션, 미국 대통령 수행 차량 수준의 커스텀 제작 차량을 길가 주차장에 아무렇게나 대 놓고 잠시 주변을 둘러본 그는 전화기를 꺼냈다.

"예, 백입니다. 확인해 줄 사람이 있어요. 서울대 국사학과 이름은 김문호. 오늘 인턴 면접자인데 의원님이 식구로 받아 들일 생각 같습니다. 예, 1급으로 다뤄 주세요."

◇ ◆ ◇

며칠이 지났다.

"이력서와 다른 점을 찾지 못했습니다. 기재된 대로 천사 보육원에서 자랐고 서울대 국사학과에 입학, 지금 졸업반이 맞습니다."

"……."

"방황은 중학교 2학년 때까지더군요. 제법 거칠었나 봅니다. 인근에서 유명했다고 하네요. 그런 아이가 3학년에 들어 갑자기 공부를 하기 시작했고요. 고등학교 때는 일절 공부만 파고들었습니다."

"……."

"의원님을 잘 모를 만도 했습니다. 탐문에 의하면 학창 시절 에는 거의 죽을 듯이 책만 팠고 대학교에 들어갔을 때도 학교 수

업이 끝나면 하루에 과외를 두 탕이나 뛰며 바쁘게 살았습니다."

"과외를 두 탕이나 뛰어요?"

"예, 그런 와중에 보육원에서 퇴소하는 아이들을 거뒀습니다. 방 하나에 작은 거실 하나 있는 자취방에 지금 일곱 명이 삽니다. 여자애들도 둘이나 있고요. 매월 일정 금액을 떼어 보육원에 보내고 무슨 일이 터지면 동생들 학교로 달려갑니다. 보호자예요. 보호자."

"과외 뛰는 돈으로 보육원에 동생들에 자기 학비, 생활비까지 다 충당하는 건가요?"

"예, 이 정도면 다른 데 신경 쓸 시간이 없습니다. 오로지 생활밖에 없으니까요."

"오염도는요?"

"인턴 지원도 충동적이었던 것 같습니다. 누가 접근할 만큼 가치 있는…… 튀는 학생이 아니고 하다못해 과외하는 집까지 전부 살펴봤는데 청정 구역이었습니다."

"청정 구역이라……."

"천재적이라고 할 수 있겠죠. 적어도 정치라는 분야에서만큼은."

"청운의 판단도 같은 건가요?"

"예."

백은호의 인정에 장대운은 또 하나의 허들을 넘은 듯 기분 좋은 미소를 지었다.

"정말 괜찮은 사람이 나에게 온 거로군요."

"앞으로의 일도 순전히 그 친구의 선택에 달렸을 정도입니다."

"그건 저에게도 마찬가지겠죠."

"……."

"이거 분발해야겠네요. 실망시켰다간 저 멀리 날아가 버릴지도 모르잖아요."

백은호는 속으로 피식 웃었다.

앓는 소리를 하지만 장대운의 입가에 서린 여유는 굳건했다.

시기, 질투? 전혀 타격감이 없었다.

장대운은 이런 사람이었다.

세상 누구와 붙여 놔도 진다는 생각이 절대 들지 않는 사람. 아니, 오히려 전부를 삼켜 버릴 무저갱 같은 사람.

누구를 막론하고 그의 앞에 서는 순간 그리될 거란 확신을 백은호는 갖고 있었다.

백은호가 조용히 뒤로 물러서자 장대운은 정은희를 찾았다.

"정 수석님."

"예."

"문호 씨는 오늘 안 보이네요."

"학교에 취업 증명서 내고 정리할 것도 있고 해서 오후에 출근하라 했습니다. 이따 스케줄에 늦지 않게."

시계를 보니 12시였다.

같이 점심이나 할까 했는데 1시간은 기다려야 온다는 것.

"알았어요. 문호 씨 오면 회의하죠."

"예."

◇ ◆ ◇

"형, 정말 국회의원 사무실에 취업했어?"

"응."

"우와~ 대박."

"뭐가 대박이야 자식아. 날 뽑았으니 그쪽이 더 대박이지."

"아니거든. 나도 알아봤거든. 국회의원이 직원 뽑을 때는 자기한테 도움 될 사람만 뽑는다 했거든."

"뭐야? 나는 도움이 안 된다는 거야?"

"도움은 되겠지. 근데 형이 지역구 유지 아들은 아니잖아. 우린 고아고…… 가진 건 몸밖에 없고……."

서럽지만 맞는 얘기였다.

본디 인사라는 건 어설픈 잡부 하나를 뽑아도 수많은 계산이 들어간다.

굳이 국회의원 사무실이 아니더라도 은행도 마찬가지고 증권회사도 역시, 일반 기업이라고 자유로울까?

절대 아니다.

업무의 원활한 흐름을 위해 필요한 인력이 직원의 정의라면 이왕지사 다홍치마라고 조금 더 뛰어나고 기업의 성장에 더 큰 도움이 될 인재를 뽑고 싶은 건 인지상정이었다.

노는 물이 특별할 뿐 국회의원 사무실도 같았다.

그런 면에서 가진 거 쥐뿔도 없고 출신 성분조차 미미한 고

아는 우선순위에서 밀리게 마련이고 이게 바로 고아의 삶이 더 팍팍해지고 독해질 수밖에 없는 이유이기도 했다.

동생이 하는 말도 결이 같았다. 괜찮겠어? 앞으로 어마어마한 사람들과 같이 경쟁하게 될 텐데 괴롭지 않겠어?

비교가 아닌 걱정이다.

녀석의 머리를 흐트러 주었다.

'이 녀석아, 내가 정치 짬이 얼만데 기죽을까.'

"형이 그렇게 걱정돼?"

"아니…… 뭐 누가 걱정된다 했나. 그냥 물어본 거지."

"쿠쿠쿡, 그래? ……소희랑 미래는 언제 오냐?"

"금방 올 거야. 밥 먹으러 올 시간 다 됐네."

"밥은 다 됐지?"

"응, 근데……."

정말 괜찮겠냐고 다시 눈으로 묻는다.

국회의원 사무실이 좋다지만, 형이 기죽어 지내는 건 싫다고.

"괜찮아. 다른 멍청한 국회의원 나부랭이도 아니고 장대운 국회의원이야. 장대운이라고."

"그렇긴 한데…… 나도 얼른 돈 벌어야 하는데. 미안해. 형."

"그것도 괜찮아. 그깟 알바 하나 관뒀다고 기죽을 거 없어. 형이 또 알아봐 줄게."

"미안해. 아니, 그 사장 새끼가 자꾸 고아니 뭐니 해서……."

"괜찮다니까. 세상에 그런 새끼만 있냐? 잘못 걸린 것뿐이야. 잠시만 집안일 좀 해 주고 있어. 형이 또 알아봐…… 근데 니가 집에 있으니까 좀 든든한 것도 있다야. 민수야, 너 주부 안 할래?"

"뭐래. 싫어!"

이러고 있으니까 회귀가 꼭 아주 오래전 일 같았다.

집에서 술 마시다 심장이 멈추고 눈앞이 암흑으로 뒤덮이는 엿 같은 경험을 하며 이제 뒈지는구나 생각한 순간 숨이 훅 돌아오고 눈앞이 환해졌던 경험이.

으허어어어억!

벌떡 일어나니 여기 자취방이었다.

바닥에서 여동생 둘이 꼭 붙어 자는…… 거실엔 시커먼 네 놈들이 엉켜 있던 좁디좁은 어릴 적 살던 그곳.

처음엔 이게 뭔가 싶었다. 꿈인지 생시인지.

더 놀라웠던 건 화장실 거울로 만난 어떤 젊은 놈팽이였다. 환갑을 향해 달리던 닳고 닳은 정치인이 아닌 새파란 애송이.

그 어린놈이 자기 얼굴을 매만지며 자기 몸 구석구석을 살피는데…….

그때서야 실감했다.

이유는 모르겠지만, 과거로 돌아왔다고.

날이 지날수록 조심스러웠던 실감은 점점 더 확신으로 변했고 회귀했다는 것에 진심으로 감사했다. 다시는 이 행복을 놓치지 않을 거라고. 몇 번이고 다짐했다.

그런데…….

'으음, 걱정이네. 덜컥 합격해 놓고 보니 문제가 한두 가지가 아니야.'

월 300이었다. 여섯 명 먹이고 입히고 보육원에도 일부 보내고 학비 쓰는 데 필요한 돈이.

국회의원 사무실 인턴 월급이 얼마?

200이 안 될 것이다. 2016년 기준으로도 겨우 200을 맞춰 줬으니 10년 이상 차이 나는 지금은 150도 못 받을 확률이 높았다.

뜻을 펼치자는 건 좋은데 벌이가 절반 이상 깎였다. 국회의원 보좌 임무가 따로 알바를 뛰어도 될 만큼 만만한 것도 아니고.

'어떡하지? 애들이 돈을 벌기 시작해서 덜 빡빡하긴 한데. 고민되네. 괜히 과외 그만둔다고 했나?'

심란하여 한술 뜨는 둥 마는 둥 점심을 대충 때운 김문호는 밖으로 나왔다.

거리는 활기가 돌았다.

기억 속 2004년은 IMF가 할퀸 상처가 도시 곳곳에 남아 있었다. 우중충했고 청년 실업자가 넘쳤다. 대마불사가 깨진 걸 지켜본 기업들은 유보금을 쌓는 데 혈안이 됐고 그 기조는 2030년이 되어서도 인색함으로 나타났다.

'나는 그것이 기업들의 횡포라고 생각했는데 아니었지. 전부 외국 놈들의 농간이었지.'

한국에서 설립돼 한국에 있다고 전부 한국 기업이 아니었다.

IMF를 기점으로 기업은 물론 금융, 부동산, 기술까지 완전히 외국 자본에 잠식됐고 이름을 안다 싶은 기업 대부분이 겉만 국산이고 외국 기업이나 마찬가지였다. 간판 뒤에 숨은 놈들이 연말마다 배당금 잔치를 벌여 우리 민족이 이룩한 과실을 빨아 댔다.

그런데 지금은 어떤가? IMF가 없었다.

그룹사 몇 개는 망했다지만 저 악랄한 사채꾼 IMF가 들어오기 직전 어느 독지가가 나서며 해결했다고 한다. 그가 무려 700억 달러를 부어 버리며 국가 부도 사태를 끝냈고 그 유력 용의자로 장대운이 지목되고 있었다. 실제로 그런 기사까지 났다.

김문호는 그 독지가가 장대운이든 아니든 상관없었다. 700억 달러란 거금을 한 방에 움직일 수 있는 사람이 이 대한민국에 존재한다는 게 중요했다. 덕분에 한국은 조금 더 나은 미래를 그릴 수 있게 됐으니까.

'흠…… 나도 이제 시작인데 말이야.'

강남역에 위치한 목 좋은 빌딩 꼭대기.

크게 현수막이 붙어 있었다.

[국회의원 장대운 사무소]

이 빌딩도 오필승의 것이다.

이전의 세상은 의미 없었다.

천천히 발을 디뎠다.

Chapter. 3

"회의할까요?"

"예."

회의라고 해 봤자 단 네 명이 전부.

인턴에 뽑힐 때만 해도 5급, 6급, 7급, 8급, 9급 계속 섭외할 줄 알았는데 충원할 기미가 없다. 인턴 주제에 왜 안 뽑냔 말은 할 수 없고.

"오늘 스케줄이 어떻게 되죠?"

"이따 2시 30분에 강남구의회에 들렀다가 3시 30분에 강남구청장과의 미팅이 있습니다."

"후딱 갔다 오면 끝날 일이네요. 분위기는 어때요?"

"우리 문호 씨가 예상한 대로입니다."

정은희가 김문호를 보며 흐뭇하게 웃었다. 시선의 의미를 아는 장대운도 김문호를 보며 씨익 웃었다. 말은 멈추지 않고.

"미적지근하나 보네요."

"그것보다는 더 차가운 느낌이죠. 왜 이제 넘어오냐는 말도 들었어요."

"인사가 늦었다는 건가요?"

"그런 뉘앙스였습니다."

"흐음, 단단히 마음먹고 가야겠네요. 그래도 명색이 국회의원인데 너무 벼르는데요."

"아무래도 환영은 못 받을 것 같습니다."

어쩔 수 없다는 정은희의 제스처에 장대운은 화제를 다른 쪽으로 틀었다.

"구청 쪽은 어때요?"

"담담합니다. 사무적으로만 나오고요."

"의외네요. 둘이 한통속 아닌가요?"

강남구는 구의회와 구청 모두 한민당이 꽉 잡고 있었다.

선거야 물론 구의원부터 구청장까지 한민당 당원임에도 무소속으로 나와야 했지만. 이것도 또 법이 바뀌며 2006년 제4회 전국 동시 지방 선거부터는 구의회도 비례대표제와 정당 공천을 시행하기로 되어 있었다.

판도가 점점 더 정당 집약적이 된다는 것. 한민당 소속으로서 대놓고 활동해도 불법이 아닌 시절이 다가오고 있다는 얘기였다. 명함 한쪽에다가 작게 표시할 필요도 없고.

당 공천을 받아야 한다는 허들이 있다 해도 이미 자리가 확고한 이들을 군이 내칠 리 없으니 잘만 하면 강남구라는 한민당 텃밭에서 영생을 꾀할 수 있게 되었다는 점에서 충성 경쟁은 돌이킬 수 없었다.

이런 마당에 지역구를 꽉 잡고 있던 4선 국회의원이 정계 은퇴를 선언해 공석이 됐다. 알토란 같은 지역구가 말이다.

강남구는 지금 복마전이었다.

"잿밥에 눈이 어두워졌죠."

"잿밥이면 다음 대 공천인가요?"

"현 구청장이 3선입니다. 민선 1기부터 3기를 독식했죠. 슬슬 더 큰 무대를 바라볼 때가 됐어요."

"구청장이야 그렇다 치고 구의회는 왜요?"

"이번에 뽑힌 의장이 제법 야심만만하다고 합니다. 들리는 바에 의하면 벌써부터 여기저기 줄을 댄다고 하네요. 아주 바쁘게요."

"훗, 지랄들이네요. 떡 줄 사람은 생각도 안 하는데."

피식 웃는 장대운의 눈에는 난처함이란 1도 찾을 수 없었다. 송사리가 날뛰어 봤자 송사리라는 건지 도리어 이것들을 어떻게 잡아먹을까 하는 포식자의 그것만 가득했다.

그때 정은희가 물었다.

"근데 국회 사무실 배정은 언제 되는 거예요? 벌써 열흘이 지났는데."

"아! 그거요? 사무처가 일주일만 더 기다려 달라고 애걸복걸하네요. 시간이 좀 걸린다고. 그래서 그러라고 했어요."

"아니, 무슨 사무실 배정하는 데 20일 가까이 걸려요?"

"모르죠. 연신 미안하다고 고개 숙이는데 어떻게 하겠어요. 그냥 기다리는 수밖에 없지."

"위에서부터 배정이 안 끝나서 그럴 겁니다."

김문호가 끼어들었다. 정은희가 반응했다.

"위에서부터……라뇨?"

"연공서열입니다. 최다선부터 순서대로 방 배정을 받는 방식입니다."

"연공서열이라고요?!"

정은희의 목소리가 뾰족해졌다.

웬 급발진일까 싶었지만, 김문호는 일단 대답했다.

"예, 연공서열입니다."

"그게 무슨 말도 안 되는 얘기죠? 같은 국회의원인데 선수(選數)순으로 사무실을 배정받다니."

"관행입니다."

"관행이라고요?!"

"그뿐 아닙니다. 본회의 때도 초선은 맨 앞자리에 앉아야 합니다."

발언자들이 소리칠 때마다 침 튀고 계속 위를 바라보다 목이 뻣뻣해지는 경험을 수없이 해야 함을 알렸다.

정은희가 펄쩍 뛴다.

"예?! 침, 침이라고요?!"

"예."

"감히 어떤 놈이 우리 의원님께 침을 튀겨요?! 누가 이런 규칙을 만들었답니까? 어디 신성해야 할 국회에서 선후배, 순서를 따져요?! 무슨 근거로요?! 이게 말이 됩니까?!"

듣다 보니 논점이 살짝 헷갈리기 시작했다.

관행이 문제라는 건지. 장대운한테 침이 튀겨서 문제라는 건지. 여하튼.

"제가 일전 국회 사무처에 문의해 보니 사무실 배정도 관례라고 했습니다. 옛날부터 다선순으로 선택의 기회를 줬다고요. 즉 짬이 떨어지면 남는 걸 임의 배정 받아야 한다는 거죠."

"허어…… 이게 뭔가요? 그럼 결국 우리 의원님이 남들 고르고 남은 떨거지를 받아야 한다는 겁니까?!"

"……예."

여기에서 말하는 사무실 배정이란, 국회 회기가 확정되고 새로운 피가 수혈될 때가 오면 국회 사무처는 낙선자나 불출마자들에게 며칠까지 방 빼라고 통보한다. 이때 낙선인 쪽의 보좌진들이 짐 정리를 하게 되는데 이렇게 비는 사무실을 두고 최다선에게 먼저 고를 수 있는 기회를 준다. 예우 차원에서.

예를 들어, 17대 국회의 최다선이 6선이라면,

나온 사무실 중 이 양반이 평소 마음에 둔 물건이 있다면 바로 옮길 수 있다는 얘기였다. 그다음이 5선, 또 그다음이 4선식으로 선택권이 주어진다는 것.

초선은 어떻게 해도 남들 싫어하는 구석진 사무실을 배정받을 수밖에 없는 구조였다.

"나는 상관없는데……."

"아니 왜 상관없습니까. 의원님! 저놈들이 감히 의원님을 괄시하잖습니까?! 당장에 제일 좋은 방을 줘도 모자랄 판에! 남는 사무실을 주겠다는 거잖아요."

괜히 끼어들었다 움찔, 잔소리 들은 장대운을 보는 김문호는 심각할 정도로 혼란스러웠다.

국회의원이 보좌관에게 훈계를 듣는다. 그것도 아무 나부랭이가 아니라 카리스마 장대운이 쪽도 못 쓰고 있다.

이게 어떻게 된 건지. '국회의원 장대운 사무소' 내 서열 관계에 대해 진지하게 고려해 봐야겠다는 생각이 들 때 어떤 사실이 번뜩 떠올랐다.

'어!'

그러고 보니 이뿐이 아니었다. 면접 때도 정은희에게 꼼짝 못 했다. 저 단단하고 중후한 백은호도 정은희가 오면 자리를 슬슬 비켜 주는 걸 봤다.

'세상에…… 서열 1위가 정은희라고?'

"아니, 그래도 제가 뷰 즐기자고 국회에 든 건 아니……."

"뷰도 중요하죠. 상쾌한 기분이 얼마나 업무 능률에 도움이 되는지 모르십니까? 그걸 모르겠다 하신다면 처음부터 저와 면담을 다시 시작하는 수밖에 없지요. 어떻게 다시 시작해 볼까요?"

"설마요. 제가 그 깊은 뜻을 모를까요. 제가 드리는 말씀은 그게 아니라……."

아옹다옹 정신없다. 이 기회를 틈타 못다 한 국회의원 사무실 배정에 대해 조금 더 설명하자면,

빈방 처리에 대한 문제는 연공서열로 정리한다는 건 이제 아실 테고. 이 중 재밌는 건 전직 대통령이나 당대표, 국회의장이 쓰던 사무실은 아주 잘 팔린다는 것이다. 물론 이들 대부분이 로열룸을 쓴다는 게 치명적인 함정이지만 어쨌든.

좋은 기운을 받자. 좋은 기운을 잇자.

그런 사무실은 워낙에 원하는 이들이 많다 보니 나오기가 무섭게 팔린다. 그러다 보니 자기들끼리 걸러 내는 일도 있고 또 어떤 경우에는 사무실 주인이 후임을 콕 집어 물려줄 때도 있었다.

물론 그 와중에 눈살 찌푸리게 하는 일도 있긴 있었다.

낙선자 주제에 사무실을 비워 주지 않고 버티는 경우다.

후임으로 들어올 의원의 소속 정당이 다르거나 할 때 특히 더 그런다고 하는데. 오만 핑계를 대며 미적대다 그렇지 않아도 사무실 배정이 다선 의원들보다 일주일 이상 늦은 초선 의원들의 시작을 의도적으로 꼬아 버린다.

"6~8층 로열룸을 빼놓고는 다 똑같다고요? 그게 무슨 말도 안 되는 말씀이십니까. 로열룸이 왜 로열룸으로 불리겠어요? 기운이 좋은 겁니다. 그 기운을 받아 더 해 먹겠다는 거잖아요. 좋은 건 지들이 다 빼먹고 의원님한텐 잔뼈만 주겠다는 거잖아요. 이런 식이라면 언제 다선이 되고 언제 6~8층 로열룸을 얻겠습니까? 이런 불합리가 어딨어요?! 그리고 다선

이면 정치를 잘하나요? 그럼 이 나라 꼴이 왜 이렇다는 겁니까?! 자기들이 잘했다면 의원님이 이 생소한 정치판에 끼어들어 괜한 고생을 안 해도 됐지 않습니까!"

세다. 너무 세다. 저 장대운마저 두 눈을 꾹 감고 대답한다.

"아예…… 그렇죠. 그건 일체의 의심도 없는 말씀이시죠."

"이런데도 불합리를 고칠 생각이 없으세요? 이걸 보고도 그냥 넘어가실 생각이세요? 설마 의원님도 다선이 되면 이러려고 하시는 건 아니시겠죠?"

정은희의 눈빛에 차가움이 깃든다.

장대운은 얼른 손사래 친다.

"설마요. 제가 어떻게 그런 생각을 할까요. 전 결백합니다."

"정말이죠?"

"하늘에 두고 거짓이 없음을 맹세합니다!"

"그럼요. 당연히 그래야죠. 국회의원이 국민의 일꾼임을 잊으셔선 안 되겠죠. 그렇죠?"

"맞습니다. 제가 죄송합니다. 관행이라고 해서 그냥 또 넘기려고 그랬습니다. 불합리를 보고도 모른 체하고 익숙하게 넘기려 했습니다."

결국 장대운도 꼬리를 말았다. 곁에서 지켜보던 백은호도 괜히 정은희와 시선이 마주칠까 슬쩍 고개 돌리는 게 보인다.

어쩐지 이 상황이 익숙해 보이는 건 혼자만의 착각일까?

덕분에 김문호도 어설픈 시도 없이 눈치를 챙길 수 있었다.

'정은희가 실세구나. 정은희를 거스르면 안 되는구나.'

"김문호 씨!"

"아옙!"

"오늘부터 문호 씨가 책임지고 체크하세요. 어떤 놈이 어느 방을 차지했고 그 순서가 어떻게 되는지 전부. 특히나 로열름 쪽은 하나하나 세세하게요. 알았죠?"

"옙, 한 놈도 빠짐없이 체크해 놓겠습니다!"

"좋아요. 믿겠어요."

"믿음에 부응하겠습니다!"

대답하는 와중에 장대운과 눈이 마주쳤다. 눈빛이 서글펐다.

'너도 발을 들이고 말았구나.'

'예, 저도 그러고 말았네요.'

'정 수석님을 거슬러선 안 돼. 봤지?'

'예, 정확히 봤습니다.'

'그래도 눈치는 있네. 그래, 우리 힘없는 남자끼리 잘해 보자.'

'잘 부탁드립니다. 형님.'

이 순간만큼은 진짜 형님 같았다. 실제 나이도 다섯 살이나 많고 공개된 경험치도 그렇고. 돈도 엄청 많고.

나중에 알게 된 사실이지만 미청당이든 오필승 그룹이든 불문율이 하나 있다고 하였다.

- 정은희 앞에선 모두가 평등하다.

세계 여론을 좌지우지하고 한국의 경제를 한 손에 틀어쥔 오필승 총괄 장대운이든 그 오필승의 모든 것을 설계하는 기획실장 도종민이든 각 분야 최상위 꼭짓점에 서서 세상을 깔아보는 대표단이든 똑같다 하였다. 마주치는 순간 꼬리를 만다.

특히 장대운을 두고 예민해진 정은희 앞에선 누구라도 다리 모으고 입 다물고 부동자세를 유지한다고.

그게 빨리 끝나는 길이라고.

하여튼 정은희의 일방적인 주도로 회의를 마칠 시점 전화벨이 울렸다. 핑계도 좋아 얼른 전화기를 꺼내보던 장대운은 전화 건 사람의 이름을 확인하고는 얼굴이 금세 심드렁하게 바뀌었다. 스피커 모드로 돌린다.

[헤이, 대운. 어때?]

영어다. 미국인? 그런데 친절한 장대운이 아주 까칠하다.

"어쩐다고 전화를 다 했대. 필요 없다 내팽개칠 때는 언제고."

[아이, 왜 그래? 국회의원 당선 축하해. 난 네가 해낼 줄 알았어.]

스피커 모드로 돌렸다면 모두가 들어도 된다는 건데 도통 무슨 의미인지 모른 김문호가 멀뚱멀뚱하자 정은희가 방금의 예민함이 신기루였던 것처럼 자상하게 또 조용하게 알려줬다. 지금 통화하는 사람이 누구라고.

"예?!"

깜짝 놀라 일어날 뻔한 것과 동시에 모두의 시선이 쏠렸다는 걸 깨달은 김문호는 곧바로 머리를 숙였다.

"죄송합니다. 통화하시는데."

"아, 잠시만 기다려 봐. 잠깐만 기다려 보라고. 저기 문호 씨 괜찮아요?"

"아아, 괜찮습니다. 죄송합니다. 제가 무례했습니다."

고개 숙이는 와중 정은희가 왜 놀랬는지 장대운에게 알려 줬다. 대충 맥락을 이해한 장대운도 역시 친절했다.

"문호 씨가 괜찮으면 됐어요. 뭐 그럴 수도 있지. 누가 이 전화가 미국 대통령에게 온 거라 알겠어요."

"아, 예."

김문호는 당황스러운 순간에도 여전히 납득이 어려웠다.

인턴에게 설명해 주는 게 우선인가? 미국 대통령과 통화하는 게 우선인가? 그것도 조지 부시를, 바로 작년에 이라크를 깨부순 초강경파 미국 대통령을 기다리게 하고.

이게 무슨 상황인지.

조지 부시가 2003년도에 재선에 성공했다는 건 알았다.

집에서 뉴스를 보다 우연히 그의 재선 소식을 접하고 깜짝 놀라 조사하였다. 본래 그는 올해 말 미국 대선에서 승리하는 게 옳았으니까.

히스토리가 기가 막혔다.

르윈스키 여사와의 은밀한 사생활 + 97년 아시아 금융 위기 배후로 클린턴이 지목되며 탄핵 절차에 들어가자 미국 대통령이 잽싸게 하야 선언을 했고 그 바람에 조지 부시가 1년 빨리 대통령으로 당선됐다고 한다. 그 덕에 미국 대선 레이스가 1년 앞당겨진 것.

승리한 조지 부시가 장대운의 손을 잡고 번쩍 들어 올리는 사진이 신문에 대문짝만하게 실려 있었다.

"그래서? 응, 왜 전화한 건데? 이 순간에도 네오콘에 잠식되며 미국 역사에서 손꼽히는 암군이 되어 가는 세계 최강국 대통령께서."

[아니, 그러지 말고…….]

"왜? 이제야 나 같은 놈의 조언이 필요하셔서요?"

꽈배기도 아니고. 미국 대통령한테 저래도 되나?

근데 조지 부시의 나이가…… 거의 아버지뻘 아닌가? 굳이 나이가 아니더라도 저렇게 막 나가도 되는지 걱정됐다. 더구나 모두가 알면서도 쉬쉬하는 네오콘 발언이라니.

'이런 게 아메리칸 스타일인가?'

이걸 굳이 또 내 입장에서 일방적으로 이해해 보자면 미국이 편한 점이 바로 이런 것에 있었다. 어릴 적부터 친하거나 시작 선상이 비슷하다면 누구라도 친구가 될 수 있다는 것.

정은희도 적절한 타이밍에 부연 설명해 줬다.

"의원님과는 아버지 부시 때부터 왕래가 잦았어요. 아버지 부시는 우리 오필승과 한국에 많은 혜택을 줬죠. 그 이면에는 아들을 미국 대통령에 당선시켜 주겠다는 조건이 있었고요."

"그……렇습니까?"

입을 떡.

"복기-1이 유럽 무선 통신 표준이 된 것도 아버지 부시가 유럽에 은근슬쩍 압박을 넣어서죠. 너희들이 안 하면 세계 최초의 무선 통신은 미국이 하겠다! 당시 핀란드의 것과 경쟁 중이었거든요. 그쪽으로 기울고 있었는데 아버지 부시가 몸소 우리나라에 방문해서 의원님만 만나고 가셨죠. 복기 시리즈가 세계를 제패한 이면에는 꽤 많은 일들이 있었어요."

"아아……."

"대단하죠? 앞으로도 이런 일이 잦을 거예요."

"알겠습니다."

"참고로 하나 더 말하자면 문호 씨는 아주 멋진 곳에 들어온 거예요. 자랑스러워하셔도 돼요."

"열심히 하겠습니다."

"안 그래도 문호 씨의 열심. 기대하고 있어요."

바로바로 흡수했다. 오필승 그룹의 이해할 수 없는 발전성의 원천이 미국 백악관이라는 얘기 아닌가.

자세한 사정은 여전히 모르겠지만, 맥락을 이해하는 데는 무리가 없었다.

미국의 힘은, 특히 한국에서의 미국은 거의 무소불위니까.

"문제가 있어 전화한 거지?"

[아니, 뭐…… 저기 목소리도 듣고 싶고…….]

"그럼 끊어도 돼? 나 바쁜데. 선약 있어."

[아니, 왜 그래. 오랜만에 전화했는데.]

"빨리 말해. 무슨 문제야?"

[으음, 그게…….]

"그냥 내가 시작할까? 막상 이라크를 점령해 보니 예상했던 것과 다르지?"

[응.]

"내가 그랬잖아. 그 길로 가면 안 된다고."

[그랬지…….]

"기세 좋게 미사일을 날릴 때부터 알아봤다. 내가 몇 번이나 걸프전 때랑은 다르다고 하지 않았냐."

[크음.]

9.11 사태 이후 테러와의 전쟁을 선포, 후세인을 배후로 지목하여 신나게 미사일을 던졌다.

결과도 금방 나왔다.

세계는 다시 미국을 우러러봤고 사용한 무기에 대한 문의가 빗발쳤으니. 더구나 이라크에는 유전이 있다.

그런데 막상 점령해 보니 예상했던 것과는 전개가 전혀 달랐다. 이상하게도 전쟁이 끝날 기미가 보이지 않는다.

뒤를 안 닦은 것 같은 찜찜함. 이라크는 최악이었다.

얼굴을 때리는 모래바람은 일상, 1시간만 나갔다 들어오면 입이고 코고 귀고 온통 모래투성이다.

그렇다고 인프라가 잘 갖춰져 있나? 날씨는 무덥고 사람들은 비슷한 복색에 비슷한 외모로 누가 저항군인지 일반 시민인지 구분이 안 되고 자살 테러, 기습 공격은 점점 늘어나고 피해는 기하급수적으로 커지고.

이럴 판에 발할라를 꿈꾸는 네오콘들은 이라크를 아예 지구상에서 지워 버리자는 주장만 앵무새처럼 반복한다.

제아무리 아 몰라 한량이라도 슬슬 뒤가 걱정될 때였다.

"후회돼?"

[…….]

"앞뒤 안 재고 달려들 땐 재밌었지? 군수 카르텔에서 막 후원금 뿌리고 여기저기에서 무기 구매 문의 들어오고 지지율도 팍팍 오르니까 엄청 즐거웠을 거야."

[…….]

"그러게 침공하면 안 된다고 했잖아. 형체 없는 적을 만들게 될 거라고 몇 번 얘기했어?"

이 무렵일 것이다.

한낱 관광 비자 받는 것도 어려워지는 미국으로 변신하는 게.

이곳저곳 요소요소마다 테러가 터지며 사회가 불안해지고 그 틈을 뚫고 KKK단도 아니고 훗날 트럼피즘이라 불릴 백인 민족주의가 똬리를 틀고 부시는 그것도 모르고 테러와의 전쟁을 빌미로 국민의 기본권까지 압제하는 악수에 악수를 연거푸 두다가 자멸한다.

선거와 여론의 나라에 살며 왕인 줄 착각한 것이다.

"이 바쁜 와중에 나한테까지 전화한 이유가 뭐겠어? 살려 달라는 거 아냐? 이제 내가 필요하다고."

[아, 그게…… 대운이야 늘 나한테 필요하지…….]

"온통 자기 세상인 것처럼 생짜로 무시하더니."

[아니야. 내가 언제 그랬어? 전쟁 때문에 바빠서 돌아볼 여유가 없었던 거지. 많이 서운했어?]

"시끄러."

[흠흠…….]

"나도 더는 말하고 싶지 않아. 나랑 같이 가고 싶음 네 주위에 널린 네오콘부터 치워. 말만 나오면 미사일부터 던질 궁리만 하는 놈들을 데리고 무슨 세계 경영을 하겠다고."

[그게…… 아씨, 그게 좀 어려워. 여기저기 요직에 박혀 있어서 나도 이젠 누가 누군지 구분이 안 간다고.]

"그러니까 누가 중용하랬어? 아, 나도 몰라. 아버지는 뭐라시는데?"

[집에 들어오지도 말라시지.]

"내 그럴 줄 알았다."

[나 이제 어떻게 해야 해?]

"뭘 어떻게 해. 얼른 빠져나와야지. 거기는 수렁이야. 늦으면 늦을수록 막대한 손실을 볼 거라고. 네 뒤를 평생 따라다닐 꼬리표로 말이야."

통화 도중 장대운의 얼굴에서 하는 꼴이 괘씸하지만 불쌍해서 봐준다는 표정이 나왔다. 모른 척해도 될 텐데.

'……엇!'

미국이 움츠러들면 장대운도 곤란하다는 건가? 지금 파악한 것 외에도 그 이상의 무엇이 더 있다는 예감이 팍 왔다.

[대운, 이라크 유전은 어떡하고 그냥 나가?]

"하아…… 아직도 정신 못 차렸네. 유전 따위가 중요해? 네가 먼저 망한다고."

[그런가?]

"그깟 거 줘 버려. 그거 없어도 살잖아. 복수도 했고 깔끔하게 빠져나오면 더는 건들지 않겠지."

[하아…….]

아깝다는 한숨이었다.

옆에서 듣는 사람도 알아들을 만큼 노골적인 거부.

"네가 아깝다는 건지 네 주변을 장악한 놈들이 아깝다는 건지 분명히 해."

[그게 가능해?]

"시끄럽고. 그냥 위임시켜. 이란에 맡기든지, 쿠웨이트에 주든지 시선을 돌리라고. 그러면 지들끼리 싸울 거 아냐. 그사이에 빠져나와. 재정비하고. 그렇게 안 하면 두고두고 후회한다."

[아버지도 그렇게 말씀하시긴 하던데…….]

"그러니까. 너야말로 왜 그렇게 고집을 피우냐. 쿨하게 살아. 재능도 의지도 없는 외교는 대폭 줄이고 내정에나 힘쓰라고."

[아이고…… 모르겠다. 머리 아파. 알았다. 알았어. 괜히 속만 더 복잡해졌네. 나 끊는다.]

뚝. 장대운의 표정이 확 일그러졌다. 아무도 없었다면 욕지거리를 뱉어 냈을 것 같은 기세. 더 놀라운 건 잠시 숨 고르는 시간을 가진 후 원하지도 않던 설명 시간을 가졌다는 것이다.

"이게 조지 부시의 특징이에요. 골치 아프면 아 몰랑 피하기 바쁘고 이런 성격이다 보니 복잡한 인과관계가 얽힌 외교를 미사일쟁이 네오콘들에게 일임해 버리는 짓을 벌였죠. 그 결과 미국이 힘들어진 거죠."

"……."

"……."

"사람만 보면 참 괜찮은데…… 대통령으로선 너무 무능해요."

여기까진 호응 못 하겠다. 무서워서.

이럴 땐 조용히 시선을 내리까는 게 최고.

"에이씨, 내가 지금 누굴 걱정하는 건지. 내 앞길도 구만리 첩첩산중인데. 쯧."

신경질적으로 전화기를 집어넣는다.

정은희가 슬며시 끼어들었다.

"그래도 덕분에 좋은 걸 하나 발견했어요. 의원님. 우리 문호 씨가 영어도 곧잘 하는 것 같아요."

"그래요?"

쳐다본다. 정은희가 이를 드러내며 웃었다.

"방금 내용을 다 알아들었죠. 그쵸. 문호 씨?"

"아, 그게…… 의원님처럼 유창하게는 못 해도 웬만한 건 다 알아들을 수 있었습니다."

"새로운 능력의 발견이에요. 안 그래도 영어 가능자가 도 보좌관밖에 없어 걱정됐는데 이 정도면 미국 출장 가실 때 수 행해도 괜찮지 않을까요?"

"오오! 그리고 보니 그걸 인식 못 했네요. 너무 자연스러워 서. 문호 씨 정말 다 알아들었어요? 아니면 내 얘기 듣고 유추 한 거예요?"

"전……부 알아들었습니다."

"좋았어!"

어퍼컷을 날린다. 히딩크처럼. 왜 좋아하지?

"하하하하, 문호 씨한테만 말하는데 도 보좌관님이랑 있으면 조금 갑갑한 면이 있거든요. 하지만 문호 씨라면 해외 출장이 재밌을 것 같네요."

귓속말처럼 넌지시 말하지만, 정은희도 백은호도 다 들었다.

둘 다 못 말리겠다고 고개 젓는다.

"가시죠. 어서. 구의원들이 기다리겠습니다."

장대운은 앞서 나갔다. 이렇게 회의가 끝나나?

무엇이 신나는지 모르겠지만, 일단은 기분 좋아 보여서 김문호도 나쁘지 않았다.

여태 한마디도 없던 백은호가 어깨를 짚는다.

"문호 씨, 우리도 움직입시다. 더 지체하면 늦어요."

"옙."

"안 나가 봐도 되겠습니까?"

"뭘요?"

"그래도 명색이 국회의원인데…… 이러고 있는 게 되나 싶어서요."

강남구의회 부의장 성백선의 말에 의장 이재민이 미간을

팍 찌푸렸다.

"그럼 알아서 고개 숙이고 들어가겠다는 겁니까? 그간 얘기한 걸 다 버리고?"

"상대는 장대운입니다. 오필승의 총괄. 어리버리한 초선 의원이 아니에요. 설사 어리버리해도 국회의원이지 않습니까."

"아무래도 뒤가 찜찜하신 모양인데 뭐가 그렇게 걱정이십니까. 설마 정치 보복이라도 당할까 봐요?"

"그건…… 아니겠지만."

"걱정도 팔자십니다. 제깟 게 무슨 수로 우릴 건드려요? 바깥에서야 오필승이지 여기서는 아무것도 없는 쭉정이 아닙니까. 당원도 지지하는 세력도 없는 나 혼자 국회의원."

"그렇긴 한데…… 그래도 막 나가는 건 좀…….."

"어허…… 그렇게 대가 약해서야 앞으로 어떡하시려고 그러십니까. 다음 대 구의원 의장에 나가실 생각이 없습니까?"

이재민의 으름장에 성백선은 움찔하여 그의 팔을 잡았다.

"아이고, 왜 그러십니까. 섭섭하게."

"그러니까 확실하게 보여 주셔야죠. 안 그래도 저 위에서 우리 강남을 지켜보는 눈이 곱지 않단 말입니다. 이럴 때 우리가 장대운을 눌러 버리면 위에서 무슨 생각을 하겠습니까?"

"그렇긴 하죠. 큰 기회가 온 건 맞아요. 예, 제가 좀 걱정이 앞섰던 것 같습니다. 미안합니다."

"미안하긴요. 신중하신 거겠죠. 제가 이래서 성 부의장님을 좋아하지 않겠습니까? 하하하하."

"예? 아하하하하."

의장실이었다. 5층에 위치한.

장대운이 오기로 한 약속 시각은 2시 30분.

의장실 소파에 몸을 기댄 이재민은 마음을 단단히 먹었다.

상대는 국내외적으로 명성이 자자한 거물이다.

솔직히 말해 지금도 살짝 쫄리긴 하지만 이미 쏜 화살이다.

어차피 이 세계는 누군갈 먹어야 앞으로 나아갈 수 있고 그 상대가 장대운이라면 인생을 걸고 도전해 봄 직했다.

'뱃심 단단히 쥐라, 이재민. 어차피 깨져도 본전이다. 하지만 이긴다면! 당에서도 네 이름을 다시 생각하게 될 거다.'

철옹성이던 4선 의원 김춘배가 선거 기간 중 이해할 수 없는 타이밍에 정계 은퇴를 선언했다. 말도 안 되는 건강상 이유로.

익히 아는바 김춘배는 환갑이 넘은 나이에도 젊은 여자와 불타오를 만큼 정력적이었다. 그걸 아는 당은 당연히 발칵 뒤집혔고 지금까지도 그 이유를 찾는다고 들쑤시고 다닌다.

'태풍이 불어닥쳤다지만, 우리에게는 별다른 혐의점이 없었지. 구의원과 비밀을 공유하는 국회의원은 없으니까. 기회가 온 거야. 드디어 강남구 갑에 자리가 났어.'

김춘배가 워낙에 강력해 포기한 자리였다.

그 자리가 눈앞에서 아른거리고 있었다.

어떻게든 김춘배 눈에 들려고 쏟아부은 시간과 돈이 쓰리긴 했지만, 이런 상황이라면 오히려 더 잘됐다는 판단이었다.

'강남구는 전통적으로 한민당의 텃밭. 안 그래도 2006년도

선거부터 구의원도 공천을 받아야 출마 가능해졌는데 이번에 이름을 올릴 수 있다면 강남구를 내 것으로 만들 수 있다!'

가능한 이야기였다. 강남구 갑 공천을 받는 순간 승리는 떼 논 당상이다. 더욱이 한 방에 메이저 무대에 올라 저 거드름 피우는 케케묵은 것들과 어깨를 나란히 할 수 있었다.

'그러려면 반드시 공을 세워야 해. 강남구 갑은 대한민국 지역구 중에서도 노른자 중의 노른자다. 다른 놈들도 침 흘리고 있을 거야.'

들리는 소문에 의하면 구청장도 차기 공천에 눈독 들이고 있다고 하였다. 민선 3선이라면 자격이 있어 보이긴 하나.

이재민은 피식 웃었다.

'차라리 구청장이 경쟁자라면 훨씬 수월하겠지. 이길 자신도 있고. 하지만 진짜는 저 위의 괴물 같은 놈들이야.'

모르긴 몰라도 당 중진의 후계자들도 움직이고 있을 확률이 높았다. 계파 우두머리 라인을 타는 진짜배기 엘리트들.

그들이 강남을 노리면 승산은 턱없이 줄어든다. 어쩌면 이미 내정돼 있을지도 몰랐다.

'젠장, 쉽지가 않아.'

이재민은 자기 위치를 잘 알았다.

2회 연속 의장직을 꿰찼다고는 하나 광역시의회도 아니고 겨우 구의회였다. 네임밸류가 너무 떨어진다. 신세마저 어떻게 발버둥 쳐도 중앙의 선택에 거역할 입장이 못 된다. 반기를 들었다간 꼴같잖은 구의회 공천마저 받지 못할 테니.

이 상황을 반전시킬 수 있는 건 오로지 하나뿐이었다.

실적. 그것도 압도적인 실적이 필요하였다.

'반드시 해내야 해. 반드시!'

주먹을 불끈. 실패는 있을 수 없다.

이미 호랑이 등에 올라탄 상태. 구의원들 불러다 다음 대 공천받고 싶으면 알아서들 하라고 압력을 가한 순간 선은 넘었다.

이제 와 부인한들 누가 알아줄까?

하릴없는 몸짓은 개인적으로도 취향은 아니고.

오로지 성공만이 있을 뿐이다.

새가슴 성백선을 봤다.

"부의장님, 의원들 본회의장에 다 모였죠?"

"빠짐없이 모였습니다."

"됐습니다. 그거면 된 겁니다. 이제 우린 기다리기만 하면 됩니다."

"……예."

미국 대통령을 밥으로 알고 또 그 미국 대통령이 타는 의전 차량을 그대로 본떠 커스텀 제작한 수행 차량을 탄 감동은 대치동에 위치한 강남구의회에 발을 디디면서 싹 가셨다.

"환영합니다. 강남구의회 사무국장 문경성입니다."

"저는 운영위 구경일입니다."

"저는 복지도시위⋯⋯."

"저는 행정재경위⋯⋯."

마중 나온 이들은 의회 사무국 인원들뿐.

구의원들은 코빼기도 보이지 않았다.

말도 안 되는 의전이다. 미간을 찌푸린 김문호가 나섰다.

"의장님은 나오지 않으셨나요? 다른 구의원들은요?"

"아, 그게⋯⋯."

"의원님이 오신다는 연락, 못 받았습니까?"

"실은 지금 의장실에서 기다리고 계십니다. 같이 올라가시면 됩니다."

말하면서도 이게 얼마나 말도 안 되는 일인 걸 아는지 사무국장의 얼굴이 시뻘게졌다.

국회의원은 지역구의 제왕이었다.

아무리 당이 다르고 초선이라 하더라도 구의회 의장 따위가 대놓고 무시하는 행위는 하극상에 가까웠다.

본보기 차원으로 매장해 버리는 게 불문율인데.

이는 또 국회의원들 간에서도 불문율로 통했다.

- 밉다 밉다 해도 국회의원을 깔 수 있는 건 같은 국회의원밖에 없다.

얼마나 철저하게 지켜지는지 2030년대까지도 그 풍토는 여전했다. 이럴진대 한낱 구의회 의장 놈이 주제도 모르고 첫 방문한 국회의원의 면전에 나타나지도 않았다.

'뒈지려고. 이 새끼가.'

가족상을 당했다든가. 천재지변이 일어나지 않는 한 절대로 일어날 수 없는 일이다.

하지만 장대운은 눈살 한 번 찌푸리지 않았다.

"의원님들은 모여 있습니까?"

"예, 본회의장에서 기다리고 있습니다."

"그럼 됐네요. 본회의장으로 갑시다."

"예? 의장실로 안 가시고요?"

되묻는 사무국장 앞에 우뚝, 장대운이 쳐다봤다.

가뜩이나 키 차이가 20cm는 날 법한 체격이 그윽하게 내려다보기까지 하니 운명에 암울이 드리우는 듯 머리가 새하얗게 된 사무국장은 오늘 잘못하다간 크게 사달이 나겠다 싶은지 얼른 길을 비켰다.

엘리베이터는 남의 속도 모르고 6층으로 잘도 올라갔다.

니스칠로 범벅된 육중한 본회의장 문이 열렸다.

뚜벅뚜벅 걸어 들어가는 장대운과 그를 수행하느라 진땀 빼는 사무국장과 위원들. 그 뒤를 여유롭게 따라가는 정은희와 백은호를 김문호는 뒤에서 전부 지켜보았다.

의장의 소개도 없이, 하물며 부의장의 동행도 없이 곧바로 연단에 선 장대운을 보고 놀라는 구의원들과 그들을 흐뭇한 시선으로 깔아 보는 장대운.

전쟁은 시작되었다. 마이크의 'on' 신호와 함께.

"안녕하십니까. 저는 이번 강남구 갑에서 선출된 국회의원 장대운입니다. 여러분들이 전부 이곳에 모여 계신 줄 알았으면 아래에서 헤매지 않고 바로 달려왔을 텐데 말입니다."

선빵을 날리고. 혼란스러운 구의원들이 제정신을 차리기도 전에 본론으로 들어간다.

"각기 지역에서 의정 활동을 하시느라 바쁜 의원님들을 한자리에 모시는 게 실례인 줄은 알고 있습니다. 그래도 인사는 한 번 해야 했기에 부득불 구의회에 요청하였고 이 자리를 마련했습니다. 스케줄에 방해가 됐다면 심심한 양해를 부탁드립니다."

정중한 사과도 하고.

당황하던 구의원들도 점점 자세를 바로 하고 발언자에 집중했다.

"다른 이유가 있어 앞에 선 건 아닙니다. 저도 강남구, 여러분도 강남구, 우리의 목적은 결국 더 좋은 강남구를 만들기 위해서가 아니겠습니까. 같은 목적을 공유하는 사람들끼리 서로를 인정하고 힘을 합치는……."

특별한 발언은 나오지 않았다. 전부 원론적인 것들뿐.

하지만 이를 달리 말하면 원론이 중요하기에 원론이라는 걸 김문호는 잘 알았다.

장대운은 자칫 지루할 수 있는 원론 하나만으로 적대적이던 24명 구의원의 귀를 단숨에 사로잡았다. 조용한 가운데 은은한 주목을 일으켰고 먹물이 번져 가듯 천천히 그리고 확실하게 자기 색을 입혀 갔다.

　준비한 발표 자료도 없었다. 보고 읽을 연설문도 한 장 없었다. 아무것 없이도 그는 구의원들 앞에서 해내고 있었다.

　감탄이 절로 나왔다.

　잘못 쓰면 구태의연의 표상인 원론을 두고…… 더 잘못 쓰면 영혼 없는 말의 나열로까지 추락할 양날의 검을 들고도 저리도 유연하게 공감대를 이끌어 내고 있었다.

　'나라면 할 수 있나?'

　고개 젓는다. 어려웠다.

　30년 정치 인생을 두고도 어려운 걸 그는 저리도 태연하게 해낸다. 괴물이었다.

　누가 저 사람을 초선 의원이라 평가할 수 있을까.

　쾅. 벌컥. 와장창창.

　갑자기 터진 눈살 찌푸리는 소음이 아니었다면 원론을 듣다 천국의 깨달음이라도 얻었을 것 같았는데.

　분위기가 깨졌다.

　문을 부술 듯 열어제끼며 들어온 두 사람 때문이었다.

　아마도 저들이 의장과 부의장이겠지.

　한 가지 위안을 삼을 만한 건 본회의장에 있는 구의원 전부가 짜증 섞인 눈길로 저들을 쳐다봤다는 것이다. 분위기를 망친 주범으로.

　하지만 그조차도 장대운의 발언을 멈출 수는 없었다.

　"……아울러 저는 우리 강남인끼리 머리를 맞대고 화합하여 조화로운 강남구를 이끌어 내길 바랍니다. 짧지 않은 시간 동안 제 말을 경청해 주셔서 감사하고 앞으로도 기탄없는 의견과 조언으로 경험이 적은 저를 좋은 길로 인도해 주시길 부탁드립니다. 바쁘신 와중에도 이 자리에 참석하신 의원님들께 다시 감사의 인사를 드리며 이만 물러나겠습니다. 저는 국회의원 장대운이었습니다."

할 말을 다 끝마치고 나서야 정중히 인사하며 마이크를 끈다. 뛰어 들어온 두 사람과 관계없이.

그 순간 재미있는 그림이 그려졌다.

연단에 선 장대운과 문을 붙잡고 선 의장과 부의장, 그 사이에 놓인 24명의 구의원.

드넓은 본회의장에 적막이 흘렀다.

하지만 이도 오래가진 않았다.

사무국장의 박수가 나왔고 이내 구의원들도 동참했다.

짝짝짝짝짝짝짝짝짝짝.

그제야 장대운도 미소를 머금으며 재차 허리를 굽혔고 문을 향해 발걸음을 옮겼다.

뚜벅뚜벅뚜벅.

본회의장에 오로지 장대운만 있는 듯했다.

멀뚱히 선 의장과 부의장을 못 본 척 지나친다.

사무국장은 어쩔 줄 몰라 하다 달려가 엘리베이터부터 잡는다.

당연한 듯 그 엘리베이터에 오르는 장대운.

뒤늦게 엘리베이터를 잡아 보는 의장과 부의장이지만.

그들을 바라보는 장대운의 눈엔 아무것도 들어 있지 않았다.

"누구시죠?"

어버버, 어버버버.

의장과 부의장이 허둥대는 사이.

백은호가 슬쩍 닫힘 버튼을 누른다.

엘리베이터 문이 속절없이 앞을 가린다.

그리고 정문에 세워 두었던 수행 차량은 유유히 강남구의회를 빠져나갔다.

유쾌, 상쾌, 통쾌.

하지만 김문호는 마냥 즐거워할 수만은 없었다.

이번 대결은 객관적으로 1라운드 초전박살이라고 표현할 수 있겠지만, 달리 보면 장대운이라는 국회의원의 현 위치가 적나라하게 드러난 현장이라 할 수 있었다.

그 증거가 침묵에 휩싸인 수행 차량이고.

앞으로도 만만치 않겠다는 답답함이 차량 내부를 눌렀다.

머리가 복잡할 수밖에 없었다.

구의회의 쩌리들도 대놓고 까분다.

저걸 무슨 수로 박살 낼까. 공천권도 없는데.

미청당 네 사람의 머리가 바쁘게 움직이는 사이 차량은 강남구청에 도착했고 시간을 보니 3시 20분이었다.

10분 일찍 도착.

장대운의 등장에 화들짝 놀란 건 의외로 구청 비서실이었다.

이도 이해가 안 가는 전개였다.

약속 시각은 3시 30분.

비서실이라면 마땅히 준비하고 있어야 하는 게 아닌가?

설마 여기에서도 텃세를 부리려고?

"구청장께서 중요한 미팅 중이시라. 잠시만 기다려 주시면 안 되겠습니까?"

구청 비서실장은 정중한 사과를 가장한 어이없는 제안을 하였고 그럼에도 장대운은 선선히 받았다.

"조금 일찍 온 건 사실이니까. 알겠습니다. 여기에서 기다리면 되나요?"

"예."

그러면서 내준 자리가 응접실도 아니고 비서실 한쪽 공간이었다. 첫 방문한 국회의원에게.

엉망이었다. 비서실장이라는 놈은 의전의 '의' 자도 모르는지 표정도 뻔뻔했다.

더구나 구청장은 3시 50분이 되어서야 나왔다.

"뭐라고?!! 벌써 와 계셨다고? 비서실장 이 사람아, 장 의원께서 오셨으면 무엇보다도 빨리 알렸어야지. 아이고, 장 의원님 죄송합니다. 오신 줄도 모르고 일만 했습니다. 근데 4시 미팅 아닙니까?"

무슨 소리를 하는 건지. 이것들이 쌍으로 놀라나.

이쯤 되면 싸우자는 거다.

김문호도 30년 정치 인생에 이런 경우는 처음 봤다. 제아무리 노골적인 터부라도 약속 시각은 지키고 의전 또한 제대로 한다.

'양아치도 아니고. 이것들이 정말 다 죽어 봐야…… 근데 저 양반 이상하게도 낯이 익단 말이야. 한 번도 본 적 없는데.'

권진용 강남구청장을 보는 순간 왠지 뒤통수를 빡 때리는 느낌이 왔다. 경험상 이럴 때는 뭔가 있다는 건데.

급히 머릿속으로 그의 이력을 읊어 봤으나 민선 1기부터 내리 3선을 한 관록 있는 행정가라는 게 전부였다.

이후 기록도 기억에 없는 걸 보면 공천에 실패하고 정계 은퇴를 한 것 같은데.

이상하게도 익숙한 느낌이다. 세대도 다른 사람에게 말이다.

'희한하네. 희한해.'

"협력 좋지요. 구민께 도움 될 일이라면 얼마든지 말씀해 주십시오. 권한 내에서라면 최선을 다해 보겠습니다."

"그럼요. 그럼요. 옳으신 말씀이십니다. 다 같이 강남구를 위해 일하자고 모인 사람들인데 굳이 당색으로 얼굴을 붉힐 일 있겠습니까. 필요한 일이 있으시면 적극적으로 말씀해 주십시오."

"아이고, 벌써 가십니까? 모처럼 즐겁고 뿌듯한 시간이었습니다. 자주 들러 주십시오. 의원님이라면 언제나 환영입니다."

반응은 또 아주 협조적이었다. 정말로 4시 약속으로 알았던 건지 어색함이란 1도 없는 얼굴.

장대운도 표정 하나 구기지 않고 시종일관 미소로써 구청장과 대화에 임했고 구청장 또한 온갖 긍정적인 반응을 보이며 시간을 즐거워했다. 배웅하는 것도 아쉬워할 만큼.

도무지 이해할 수 없는 맥락이다.

연기라면 대중상감. 도무지 퍼즐이 맞지 않아 전전긍긍하고 있는데 뜬금없이 질문이 날아왔다.

"문호 씨는 어떻게 보세요?"

"예?! 아, 예, 제 판단 말씀이십니까?"

"예, 문호 씨 판단."

"강남구청장 말씀이십니까? 아니면 오늘 일 말씀이십니까?"

"흐음, 오늘 일로 보는 게 좋겠죠?"

"오늘 일이라면 우선 든 생각은 '여지는 있지만 어렵구나'입니다."

"문호 씨도 어려워 보이는군요."

장대운이 고개를 끄덕끄덕.

김문호는 바로 부연 설명으로 들어갔다.

"구의회에서의 일은 보통의 관계였다면 정죄를 내린 것이나 다름없으나 상황이 일반적이지 않다는 게 아쉬울 따름입니다. 어차피 선을 그었겠지만, 이번 일로 의장과 부의장은 의원님과 완전히 척을 진 거로 판단할 겁니다. 가뜩이나 마음을 다잡고 있었을 그들에겐 이제 하나의 선택지밖에 없는 것으로 보일 테니까요."

"그렇겠군요. 이미 당에 충성하고 했는데 더 격렬하게 충성할 수밖에 없겠죠."

그 둘은 살아남기 위해서라도 장대운과 반대편에 서야 한다.

이를 위해 모든 수단을 강구할 것이며 비겁한 협잡질도 마다치 않겠지.

그런 면에서 친절한 구청장과 뻔뻔했던 비서실장의 얼굴도 대비되긴 했다.

"구청장도 마찬가지입니다. 하나의 조직에 하나의 목적이 정상이라면 오늘의 구청장과 비서실장은 왠지 맞지 않은 톱니가 엉킨 듯했습니다. 어디에 초점을 맞춰야 할지…… 그런 측면에서 구청장의 행동도 의심스럽습니다."

"구청의 의도가 불순하다?"

"다시 말씀드려 하나의 조직엔 하나의 이상만 있어야 속도가 납니다. 특히나 작은 조직이라면 더더욱. 구청장과 비서실장은 서로 다른 곳을 보는 듯한 느낌이 강했습니다. 상식적으로 두 사람이 다른 곳을 볼 리 없으니 둘 중 하나는 거짓이 분명한데 이 역시도 애매한 구석이 있습니다."

"으흠, 저와 비슷한 걸 봤네요. 그렇다면 문호 씨의 결론은요?"

"결론이라면, 적어도 구의회나 구청 중 하나는 우리 편이 돼야 무라도 썰 수 있을 겁니다. 제 생각엔 이왕지사……."

"구청이었으면 좋겠다?"

"예, 지금 의원님께 필요한 건 강남구에 직접적인 행정력을 투사할 수 있는 구청입니다. 구청이 협조적이라면 구의회 정도는 아무렴 상관없을 겁니다."

의장, 부의장까지 26명의 구의원이 강남구청 앞에 바리케이드를 치고 있어도 장대운 한 사람을 못 당한다.

되레 볼링핀처럼 튕겨 나가나 할 뿐.

'장대운한텐 어지간한 현역 국회의원도 상대가 안 되지. 암, 그렇고말고.'

구의회에서 한 연설을 보고 정치적 기량마저 빼어남을 확인했다. 지금 그에게 필요한 건 역량 강화가 아니라 이슈와 행정력이었다. 그것만 확보된다면 구의회를 위해 무언가 분산하는 건 낭비였다.

다만, 유념할 건 상황이 이렇다 해도 현재 우리 쪽이 유리해진 건 아니라는 것이다. 출발할 때와 달라진 건 없다. 오늘은 간을 보는 날일 뿐.

'애매하긴 하나 적대한 건 또 아니니까. 구청이 가능성을 보인다면 자주 오가면서 친밀해지면 돼. 껄끄러워하는 걸 하나씩 풀어 가다 보면 좋은 날도 오는 거지. 아무래도 내일부터 자주 들러서 구석구석 조사 좀 해 봐야겠어.'

"흐음, 그렇군요."

"말씀 중에 죄송한데. 의원님, 저기 저 빌딩 보이십니까?"

운전대를 잡은 백은호였다.

"저 유리로 두른 건물이요?"

"예, 저 빌딩을 건설의 조 대표가 점찍어 두고 있다 합니다."

"저 빌딩을요?"

"성도빌딩이라고 20층짜리 신축인데 목도 좋고 갖고 있으면 쓸 만할 것 같다고 협상 중이랍니다."

'성도빌딩?'

Chapter. 4

자연스럽게 돌아간 시선으로 길옆 거대하게 올라간, 유리
창으로 외부 전체를 두른 빌딩이 눈에 들어왔다.

반짝반짝 빛나는 유리들이 햇빛을 반사하며 시야를 어지
럽히는데 그 모습이 무척 친숙했다.

김문호도 알고 있었다.

머지않아 강남대로의 랜드마크가 될 녀석이다. 언젠가 저
런 빌딩 하나 갖고 싶다는 소망을 품어 보기도 했으니까.

'어!'

그러고 보니 우진기. 옛 첫 보좌관 녀석이 저 빌딩을 보고
대뜸 이런 말을 던진 적 있었다.

한창 바람에 올라타 이름이 주가를 높이고 있을 때라 건성
으로 들었는데.

∞ 의원님, 아니 형님.

∞ 왜 또?

∞ 저 빌딩 보이세요?

∞ 저 빌딩? 성도빌딩? 저 빌딩이 왜?

∞ 저기 꼭대기에서 사람이 한 명 투신했다네요. 아주 오
래전에.

∞ 그래?

∞ 형님도 아시죠? 이 강남에서 유일하게 민생당이 집권했
을 때.

∞ 아아~ 그 구청장!

∞ 비리 의혹으로 조사받다 결국 자살했잖아요.

∞ 거기가 저기였어?

∞ 나중에 밝혀졌는데 진짜 도둑놈은 구청장의 비서들이
었대요.

∞ 그랬어?

∞ 형님.

∞ 왜?

∞ 형님도 조심하세요.

∞ 뭐가?

∞ 사람을 너무 믿잖아요. 조금만 잘해 주면 다 퍼 주고.

∞ 그게 왜? 그리고 난 네가 있잖아.

∞ 그게 문제라고요. 그 구청장도 그런 믿음 없었을 것 같아요? 이 바닥이 얼마나 무서운데 사람을 무턱대고 믿어요. 나도 믿지 마세요. 아니, 형수님도 믿으면 안 돼요. 알았어요?

∞ 뭔 헛소리야. 니가 있는데 내가 무슨 걱정을…….

'진기야…… 진기야…….'

멍청하게도 관을 보고야 알게 되었다. 너의 소중함을.

'미안하다. 미안하다. 정말 미안하다. 나도 내가 그렇게 권력에 홀릴지 몰랐다.'

죽기 직전까지도 다음을 기약하던 어리석은 얼굴이 심장을 찔렀다.

나는 그걸 정치인의 뚝심이라 여겼다.

10년을 옆에서 수발들어 준 동생이 떠나가도, 볼 때마다 쓴소리를 아끼지 않았던 형님이 너 변했다며 따귀를 날려도 '너희들이 뭘 알아?' 하며 우겼다.

'진기야, 네 말이 하나도 틀린 게 없더라. 입안의 혀처럼 굴던 보좌관이 나한테 독을 줬어. 살을 부대끼며 산 마누라가 내 죽음을 알고 있었다. 대체 나는 뭘 하고 살았던 거냐?'

분노도 억울함도 아니었다. 단지 허탈할 뿐이었다. 미칠 듯한 미련함에 북받치는 슬픔마저 다 신기루로 여겨질 만큼.

'날 용서해 주겠니? 못난이로 산 이 형을?'

원망하기만 했다. 떠난 그들을 되레.

제일 가까이에 있으면서 마음도 몰라주고 제멋대로 욕하고 제멋대로 떠나 버렸다고 소리 질렀다. 떠나가게 만들어 놓고.

씨벌…….

김문호는 터져 나오려는 눈물을 억지로 삼키고 주먹을 꽉 쥐었다.

'두 번의 실수는 없다.'

모든 것을 바로잡는다.

그러기 위해선 장대운의 눈에 들어야 하고 현재에 집중해야 한다. 나중은 나중에 갚는다.

'그래, 지금 중요한 건 권진용 구청장이 죽는다는 거다. 그것도 비서 놈들 때문에 자살을 선택한다는 것. 이슈에 집중하자. 권진용을 살리면 판이 바뀐다. 판이 바뀌면 단번에 뛰어오를 수 있다. 어떻게든 그를 살리자. ……그래서 그 시점이 언제지? 사건이 터지는 시점을 알아야 해.'

기억해 내야 했다.

힌트는 우진기가 주었다. 남은 건 구청장이 죽었다는 얘기를 이 내가 어떻게 알았냐는 건데.

'아! 강남에서 유일하게 민생당이 집권했을 때라고 했어!'

한민당 텃밭 강남이, 누가 뭐라든 눈 감고 귀 닫고 한민당만 밀어주었던 강남이 처음으로 민생당의 손을 들어 주었을 때가 있었다.

'재보궐 선거!'

국회의원 또는 기초·광역단체장, 기초·광역의원 등에 빈자리가 생겼을 경우 이를 메우기 위해 실시하는 선거다. 재선거와 보궐 선거로 나뉘며 전임자의 잔여 임기까지만 재임한다.

'맞아. 재보궐 선거 얘기하다가 나왔어. 강남…… 강남…… 강남…… 아! 아아아아아~ 이 멍청한! 17대 국회의원 선거 후 얼마 지나지 않아 터졌다고 했잖아!!'

그때 한민당이 한 번 휘청거렸다.

화난 민심이 대거 민생당으로 쏠렸고 그걸 되돌리느라 돼지는 줄 알았다는 무용담을 당 의원들과의 술자리에서 들었다.

"아아, 아아~ 그렇구나."

"문호 씨?"

"그게 그렇게 된 일이었어."

"문호 씨?"

"……예?"

백은호가 쳐다보고 있었다.

"지금 뭐 하는 거예요?"

"예?"

멍~~~~~~~.

"하하하하하하, 백 비서관님 놔두세요. 우리 문호 씨가 집중하다가 혼잣말이 터진 모양이네요."

장대운이 막 웃는다. 정은희도 웃는다.

"거 보세요. 의원님과 많이 닮았다니까요."

"저랑요?"

"혼자서 막 중얼중얼. 무슨 주문 외는 것처럼 하실 때가 엄청 많았어요."

"제가 그랬어요?"

"하긴 잠꼬대는 본인이 모르죠."

'아, 아아~ 내가 또 나사 빠진 짓을 벌였구나.'

김문호는 얼른 정신을 차리고 허리를 굽혔다.

"죄송합니다. 제가 너무 생각에 빠져서."

"아니에요. 그럴 수도 있죠. 하하하하하하. 안 그래도 우리 정 수석님이 문호 씨가 저를 많이 닮았다고 하시는데 어느 정도 그럴 수도 있겠다는 생각이 드네요."

"아…… 예."

"그래, 생각이 좀 정리됐나요?"

"아, 그렇습니다."

"무슨 생각인지 물어봐도 될까요? 개인적인 비밀 얘기면 안 해도 좋고."

"아닙니다. 강남구청장에 대한 것이었습니다."

"호오, 강남구청장에 대한 생각을 그렇게까지 깊게 하셨어요? 오오, 대단한데요."

"저…… 그래서 말씀인데. 저한테 시간을 좀 주실 수 있습니까?"

"갑자기 시간이요?"

"강남구청을 조사해 보고 싶습니다."

"강남구청을 조사하겠다라……"

자기 턱을 쓰다듬는 장대운이었다. 어떻게 할까나?

정은희를 본다. 네 생각은 어떠냐고.

정은희는 미소만 보인다. 네가 알아서 하라고.

말해 놓고도 김문호는 괜히 말했나? 그냥 혼자 알아서 할 걸. 잠깐 후회했다.

"흠흠, 시간은요?"

"한 달 정도 생각하고 있습니다."

"한 달이라. 뭐 좋아요. 해 보세요."

"아! 감사합니다."

이리도 흔쾌히 허락할 줄은 몰랐다.

보좌관도 아니고 겨우 인턴이 강남구청장을 조사하겠다는데 장대운은 전혀 거리낌이 없었다. 이유도 묻지 않고 행여나 실수하게 되면 온통 자기가 다 덮어쓸 텐데.

나 정도 사고 쳐도 대세에 지장 없다는 건가?

그래도 기분은 좋았다. 믿어 주니까.

"우리 미래 청년당에 들어와 처음으로 하고자 하는 일인데 미래 청년당 당수가 돼서 반대해서야 되겠어요?"

"의원님 말씀이 옳습니다. 문호 씨, 나중에 자세히 설명해 줄 거죠?"

정은희까지 거든다.

"예! 그럼요. 확실하게 되면 모두 말씀드리겠습니다."

"그럼 된 거네요. 자, 우린 이제부터 문호 씨가 결과물을 갖고 올 때까지 기다리기만 하면 되는 건가요? 하하하하하하."

"어머, 그러네요. 어쩐지 문호 씨가 들어온 후부터 짐이 한

결 가벼워진 느낌이 들더라니까요."

"그래요? 문호 씨가 복덩어리네요. 우리 미래 청년당에 복덩어리가 들어왔어요. 복덩어리가. 하하하하하하하."

여긴 확실히 이상한 나라의 앨리스인지도 모르겠다.

살며 수많은 조직을 봐 온 자로서 단언컨대.

이런 분위기는 처음 본다.

"백 비서관님."

"예."

"오늘 모처럼 다 같이 외근 나왔는데 저녁 식사나 같이할까요?"

"으흠, 좋지요. 그러면 곰탕에 수육 어떠십니까?"

"오오옷! 좋아…… 아니아니, 저기 우리 복덩어리 문호 씨의견도 들어야죠, 문호 씨, 곰탕에 수육 어때요?"

"엄청 좋아합니다."

"좋았어! 그럼 거기로 가시죠. 이야~ 올만에 수육 맛 좀 보겠네요. 소주도 한 잔 콜?"

허름한 식당이었다.

외관은 연식이 있다 못해 노포 할아버지가 연상됐지만 가게 자체는 널찍하였고 사람도 바글바글하였다.

근처에 도착하면서부터 진한 곰탕의 향기가 비강을 누비는데. 꼬르륵 꼬르르륵.

장대운이 바로 백은호를 바라보며 우리 문호 씨 배고픈데 왜 조금 더 빨리 달리지 않았냐며 핀잔을 주고 정은희는 입을 막고 웃는다. 백은호는 머리를 긁적긁적.

기가 막힌 곳이었다. 소주 열 병 마시고 와도 제대로 된 곰
탕의 진가를 경험할 수 있는 가게.

수육 또한 사태와 특수 부위로만 정갈하게 올린 것이라 더
할 나위가 없었다. 청량감이 도는 소주 한 잔은 식탁의 풍미
를 한층 가중시켰고. 가히 오랜만에 즐겨 보는 꿈결 같은 저
녁 시간이었다. 호강하는 느낌. 성공한 느낌.

"자, 받아요."

정은희가 뜬금없이 작은 봉투를 주기에 받았더니.

"본래 사무실 들어가면 주려고 했는데 퇴근각이라 여기에
서 드리는 거예요."

봉투 안에 든 건 돈이 아니었다. A4 용지 두 장.

꺼내 보니 급여 명세서였다. 근데 왜 두 장?

'어!'

이게 무슨 금액이지?

정은희를 보았다.

"저…… 잘못 주신 것 같은데요."

"제가 잘못 줬다고요?"

돌려받더니 금세 다시 준다.

"맞잖아요. 문호 씨 이름 쓰여 있네."

"근데 금액이……."

"적어요?"

"아, 아닙니다. 제가 생각했던 것보다 너무 많아서."

명세서는 두 장이었다.

하나는 국회의원 장대운 사무소. 또 하나는 미래 청년당.

둘 다 212만 원. 도합 424만 원.

참고로 출근한 지 3일 됐다.

"아아, 설명이 부족했구나. 문호 씨가 아직 인턴이라 제 평가를 못 받은 거예요. 인턴 급여는 일할 계산했고요……."

3일에 12만 원. 인턴 급여는 달에 120만 원이라는 소리다. 150만 원은 될 줄 알았는데 예상보다도 적다.

하긴 2019년 인턴 급여가 200만 원 살짝 넘었으니 어쩌면 이게 맞을 수도…….

"거기 항목을 보시면 알겠지만, 기본 명목은 각각 업무 지원비와 복지 지원비예요. 따로 쓰여 있는 100만 원의 품위 유지비는 의원님의 요청으로 신설된 거고요. 매월 이렇게 지급될 거예요."

"매월요?!"

입을 떡. 다시! 다시 되짚어 보자.

정은희의 설명에 따르면, 국회의원 사무소는 업무 지원비 명목으로 월 100만 원씩 준다.

미래 청년당도 복지 지원비 명목으로 월 100만 원씩 준다.

이 둘에 장대운의 요청으로 플러스 각각 월 100만 원의 품위 유지비를 더 얹어 준다.

즉 급여 외 각 소속에서 월 200만 원씩 더 받는다는 얘기였다. 그것도 매월.

'헐~'

"미래 청년당 인턴은 3개월을 보고 있어요. 그 시기가 지나면 평가에 따라 급여가 다시 책정될 거예요. 국회의원 사무소는 법령에 따라 움직여야 해서 직급에 따라 고정돼 있고요. 더 설명이 필요해요?"

"아……."

3백 벌이를 두고 꿈과 현실 사이에서 잠시 갈등했던 게 다 부끄러워질 정도였다.

이렇게 잘해 주는데. 이렇게나 살 수 있게 해 주는데.

열심히 안 하면 그 새끼가 배신자다.

'장대운, 장대운 하더니 정말 장난 아니네.'

소속한 곳마다 정해진 급여만 320만 원이라니.

인턴 월급이. 두 군데를 합쳐서 640만 원이다!

여기에서 하나의 질문이 나온다.

'근데 왜 두 군데나 주는 거지?'

아, 씨벌, 묻지 말자. 묻지 말자. 그냥 주는 대로 받자. 하였지만. 입이 열렸다.

"어째서…… 제가 두 군데에서……."

"그날 사인했잖아요. 미래 청년당 입당 신청서랑 인턴 계약서, 국회의원 사무소도요."

"아……."

그때는 그냥 당연히 그런 줄로만 알…… 국회의원 장대운 사무소에 취업했으니 미래 청년당 당원 가입은 당연한 데다 뭘 자꾸 줘서 사인하라고 하길래 인턴 주제에 뭘 따지냐 싶어 볼펜 춤을 춘 것뿐인데…….

'으응?'

또 갑자기 뭘 두 손 가득 잔뜩 들려 준다.

보니 곰탕과 수육 포장이었다.

등을 살짝 토닥토닥. 눈을 마주치니 정은희가 포근하게 웃는다. 참으로 보기 좋은 미소다.

"아시죠? 이것이 창립 멤버만의 혜택인 걸."

"창립 멤버……요?"

"오필승의 창립 멤버들은 현재 전부 대표급이에요."

"아…….."

"문호 씨는 의원님만 믿고 달리세요. 뒤는 걱정하지 마시고요. 의원님은 한 번도 자기 사람을 버린 적도, 고통받게 한 적도 없으세요."

"……."

"물론 공짜는 아니죠. 우리도 문호 씨에게 거는 기대가 크답니다. 필요한 게 있으면 무엇이든지 요청하시고 설사 사고를 치더라도 알려만 주세요. 문호 씨 뒤에는 늘 의원님이 계신답니다."

"……."

어떻게 집으로 돌아왔는지 기억도 나지 않았다.

정신 차리자 포장해 온 걸 게걸스럽게 먹고 있는 동생들이 보였다.

"형, 진짜 맛있어요."

"너무 맛있어!"

"오빠! 곰탕이 이렇게 맛있는 거였어?"

"수육 두 점씩 먹지 마! 새꺄!"

"깍두기도 겁나 맛있어."

"흐응~ 황홀해."

눈물이 났다. 왜 이렇게 기쁘고 그리운 건지.

"……."

맞다. 많은 걸 원한 삶이 아니었다.

바랐던 건 그저 이렇게 좋아하는 사람과 함께 어울려 사는 것뿐이었는데. 도대체 무엇을 쫓으며 살았기에 살해당할 때까지 간 건지 모르겠다.

고아는 스무 살만 되면 길바닥에 쫓겨나야 한다. 그 시기가 다가오면 사회에 대한 두려움으로 전전긍긍, 막상 나오면 하늘이 노래지는 경험을 수도 없이 한다. 눈앞이 깜깜.

우리는 그 절실함을 이용한 어른들의 착취에 시달려야 했고 아무리 해도 나아질 기미가 없는 생활에 먹혀 어느 순간 절망의 구렁텅이에 빠진 스스로를 발견하게 된다.

무엇을 위해 사는지. 모진 목숨 끊을 수도 없고. 위아래 구분도 할 수 없는 밑바닥의 삶에서 허우적거려야 한다.

세상에 분노하게 된다.

평범하게 지나다니는 사람들이 미워 보인다.

상처 입은 마음은 범죄를 부르고 또 그렇게 범죄의 대상으

161

로 전락한다.

그런 식으로 망가져 버린 삶을 아주 많이 봤다. 그들을 위해 조금이라도 도움이 되려고 달려들었던 게 바로 사회 운동이었다.

- 도와주세요. 제발 좀 도와주세요~~.
- 우리도 사람처럼 살고 싶어요.

애달픈 외침일 뿐.

혼자만의 메아리였고 지쳐 갈 때쯤 만난 사람이 한민당 최고의원 최준엄이었다.

그 사람이 무척 신기했다. 아무리 소리쳐도 콧방귀도 안 뀌던 공무원들이 최준엄의 행차에는 바람에 날리는 갈대처럼 이리 휘둘리고 저리 휘둘린다.

동사무서든 구청이든 튀어나와서 아이고, 아이고 의원님.

- 이것 보게나. 내 말하지 않았나. 게으른 공무원 놈들 잡는 데는 정치인이 최고라고.

위대해 보였다.

그는 단 한 번의 변명 없이 자신의 말을 실천해 냈고 그날 이후 아무것도 없던 사회 운동가는 사회에 대한 복수심인지 신분 상승 욕구 때문인지 모를 마력에 목줄이 잡혔다.

난…… 어느새 브레이크 없는 기차가 되어 있었다.

"어! 오빠 울어?"

"형, 울어?"

"야야, 그만 먹어. 형 울잖아."

"오빠 왜 울어? 히잉."

아차!

"아니야. 아니야. 너희들한테 잘 못해 줘서. 너무 미안해서."

"뭐가 미안해. 우린 오빠 덕에 이렇게 편안한데."

"아니야. 내가 조금 더 열심히 해야 했어. 미안하다. 오빠가 아직 능력이 없다."

"아니야. 아니야. 그런 말 하지 마. 히잉~."

"오빠, 울지 마~."

미래, 소희 여동생 둘이 먹던 수저 놓고 안겼다. 민수, 서진, 순길, 재진 남동생들도 숟가락을 놓고 진지해졌다.

김문호는 이도 또 미안했다.

지 혼자 울컥해서 괜히 좋은 분위기나 망치고.

서둘러 눈물을 훔쳤다.

"이제 괜찮아. 어서 먹어. 우리 의원님이 너희 먹으라고 싸 주신 거야. 하나도 남기지 말고 먹어야 해."

"오빠~."

"히잉."

"오빠는 괜찮아. 엄청 많이 먹고 왔어. 오빠가 더 열심히 할 거니까. 미래랑 소희도 걱정 말고 가서 먹어."

애들을 겨우겨우 달래서 밥상 앞에 앉혔다.

진지해진 녀석들도 감칠맛의 유혹에는 이길 수 없는지 한 번 수저를 들자 멈추지 못하고 다시 잘 먹었다. 물론 눈치 때문에 아까보단 덜 게걸스러웠지만 그래도 잘 먹으니 김문호는 조금은 보상받는 느낌을 받았다.

동시에 이런 생각을 했다.

나는 또 휘둘리게 될까?

또 그렇게 변해 갈까? 또 오버하게 될까?

"······."

이젠 아니라고 말하고 싶지만. 확신이 없었다.

소심한 연애 스타일이 되돌아간들 카사노바가 되지 않듯 자신 또한 그럴 거라는 게 지배적이었다.

더 조심하고 더 신중하게 발을 떼더라도 결국 최종점에 도달하면 엇비슷해지지 않을까? 최상과 최악의 갭을 줄인다 해도 얼만큼 이룩할지도 모르겠고.

설사 최상이라 할지라도 장대운보다 잘할 수 있을까? 그보다 더 나은 결과를 만들어 낼 수 있을까?

이도 자신 없었다. 억울하지만 현재 판단이 그랬다.

'장대운은 완성형이야. 30년 정치인의 길을 걸은 나보다 훨씬 더 나은 환경과 여유로움을 가졌어.'

현재 상황, 현재 가치에 대한 비교가 아니었다.

장대운 vs 김문호. 인간 대 인간으로서 역량 차가 그랬다.

회귀자란 베네핏을 아무리 주관적으로 유리하게 당겨도

장대운은 어쩐지 멀리 가 있는 느낌이었다. 첫 만남부터 지금까지 늘.

희한한 건 그럼에도 패배감이 느껴지지 않는다는 것인데.

조금 더 열심히 뛰어야겠다는 의욕만이 만땅.

'이상해. 전혀 경쟁자로 느껴지지 않아. 이게 장대운의 마력인가?'

별다른 노력 없이도 우주의 중심으로 가는 기분.

'내가 장대운을 막는다면 거꾸러뜨릴 수 있을까?'

이도 고개 저었다.

30년 정치 인생을 늘 입에 달고 있지만, 본격적인 시작은 거의 20년 정도였다.

현 상황도 장대운 외 다른 도리가 없다. 설사 운이 좋아 다른 누군가의 눈에 뜬다고 한들 훌륭한 보좌관 역할 외 그 이상은 없을 것이다.

'더구나 장대운을 막을 이유가 없어.'

길이 비슷했다.

이 대한민국에서 돈으로 장대운에 비길 자가 없고 힘으로도 역시 그렇다.

마음껏 청렴해도 된다는 것.

그 눈에 있는 것도 오직 국민을 위한 봉사밖에 없다.

이상적인 정치인에 가깝다.

'2인자 정도는 괜찮지 않을까? 서열상이 아니더라도 인식상 2인자 정도는 할 수 있을 것 같은데.'

생각하면서도 웃음이 나왔다.

꿈이 대통령이었다가 어느 순간 과학자가 됐다가 점점 더 현실을 깨닫고 그냥 평범하게만 살 수만 있으면 좋겠다는 못난이 같았다. 회귀까지 해 놓고.

"어! 오빠가 웃었어."

"오빠 웃는다."

"이제 좀 풀렸나 봐."

"형, 우린 괜찮아요. 하나도 힘들지 않아요."

"맞아. 형 덕에 나쁜 길로 안 빠지고 잘 살고 있잖아. 보육원에서 나올 땐 정말 막막했다고."

젠장. 내가 지금 뭘 하고 있는 건지.

김문호는 따귀를 한 대 맞은 것처럼 정신이 번쩍 들었다.

감상에 젖어 있을 때가 아니었다.

더구나 장대운과의 비교라니.

겨우 곰탕 하나에 감격해 눈물짓는 주제에.

'그새 뭐든 다 손에 쥔 것처럼 굴었구나. 바보 같은 놈이.'

이래서 더 스스로를 못 믿겠다.

'정신 차려라. 네 길은 장대운이라도 험난하다. 두 번 죽을 수는 없잖아!'

정말 이러고 있을 때가 아니었다.

권진용이 죽는다. 그것도 곧.

그가 죽으면 점평의 기회가 멀어진다. 막아야 한다.

막으려면 확실한 증거가 필요하다.

그것 없이는 그를 구할 수 없다.

증거로는 사진과 영상이 최고. 사진이다…… 사진기가 필요하다. 캠코더가 있으면 더 좋고.

주머니에 돈 4백이 있다. 모아 둔 것까지 합치면 1천.

벌떡 일어났다. 얼른 카메라부터 사러 가려는데 머리 뒤꽁무니에서 슬며시 올라오는 질문이 있었다.

- 너 사진 잘 찍어?

못 찍는다. 더럽게 못 찍어서 아주 유명했다.

게다가 씨벌. 나는 기계치다.

컴퓨터는 물론 흔한 복사기도 내가 만지면 망가진다. 스마트폰이 한창 붐을 일으킬 때도 전화와 문자 외엔 건들지 못했다. 앱은 무슨.

'아아, 이거 큰일인데. 주변에 사진 잘 찍는 사람 없나?'

동생들을 보았다. 밥 먹다 멀뚱히 보고 있다. 왜 일어났냐고.

얘들은 제외.

생각해 내야 한다. 사진 잘 찍으면서도 어려운 부탁을 들어줄 사차원 같은 녀석이 필요하다.

'……'

하지만 아무리 둘러봐도 인맥이 없다.

입학과 동시에 과 행사는 물론 MT 한 번 따라가지 않고 과외만 죽도록 팠다. 철저하게 외톨이로서 지냈다.

아아, 급 우울해진다. 이 나이 먹도록 사진작가는커녕 흔한 친구조차 하나 없다니.

많이 우울하다. 우울해지니 우진기가 떠올랐다. 옛 보좌관 녀석이.

웃긴 건 마치 어떤 장치같이 그 녀석이 떠오르자마자 기억 저편에 묻어 둔 그 녀석과의 대화도 떠올랐다.

∞ 저 새끼가 나랑 같은 과였다니까. 왜 못 믿어?!

∞ 에이, 전혀 어울리지 않는데요. 저 사람 완전 예술가형인데요.

∞ 나도 예술 좀 해.

∞ 차라리 마라도나라고 하세요. (아아, 그렇구나. 나는 축구도 개발이다.)

∞ 아이, 맞다니까. 나는 맨날 과외하고 저 새끼는 맨날 사진만 찍으러 다닌다고 과에 유명했어. 접점이 없을 뿐이지 안면은 있다고.

중만이. 박중만이.

기억났다.

서울대 국사학과에 든 놈이 역사 공부는 안 하고 온통 사진에만 몰두하다 훗날 대한민국 최고의 사진작가가 되는 놈.

'연락처가……'

있을 리가 있나.

과대 번호도 하도 닦달이라 겨우겨우 저장해 놓은 건데.

그러나 궁즉통(窮則通)이라. 궁하면 통한다.

과사였다. 바로 과사에 전화해 연락처를 받았다.

"중만이야? 나 김문혼데 기억나? 안다고? 웅, 부탁할 게 있
는데 얘기 좀 할 수 있을까?"

할 말 있으면 직접 오란다. 새끼도 자취하고 있었다. 공교
롭게도 걸어서 10분 거리. 갔다.

문을 열어 주는데. 첫머리부터 눈에 들어오는 게 사진기였다.

일회용 카메라부터 일반 카메라를 지나쳐 점점 더 커지는
카메라들. 평소 갖고 싶었던 캐논의 EOS 시리즈도 있고 한쪽
벽에는 또 렌즈가 세워져 있었다. 작은 것부터 끝판왕 격 대
포 망원 렌즈까지.

캠코더도 있다. 작게 인화실도 만들어 놨다. 자취방에다.
쩐 미친놈이다.

"흐흥, 무슨 일이냐?"

"아, 그게……."

막상 오고 나니 이걸 어디에서부터 풀어야 할지 막막해졌다.

하지만 일단 GO!

저지른다.

"네 기술이 좀 필요하다."

"기술?"

"너 사진 잘 찍지?"

"흐흥, 사진이야 잘 찍지."

"누굴 좀 찍어 줬으면 좋겠는데."

"사진 좀 찍어 달라라…… 이거 재밌네. 4년 내내 같은 과에 있었는데 말 한 번 붙이지 않다가 갑자기 도움이 필요하다길래. 어디 피라미드나 데려가려나 싶었는데 말이야."

냉소적이다. 틀린 말도 아니다.

그래도 GO!

"도와줄 수 있냐?"

"사진이면…… 흐흥, 나도 귀가 뚫려 네가 국회의원 인턴으로 들어갔다는 건 들었다. 혹시 네 의원님 인물 사진 찍어 달라는 거냐?"

"그건 아니고 다른 사람을 좀 찍어야 해."

"누구?"

"도와줄 거면 말하고."

"도와줄 거면 말한다라…… 흐흥, 단순한 일은 아니라는 거군. 혹 누구 뒷조사냐?"

움찔. 첫 마주침부터 만만치 않더니 이 새끼 면도날이다.

"……"

"흐흥, 이거 포토그래퍼가 아니라 찍새가 필요하셨군."

"……"

"이 나를 영원한 아군도 친구도 없는 비정한 권력 암투의 현장으로 이끄시려는 건가?"

"……"

"내자불선(來者不善)이라더니. 너 나를 물로 보고 왔구나.

포토그래퍼도 핵심을 봐야 하는 직업이다. 인간을 꿰뚫지 못
하면 결코 좋은 순간을 담을 수 없어."

"크음……."

"사과해라."

"……미안하다."

"됐으니 이제 가라."

촌철살인(寸鐵殺人)도 모자라 완벽한 거절이었다.

너무 깨끗해서 참담한 기분도 들지 않을 만큼.

뭐 이딴 놈이 다 있을까?

하지만 나도 김문호다. 이대로 물러나지는 않는다.

"시작은 뒷조사였지만 지금은 그 사람을 살리려는 거다.
거기에 네 사진 기술이 필요해."

"말장난하지 말고."

"말장난이 아니다. 딱 한 달이면 된다. 한 달만 도와주면
그 사람 살릴 수 있다."

솔직히 나가자 내 눈을 빤히 바라보고는 또 고개를 갸웃댄
다. 헷갈린다는 듯이.

"……진짜 같군."

"처음부터 널 속일 생각은 없었다. 네가 너무 민감하게 빨
리 알아채서 그런 거지."

"그도 일리 있는 말이다. 나는 결론이 빠른 편이거든."

"도와주라."

"그렇다 해도 내 시간과 정성을 하루도 아닌 한 달간이나

쏟아붓는 건 무리다. 난 그렇게 가볍지 않다."

몸을 스르르 돌린다. 돌아가라는 것.

"3백 줄게."

멈칫.

"착수금으로 1백 주고 끝나는 날 2백 줄게."

스르르 돌아온다.

"혹시 나도 뒷조사했냐?"

"내가 널 조사까지 해야 하냐?"

"근데 딱 3백 필요한 걸 어떻게 알았어?"

"그러냐?"

보나 마나 카메라 사거나 렌즈 사는 데 필요한 돈이겠지.

심드렁하게 봐 주니 오히려 안달 나는지 입술을 곱씹는다.

틈이었다. 파고들 절호의 기회.

"활인(活人)의 길이다. 의사만 꼭 사람을 살리는 게 아니잖
아. 네 사진이 사람을 살릴 수도 있다."

"활인! 이라고. 내 사진이 활인의 도(道)를 걸을 수 있다는
거냐?"

활인의 길이라 했더니 활인의 도라 받는다.

아까도 내자불선이니 뭐니 하는 꼴이 어쩐지.

'이 새끼 무협 매니아인가?'

조금 더 나가 봤다.

"참고로 이 일은 우리 의원님과는 관계없다. 진실을 캐는
사진기자의 사명감으로 접근해 줬으면 좋겠다."

"진실을 캐는 사진……."

뭔가 꽂혔다. 눈빛마저 번들거린다.

이게 약점이었구만.

김문호는 이쯤에서 판을 흔드는 것도 나쁘지 않겠다는 판단이 들었다. 너무 매달리면 판돈이 올라간다.

"이래도 싫다면 나는 어쩔 수 없이 다른 사람을 찾아야 한다. 친구야."

"흐흥, 친구…… 진짜 오랜만에 듣는 단어군. 근데 그거 하루 종일 해야 하는 거냐?"

"아니, 저녁에서 밤 시간만."

"대략 6시간 정도 되는군. 그럼…… 식대는?"

"내가 낸다."

"흐흥……."

"콜?"

눈이 마주쳤다. 녀석이 씨익 웃는다.

"콜. 선입금은 지금 당장."

"알았다."

"요새 우리 문호 씨 뭐 하고 다녀요?"

이동 중 창밖 거리 풍경을 보던 장대운이 툭 던진 말이었다.

운전하던 백은호는 슬쩍 백미러로 장대운을 확인하고는

옆집 친구네 이야기하듯 자연스럽게 답했다.

"일전에 말씀드린 대로 강남구청을 조사하고 있습니다. 정확히는 강남구청장의 비서실장을요."

"갑자기 비서실장을요?"

"저도 처음에는 강남구청장을 목표로 한 것 같았는데 볼수록 그 사람이 타깃인 것 같았습니다. 같은 과 동기와 같이 다니는데요. 저녁엔 구청장실을 집중 마크하고 밤엔 비서실장을 따라다닙니다."

"흐음, 퇴근만 하면 강남구청으로 간다는 거죠?"

"예."

"곤란한 일은 없나요?"

"제가 알아서 위험한 일이 없게끔 조치해 놨습니다."

"흐흠, 그래요? 예를 들면요?"

장대운의 얼굴에 장난기가 돌았다.

백은호는 그러든 말든 진지하게 대답했다.

"구청 경비원의 협조라든가. 들키지 않게 적당한 시점에 끊어 준다든가. 따로 더 양질의 증거를 모은다든가 말이죠."

"양질의 증거라면요?"

"문호 씨가 어떻게 알았는지 제대로 찍었습니다. 그 비서실장이라는 놈이 아주 구립니다. 동시에 구청장에 대한 조사도 따로 들어갔습니다."

"흐음, 잘하고 있나 보네요. 아직 별다른 문제는 없죠?"

"우리 쪽에서 잘 커버하고 있습니다. 나름대로 귀엽기도 하고요."

"문호 씨가 귀여움을 받아요?"

"어디에서 뭘 많이 본 건지 흉내는 내더라고요. 더구나 이
번 건은 문호 씨를 따라다니면서 알게 된 게 크고요. 비서실
장이 가는 곳이라면 어디든 따라가는 데 주저함이 없습니다.
상당히 비싼 곳인데도요."

"호오~ 받은 월급을 거기다 쓰는 거군요."

"그래서 청운에서도 좋아합니다. 싹수가 괜찮다고. 다만
이 증거들을 어떻게 사용하려는지가 관건이긴 한데. 예상대
로라면 흐음……."

"우리 문호 씨가 부디 청운을 실망시키지 않았으면 좋겠네요."

"그럴 인성 같지는 않습니다만 아무튼 두고 보고 있습니다."

"청운 쪽에서는 뭐라던가요?"

"대놓고 조사해도 모른답니다."

"그렇게 허술해요?"

"너무 쉽답니다. 강남구청이 2001년 입주 이래 계속 리모델
링 공사 중인 것도 있고 침투는 어렵지 않았다고 합니다. 아
참, 추후 계획에 신청사로의 이전이 있답니다. 다만 강남구 땅
값이 만만한 곳이 없으니 쉽지는 않을 것 같다는 의견입니다."

"으응? 2001년 입주라고요? 그 건물이 원래 강남구청 게 아
니었어요?"

"지금 강남구청 건물은 원래 조달청의 것이었다고 합니다.
조달청이 남쪽의 새로운 사옥으로 옮겨 가며 물려받았는데

구청장도 그리 하고 싶은가 봅니다."

"허어…… 벌써 4년째 리모델링도 모자라 신축까지요? 예산이 남아도니 엉뚱한 데다 쏟아붓네요. 제동이 필요하겠어요."

"놔두면 마음대로 가겠죠."

"좋아요. 잘 도와주세요. 우리 문호 씨 위험하지 않게."

"걱정 마십시오. 첫날에 비하면 날이 갈수록 실력이 늘고 있습니다. 이제는 적당히 알아서 피할 줄도 알고요."

"그럼 됐고요. 다음은……."

강남구의 아침은 출근하는 사람들로 북적였다.

차량도 빡빡, 운전하는 입장에선 답답하고 짜증스런 일과일 수 있지만 장대운은 저기 어디론가로 바삐 움직이는 사람들을 바라보는 게 좋았다.

저들이 바쁘다는 건 대한민국도 활력이 넘친다는 거니까.

"우리도 좀 바쁘게 움직여 볼까요?"

"네? 아예."

"30분 후에 회의하죠. 오늘의 안건은 국회 회관 이사입니다."

국회 내 사무실 배정은 결국 달을 넘겼다.

당선된 지 20일이나 지났으니 이 또한 사고나 마찬가지인데.

그동안 장대운은 괜히 물의를 일으키는 것도 싫고 국회 사무처에서 어련히 알아서 해 줄까 하여 그쪽으로는 일절 신경 쓰지 않았다. 정은희만 길길이 날뛰었다.

어차피 선택권도 없고 그런 일에 심력을 쏟아붓는 스타일이 아니다 보니…… 일부 불쾌한 것도 있지만, 이왕지사 날짜가 확정됐으니 좋게좋게 지나가려 했다.

어쨌든 국회로의 정식 입성이니까.

고로 오늘 회의는 이사와 이사 후에 관련한 주안점에 관한 것이다.

"예? 그냥 들어가시겠다고요? 아무 항의도 없이요?"

이렇게 시작부터 난관에 봉착할 줄은 아무도 몰랐다. 정은 희가 아닌 김문호가 제동을 걸 줄도.

"의원님, 이건 사고가 아니라 사건입니다. 국회의원 중 의원님이 제일 늦었습니다. 그것도 하루 이틀이 아닌 일주일이나 더요."

"으음, 그것에 대해서는 유감이긴 합니다."

"우연이 아닌 고의인데요?"

"예?! 고의적이었다고요? 국회 사무처가 제게요?"

"국회 사무처가 아닙니다. 장경출 전 의원 말입니다."

"장경출 의원이면 배정된 사무실 전 사용자잖아요."

"예, 그 양반이 차일피일 미루며 의원님의 시작을 일부러 꼬아 버린 겁니다. 자그마치 일주일이나요. 그 시간이면 국회 적응은 물론 가장 중요한 상임위에 대한 조사도 여유롭게 마칠 수 있었습니다."

국회에는 국회 운영에 필요한 국회 사무처 외 국회상임위원회라는 조직이 따로 있었다.

본회의에 안건을 올리기 전, 해당 법안의 당위성을 토론하기 위해 자체적으로 꾸린 집단으로 특정 분야에 전문적인 지

식을 가진 의원과 일반 전문가로 구성된다. 상설화 조직으로
기한을 정해 활동하는 특별위원회와 구분된다.

　국회에 다른 조직이 또 필요하나 싶겠지만, 상임위 창설 사
유는 명분이 꽤 좋았다.

　- 전문적인 지식이 부족한 의원들이 잘못 법안 발의를 하
게 됐을 경우 터질 사회적 혼란이 감당되나? 상임위는 리스
크를 최소화하기 위해 조직된 것이다.

　물론 이게 어느 순간부터 실질적 심사라는 측면에서 본회
의보다 비중이 앞서게 됐다는 게 문제인데.

　어쨌든 국회의원이 됐다면 선택이 아닌 필수로 수많은 상
임위 중 한 곳에 소속돼야만 했다. 장대운도 마찬가지로 예외
없이.

　참고로, 17대 국회에서 상임위는 총 18개였다. 16대는 22
개인가 그랬는데. 가볍게 나열해 보면.

국회운영위원회 : 국회법과 국회 운영에 대한 것.

법제사법위원회 : 입법.

정무위원회 : 정치나 국가 행정에 관한 업무.

재정경제위원회 : 예산.

통일외교통상위원회 : 외교와 무역.

국방위원회 : 국방.

행정자치위원회 : 공무원, 경찰, 재해 구호.

교육위원회 : 교육.

과학기술정보통신위원회 : 과학기술.

문화관광위원회 : 영화, 체육, 관광.

농림해양수산위원회 : 농림, 해양.

산업자원위원회 : 에너지, 산업 기술 안전.

보건복지위원회 : 보건과 복지.

환경노동위원회 : 환경과 노동.

건설교통위원회 : 건설과 교통.

정보위원회 : 16대 국회부터 새로이 신설, 국가 비밀의 보호.

여성위원회 : 성매매와 위안부.

여성가족위원회 : 여성 외 다문화 가정.

대략 이런 느낌이다. 국가 업무와 그 순기능에 관한 모든 부분에 걸쳐 영향력을 발휘하는 곳.

"으음, 상임위가 있었구나. 아직 어디로 들어갈지 정하지 못했는데."

"초반 아주 중요한 시기를 아주 의도적으로 꼬아 버린 겁니다."

"아차차, 먼저 그것부터 자세히 얘기해 보세요. 그 고의란 것에 대해서."

"사무실 배정이 연공서열에 따른다는 것처럼 퇴실도 보통은 얌전히 물러나는 게 불문율입니다."

"그렇죠."

"하지만 개중 소속이 다른 초선 의원이 자기 다음으로 배정받을 때 간혹 이런 일이 벌어지기도 합니다. 안 그래도 갈 길 바쁜 초선 의원의 시작을 이렇게 차일피일 미루면서 망쳐 버리는 거죠. 의원님이 그 케이스에 걸린 겁니다."

"지금 그 말씀은 그 양반이 내가 미래 청년당 초선이라서 꼬장을 부렸다는 건가요?"

"대외적으로는 임시 국회 소집에 따른 업무가 남아서 어쩔 수 없다고 말하겠지만, 결과를 보면 다른 초선 의원보다 일주일이나 더 늦어 버렸습니다. 명백한 고의이고 아무런 액션이 없다면 국회의원 전부가 의원님을 만만히 보게 될 겁니다."

김문호도 말하면서 돌아가는 꼴이 아찔했다.

하필 하고많은 경우의 수 중 제일 더러운 게 걸렸다.

더구나 국회 사무처의 처리 방식도 짜증 났다. 4월에 선출된 국회의원을 5월이 될 때까지 사무실 배정을 안 해 준 사례가 있었나?

'더 강력하게 요청했어야 했어.'

결국 장경출이었다. 결국 그 뒷배 한민당이었다.

기름진 뱃살이나 두드리던 새끼들이 감히 초장부터 견제구로 날린 거다. 어이없는 어깃장으로.

속이 터졌지만. 장대운도 문제였다.

당하면서도 가만히 있길래 강남구청 조사 건도 있고 다른 계획이 있나 싶어 놔두고 있었는데. 별생각이 없었다.

늦으면 늦나 보다. 이제 주면 이제 주나 보다.

일이 어떻게 비롯된 건지 관심조차 없었다.

사람이 좋은 건지, 긍정적인 건지.

'이 바닥이 한 번 석죽으면 회복이 어려운데. 왜 이렇게 태평일까?'

한 대 맞으면 두세 대 패 줘야지 다음에 함부로 못 군다.

이 일을 흐지부지 놔뒀다간 저들의 머리에 '장대운도 별거 아니구만'이란 인식이 박힐 테고 그 순간 어딘가에 숨어 있던 장경출 같은 놈들이 여름날 사 둔 과일에 날아드는 초파리 떼처럼 달려들 것이다.

"그래요? 이 대한민국에서 아직도 날 간 보는 사람이 있다는 거네요. 하하하하하하."

웃는다. 무엇이 통쾌한지.

게다가 도리어 위로까지 해 준다.

"우리 문호 씨가 속이 많이 상한 모양이네. 그렇게 나쁜 놈이 있을 줄이야. 이거 큰일입니다. 어떻게 해야 할까요. 문호 씨 앞에서 체면 상하면 안 되는데."

"……."

"흐음…… 아무래도 본보기를 보여야겠죠?"

난처한 표정으로 피식 웃는데 김문호는 직감했다.

장경출의 인생이 이 순간 완전히 엿 됐음을.

동시에 이런 기분도 들었다.

어쩌면 시간문제였을지도…… 모르겠다.

경종이 전신을 울렸다. 그러고 보니 그랬다. 이 일도 언젠가는 장대운의 귀에 들어가게 될 것이다.

'아아…… 세상에…….'

앵앵대지 않을 뿐이었다.

느긋하게 걸을 뿐 보지 않는 게 아니고 듣지 않는 게 아니라는 것.

'너무 커서 둔하게 보인 거구나. 오히려 내가 소형견처럼 짖어 댄 거야.'

사태 파악 끝. 서둘러 자세를 낮췄다.

"죄송합니다. 제가 너무 흥분했습니다."

"아니요. 절 위해 화를 내 준 거잖아요. 제가 당한 일이 부당하다 여겨 부당하다! 외친 거잖아요. 전 무척 기쁘답니다."

"그래도 죄송합니다. 의원님. 정 수석님, 백 비서관님도 계시는데 너무 나섰습니다."

"하하하하하, 이래서 내가 문호 씨를 좋아합니다. 항상 겸손하시니."

"죄송합니다. 앞으로는 더 자중하겠습니다."

"괜찮아요. 부당하다 여긴다면 기탄없이 얘기하셔도 됩니다. 사회든 기술이든 사람이든 불만이 있고 불편하다 말해야 바뀌니까요. 그냥 하는 말이 아니에요. 제 기준에서 만족과 행복지수의 높음은 도태나 마찬가지입니다. 살아 있는 건, 늙지 않는 건 오로지 성장하는 것뿐이라 생각하니까요."

"아……."

"정 수석님 안 그렇습니까? 우리의 젊은 피가 억울하다는데 그냥 놔둬야겠어요?"

"절대 안 되죠. 의원님이 가만히 계신다 해도 제가 그냥 안 놔둡니다. 연 매출 300억짜리 듬보잡이, 편법 증여에, 차명 계좌에, 탈세까지 저지른 하찮음이 감히 미래 청년당의 당수를 건드렸어요. 일생을 두고 후회하게 만들어 줄 겁니다."

그렇구나. 이 사람들…… 전부 다 알고 있었다.

그저 카드를 꺼낼 시기를 조율하고 있었을 뿐.

아아, 부끄럽다.

"우리 문호 씨 속상하게 한 만큼 다뤄 주세요."

"알겠습니다."

'부처 손아귀의 손오공이 이런 느낌일까?'

"자자, 그럼 이번 건은 된 거로 보고 다음 안건이 있나요?"

장대운의 전환에 정은희가 나섰다.

"본격적인 의회 활동이 시작됐으니 의원님도 슬슬 마음의 준비를 하셔야 합니다."

"마음의 준비요?"

"잊으셨어요? 세력 확장."

"흐음, 설마 제가 잊을 리가 있나요. 우리 문호 씨가 제안해 준 건데. 괜찮은 놈으로다 스카우트해 오면 되는 거죠?"

"1차 목표는 교섭 단체 구축입니다."

"알겠습니다. 일단 19명만 데려오면 되겠네요."

"다음 사안은 국회 사무실로 들어간 다음 말씀드리겠습니다."

"그것도 좋죠. 그럼 더 없나요?"

회의를 끝낼 듯 분위기 잡던 장대운이 김문호를 보고는 더 할 말 없냐고 쳐다보았다.

"아까 뭘 들고 오던 것 같던데. 뭐 없나요?"

"아! 이건 정 수석님의 지시 사항이라 이따가 드리려고……."

포장지로 곱게 싸인 판때기를 둘둘 만 끈을 풀었다.

"그게 정 수석님의 지시 사항이라고요?"

"예."

"볼 수 있을까요?"

정은희에게 묻는다.

"그럼요. 저도 궁금하던 차였어요."

두 사람이 어서 보따리를 풀라고 쳐다봤다.

김문호는 멋쩍은 표정으로 집에서 만들어 온 판때기의 겉 포장을 뜯었다.

"어, 이건!"

"이야~~."

"이런 걸 언제 만들었어요?"

"그게…… 집에서…… 동생들이 도와줬습니다."

국회 회관도였다.

1층부터 10층까지 각 층 사무실과 그 기능, 각 호에 들어간 의원들의 간략한 신상 명세가 들어간 그림표.

정은희가 바로 알아보았다.

"아! 그거군요. 저번에 각 호마다 어떤 놈들이 들어갔는지 조사하라고 했던."

"예, 로얄층은 신상 명세를 더 자세히 적었습니다."

김문호는 유인물도 나눠 줬다.

표에는 들어가지 않은 각 의원의 장단점에 가능성까지 세세하게 적힌 X-파일을.

겉모습은 비록 사회 초년생이 작성한 어설픈 자료로 치부할 수도 있겠지만, 실제는 전생 지식까지 총동원해 써 내려간 내역들이었다.

이 시점 어떤 의원의 손에 들어가든 치트키 같은 자료.

역시나 자료를 살피던 장대운이 깜짝 놀란 표정으로 탁자를 탁 내려쳤다.

"캬아~~ 이것 보세요. 기가 막히지 않습니까. 우리 문호 씨가 이 정도까지 해 왔는데 속상하게 해서 되겠어요?"

"정말 그러네요. 이거 저도 정신 똑바로 차려야겠는데요."

"맞아요. 세상에 어느 인턴이 이런 자료를 만들어 온답니까? 한 대 얻어맞은 기분이에요."

"저도 입이 떡 벌어집니다. 진위는 일단 둘째로 쳐도 언제 이렇게 의원들 평가까지 해 놓은 건가요?"

"시간 날 때마다 공부 좀 했습니다."

"대답도 완전 끝내주네요. 안 되겠는데요. 이런 날에 우리가 사무실에서 죽치고 있어야겠어요? 오늘은 여기서 접고 백숙이나 먹으러 가죠."

"남한산성이요?"

"남한산성 좋죠. 이야~ 도대체 얼마 만에 가는 건지 모르 겠네요."

얼씨구나 지화자 좋다!

정은희와 장대운은 주거니 받거니 합주를 하는데 자료를 살피던 백은호만 표정이 잔뜩 굳어 있었다.

김문호는 왜 그런지 이유를 물어볼 수가 없었다.

<u>우르르르 우르르르.</u>

사무실 문 닫고 남한산성으로 직행.

도착해서도 정신이 없었다. 백숙집 주인장이 버선발로 튀 어나오고 제일 풍광 좋고 제일 조용한 곳으로 안내하고는 가 지도 않고 왜 요즘 뜸했냐고, 보고 싶었다고, 20년 단골이 이 럴 수 있냐고, 재잘대다가 정은희가 우리 의원님 시장하시다 는 말을 꺼내고서야 아이고! 하며 상 차리러 나갔다.

"화장실 좀 다녀오겠습니다."

김문호가 밖으로 나간 사이 백은호가 가방에서 서류 봉투 를 하나 꺼내 장대운에게 건네줬다.

"이것 좀 보십시오."

"뭔데요?"

답은 하지 않고 눈짓으로 읽어 보라는 백은호에 첫 장을 넘긴 장대운은 거듭 여러 장을 넘기고서야 백은호를 다시 보았다.

"이거 설마……."

"청운 겁니다."

"으음……."

"거의 흡사합니다. 문호 씨가 뒤가 구릴 가능성이 아주 높다고 표시한 의원과 청운이 찾아낸 비리 의원이 마치 데칼코마니같이 일치합니다. 어떤 건은 문호 씨의 것이 더 확장성이 큽니다."

"허어…… 적중도까지 높다는 건가요?"

"도저히 웃을 수가 없었습니다."

"만들어 온 정성이 갸륵했던 것뿐인데. 청운에 비길 자료라니. 이거 우리가 문호 씨를 띄엄띄엄 본 건가요?"

"그 정도가 아닙니다. 전문가도 아니고 일반인이 찾아낼 수 있는 건 한계가 있습니다. 보다시피 결과물까지 이해가 가지 않을 정도 완벽하죠. 아니, 불가사의가 더 가까운 표현 같습니다."

"불가사의라……."

"아무래도 문호 씨에 대한 조금 더 세세한 평가 자료가 필요한 것 같습니다. 청운에 다시 의뢰하겠습니다."

스스로에 대한 다짐처럼 확정해 버리는 백은호에 장대운의 표정이 급격히 침중해졌다.

"이거 좀 슬프네요."

"예?"

"모르시겠어요?"

"……."

"잘해도 문제잖아요."

"……!"

"문호 씨가 너무 잘해서 문제라는 거잖아요. 혹여나 다른 오염 사항이 있는지 다시 체크해 보겠다는 거고요."

"……예."

"여기에서 거슬리는 건 아무래도 이 평가 부분 같은데. 맞나요?"

"예."

"의원들에 대한 한 줄 평이 화근이라니…… 근데 오염의 문제라면 과연 이 정도의 걸 내놓을까요? 조금씩 조금씩 풀어 신뢰도를 쌓는 게 더 이득 아닐까요?"

"그렇긴…… 합니다."

"내 눈엔 이거 만들려고 죽을 둥 살 둥 매달린 거로 보이는데…… 하지만 백 비서관님은 늘 반대쪽을 보셔야 하니까. 충돌할 수밖에 없겠네요."

"죄송합니다. 흥을 깨고 싶진 않았습니다."

"아니에요. 하세요. 그게 백 비서관님의 일이잖아요. 그리고 뭐든 깔끔하게 넘어가는 게 문호 씨에게도 좋을 거예요. 백 비서관님의 인정을 받는다는 건 곧 신원 보증을 받는 것과 마찬가지잖아요. 저는 긍정적으로 생각할게요."

"최대한 빠른 시간 내에 끝을 보겠습니다."

백은호가 용건을 마무리 짓자 장대운은 조금은 씁쓸한 표정으로 정은희를 보았다.

"우린 우리대로 가야겠죠?"

"의원님 너무 그러지 마시고…… 과정이라 보시면 어떨까요?"

"과정이요?"

"우리 식구가 되는 과정이요."

"흐음…… 전 이미 식구로 생각하고 있습니다."

"물론이죠. 저도 알고 백 비서관도 압니다. 다만 다른 사람들은 아직 감이 멀 수도 있으니까요. 조금은 더 기다려 주시는 건 어떨까요? 원래 친해지는 데는 시간이 필요하잖아요."

"……제가 급했나요?"

"아니요. 저도 문호 씨가 올 때부터 좋았어요. 의원님도 그랬잖아요. 어릴 적부터 본능적으로 좋은 사람을 알아보셨잖아요. 설사 부족하다고 해도 잘 달래서 좋은 길로 이끌어 주셨고요. 저는 문호 씨가 능력을 드러내는 게 오히려 기껍습니다. 벌써부터 그 기미가 보이잖아요. 부디 앞으로도 다치지 않고 의원님 울타리 안에서 마음껏 뛰어놀았으면 좋겠어요."

"정 수석님의 생각도 그렇죠?"

"그러니 편안히 생각하셔요. 의원님의 눈을 믿으시고요. 문호 씨에게도 기회잖습니까. 두 번의 검증. 통과한다면 백 비서관님의 인정을 받는 거고 오필승도 또한 더는 다른 말 못할 겁니다."

"그런가요? ……그렇겠네요. 문호 씨에게도 이게 좋겠죠. 알았어요. 대신 이번 건은 그래도 우리 잘못이 있을 수도 있으니 다리 하나는 무조건 문호 씨에게 양보해야 합니다."

"이의 없습니다."

흔쾌히 동의하는 정은희와는 달리 백은호는 머뭇거렸다.

"왜요?"

"그럼 남은 다리 하나는······?"

"룰 있잖아요. 이번엔 셋이서만 싸우는 겁니다."

"아아, 그렇다면 콜입니다."

Chapter. 5

　백숙에서 허벅지랑 이어지는 큼지막한 다리 살을 빼고 나면 뭐가 남을까?

　퍽퍽한 가슴살과 초라한 날갯죽지밖에 없다.

　화장실을 다녀오고 조금은 무거워진 분위기에 적응할 새도 없이 거한 상차림이 이어지고 주인장은 나가지 않고 이것저것 수발을 들며 팔팔 끓는 백숙에서 닭다리를 뜯으며 쳐다봤다.

　"오호라, 오늘의 주인공은 여기 젊은 분이셨군요."

　눈치도 빠른 양반.

　익숙하다는 듯 다리를 앞접시에 담아 준다.

　그러고는 세 사람은 주인장 앞에서 가위바위보를 했다.

193

승자는 정은희.

주인장은 남은 다리 한쪽을 그녀의 앞에 놓아 주었다.

활짝 웃는 정은희와 가슴살만 받은 장대운과 백은호.

이게 뭔가 싶었지만. 주인장 설명으로는 오필승 때부터 일절 예외 없는 불문율이라 했다. 백숙 대자 하나에 네 명이 먹는데 다리는 두 개라 어쩔 수 없이 생긴 전통이라고.

이런 것도 전통이라고?

마음만 먹으면 백숙집은 물론이고 이 근방 모든 가게를 통째로 살 수 있는 장대운이 퍽퍽한 가슴살에 만족하며 킥킥거리는 걸 보는데 이 사람을 대체 어떻게 봐야 할지 김문호는 도통 감이 잡히지 않았다.

"왔어?"

"오늘도 강남구청부터냐?"

"그래."

"성실하다. 참 성실해."

백숙집에서 잘 먹고 잘 쉬다 퇴근했다.

집까지 데려다 주겠다는데 중간에 내려 강남구청 앞으로 왔다. 인근에서 카메라 가방 덕지덕지 멘 박중만과 하이파이브를 했다.

GO, GO!

"저기 두 분 어디 가십니까?"

"예?"

"보내 드려. 기자님들이셔."

"아, 그렇습니까? 실례했습니다."

자기들끼리 북 치고 장구 치는 경비들을 지나…… 희한한 건 어느 순간부터 자꾸 기자님이라고 불러 댄다. 기자증을 보인 적도 없는데 당연한 듯이.

김문호와 박중만은 늘 하던 대로 본관 맞은편 별관 옥상, 아지트로 올라갔다.

카메라를 거치하고 구청장실에 포커스를 맞추고 등등 일련의 움직임에 군더더기가 없을 만큼 자연스러웠다.

그러다 문득 카메라 가방에 가득 든 필름 통들을 보며 김문호가 물었다.

"요새 디카가 좋다던데. 넌 그쪽으로 전향할 생각 없나?"

"디카 좋지. 필름 생각 안 하고 막 찍을 수도 있고 찍으면서 찍은 거 살필 수도 있고."

"왜 안 사? 혹시 아날로그 감성이 더 좋다는 거…… 그런 거냐?"

"흐흥, 문호야. 문호야. 넌 여전히 날 물로 보는구나. 잘 들어라. 이 형이 세상 사는 이치를 알려 줄게. 대세란 말이야. 거스를 수 없으니까 대세다. 처음 디카를 보는 순간 난 이놈이 앞으로 카메라 시장을 잡아먹겠구나~ 직감했다."

"그러냐?"

날카로운 놈. 매번 보지만 면도날도 형님 하고 무릎 꿇을 만큼 세상을 보는 눈이 아주 탁월했다.

박중만 말이 맞았다. 필름 카메라는 구세대의 클래식으로 전환된다. 어느 순간부터 스마트폰으로 영화 찍는 세상도 오니까.

"알면서도 왜 안 사냐고? 당연하지~ 졸라 비싼데 방법이 있냐. 나 대학생, 디카 더럽게 비쌈. 디카로 필카 수준을 내려면 자동차 한 대값이 들어간다. 감당이 되겠냐?"

"하긴 니가 200만 화소짜리 들고 다닐 순 없겠지."

"아마도 10년 안에 디카 세상이 올 거다. 그 전까지는 어떻게든 이 필카로 버텨야지. 네 돈 덕에 어쩌면 전환이 빨라질지도 모르고."

캠코더까지 구청장실을 겨냥해 놓고서야 한숨 돌리는 녀석이었다.

그러다 뭘 떠올렸는지 품을 뒤져 사진 뭉텅이를 꺼냈다.

"이거 봐라. 인화했다."

"나왔어?"

"아주 가관이다."

지난 열흘간 비서실장을 쫓아다니며 찍은 사진이었다.

단지 열흘간인데. 여자들의 부축을 받으며 룸싸롱에서 기어 나오는 장면은 예사였다.

여러 사람 불러 모아 놓고 대장처럼 군림하고 그사이 관용차에 실리는 쇼핑백들. 동문회에, 지인 경조사에, 지역 인사들과의 회동에, 후원회의 밤 참석에, 리모델링 인부 폭행 장면까지 수두룩하게 해 먹고 있었다.

이런데도 잡음이 없다. 어찌 보면 난놈이라는 건데.

"이 새끼가 비서실장이 된 게 언제라고?"

"구청장이 민선 2기 당선 때부터니까 6년 차네."

"미친 거 맞지?"

"미친 거지."

"그동안 대체 얼마를 해 먹은 거야?"

"모르지. 근데 설마 처음부터 그랬겠어? 저렇게 된 거에는 구청장도 잘못이 있지 않겠어? 직접 챙겨야 할 것까지 일임해 버렸잖아."

"그렇게 보는 거냐?"

"소도둑도 처음엔 바늘부터 시작이다."

"으음, 모처럼 핵심을 찌르는 말이네. 근데 이거로 어떻게 하겠다는 거냐?"

"기다려 봐. 아직 결정적인 증거를 못 찾았잖아."

"어, 퇴근한다."

구청장실 불이 꺼졌다. 5분도 안 돼 구청장이 내려오고 그의 관용차가 구청을 빠져나갔다.

동시에 구청장실의 불이 또 켜졌다.

"어! 불 켜졌어."

"어디, 어디?!"

"잠만 있어 봐. 다시 초점 맞추게."

박중만이 망원 렌즈를 살피는 사이 김문호는 눈에 힘을 주고 구청장실을 봤다.

불은 켜졌는데. 안 보인다. 흐릿한 무언가만 움직이는 느낌.

"야, 비서실장이랑 같이 있던 비서 년이다. 그년이 구청장

책상 쪽으로 간다."

"잡아. 무조건 잡아!"

지난 열흘간 고생의 하이라이트였다.

이걸 놓치면 또 얼마나 기다려야 할는지.

막 흥분하려는데. 박중만이 정색하며 쳐다봤다.

"지금부터 캠코더도 녹화할 거니까 입도 뻥끗하지 마. 알
았어?"

"아, 알았어. 합."

캠코너 빨간 버튼을 누르고 진지하게 카메라에 눈을 댄 박
중만은 쉴 새 없이 검지를 눌렀고 조리개가 열렸다 닫히는 소
리가 반복적으로 울렸다.

기어코 필름 한 통을 다 쓰고 나서야 눈을 떼는 박중만이다.

구청장실도 불이 꺼졌다.

박중만은 조심스럽게 캠코더도 정지시켰다.

그제야 한숨을 내쉰다.

"후아~ 됐다. 됐어. 잡았다."

"그래?"

"비서 년이 구청장 책상에서 도장 같은 걸 꺼내 무언가에
찍는 장면을 잡았다."

박중만이 내 실력 어떠냐고 웃는다.

김문호도 환히 웃었다.

"됐다. 그거면 모든 게 해결될 거다. 수고했다. 친구야."

"나 좀 멋있냐?"

"응, 졸라 멋있다."

"오늘은 이만 퇴근?"

"갈증 안 나냐?"

"나지."

"치킨에 생맥 한 잔 어때?"

"졸라 좋은 궁합. 니가 뭘 좀 아는구나."

"내가 좀 알지."

"갈까?"

"챙기자."

주섬주섬 챙기는데. 다시 구청장 차가 들어오고 있었다.

뭐지? 하는 사이 박중만은 번개와 같이 카메라를 구청장 차에 맞췄다.

차에서 내린 건 비서실장이었다. 기다렸다는 듯 여비서가 튀어나오더니 서류 봉투를 넘겨주고는 같이 탄다.

사건이다 싶어 급하게 뛰어 내려갔지만 차는 어느새 시야에서 사라지고 말았다.

"에이씨."

"놓쳤네."

"그러네."

"……."

"……."

"……오늘은 할 수 없다. 접자."

"그럴까? 하긴 어디로 내뺐는지 알 도리가 없으니."

"중요한 건 건졌잖아."

"근데 둘이 되게 친해 보였지?"

"난 안 보였어."

"여자가 깨가 쏟아지더라."

"그러냐?"

"쫓아갔으면 좋은 거 찍을 수 있었는데."

"아서라. 어디 모텔 같은 데 갔겠냐? 틀림없이 호텔로 갔겠지."

"그런가?"

"가자. 그나저나 오늘 닭만 먹네."

뭐 종류가 다르니까.

"으응?"

"가자고. 친구야. 오늘은 맘 편하게 적서 보자."

"오케이."

집도 가깝겠다 신나게 놀다 들어갔다.

다음 날부터는 이날과 같은 왕건이는 건지지 못했지만, 그
다음 날도, 그 다음다음 날도 똑같이 별관 옥상에서 시작해
비서실장을 쫓았다.

저들이 얌전히 집으로 들어가는 날에는 우리도 일찍 마무
리했고 바깥을 기웃댄다 싶을 때면 신경을 곤두세우고 따라
다녔다.

비서실장은 갑질도 잘하지만 혼자서도 잘 노는 놈이었다.

술 한 잔 마시지 않고 룸싸롱에 직행하기도 하고 거기에서
만난 아가씨와 주말에 따로 만나 놀기도 했다.

그렇게 지켜보길 또 닷새째 되던 날. 일이 터졌다.

강남구에서 소기업을 운영 중인 사장 한 명이 휘발유 통을 들고 구청으로 들어오다 경비들에 의해 저지당했다.

구청장 나오라고 고래고래 고함치는 소리를 지나가던 흔한 기자가 들어 버렸다.

진위 파악 따위는 없었다. 특종이다 판단한 기자는 바로 다음 날 1면으로 때려 버렸고 강남구청장 비리는 온 언론으로 퍼져 나갔다. 그 언론을 보고 용기 낸 다른 피해자들도 여기저기 합세하자 사건은 일파만파.

일이 이쯤 되자 제일 먼저 찾아온 건 박중만이었다.

"너 혹시 이럴 줄 알고 있었어?"

"확신은 없었어."

"이게 사람을 살리는 길이었다며?"

"우린 적어도 누가 범인인 줄은 알잖아."

"이 사진…… 깔 거야?"

"아니."

"뭐라고?"

"이거로는 안 돼. 이 일을 뒤집으려면 더 큰 힘이 있어야 해."

30년 정치 바닥에 있으면서 험한 꼴 아주 많이 봤다.

특히나 언론은 미쳐 돌아가는 순간 무슨 짓을 해도 먹히지 않는다.

"증거를 잡은 언론은 정말 무서워. 단순한 의혹 제기만이 아니라 자기들끼리 경쟁하며 새로운 이슈들을 재생산해 내.

사돈의 팔촌, 처가, 아내, 자식까지 예외가 없이 제물로 삼아. 사람 하나 밑바닥까지 조지는 건 일도 아니야."

"그건…… 맞는 것 같네."

화살은 이미 구청장의 가족에까지 쏘아지고 있었다.

저들은 아니라고 부인하지만.

어떤 누구도 귀 기울여 주지 않는다.

어떤 누구도 근처로 올 생각을 못 하게 만든다.

그랬다간 마구 달려들어 물어뜯어 버리니까.

이는 권력의 최정점 정치인이라도 열외가 아니었다.

한민당 최고위층에 있을 때도 그랬다. 멀리 갈 것도 없이 이번 17대 국회의원 선거만 봐도 같다. 작년 대통령 탄핵 건이 터지고 자기들끼리 시시덕거릴 때만 해도 밥이 다 된 것 마냥 굴었지만, 곧바로 역풍을 맞고 총선에서 패배, 한민당은 당 지도부 사퇴까지 가야 했다.

이게 바람을 탄 언론의 힘이었다.

격류에 휩쓸리는 순간 뼈조차 찾기 힘들어진다.

"우리나라에선 증거가 있든 없든 나쁜 놈으로 찍힌 순간 끝이야."

"그것도…… 맞네."

온갖 언론이 강남구청장을 천하의 파렴치한으로 몰아가고 있었다.

업무상 횡령, 직권 남용, 취업 강요 등등 국민이 싫어할 만한 지저분한 항목은 죄다 끌어당긴 거로 모자라 지위를 이용한 갑질에 약한 이들에 대한 폭행, 폭언까지 인두겁을 쓴 악마로 묘사해 댔다.

이런 것에 내성이 없는 사람이라면, 아니, 사람이 어떻게 이런 것에 내성이 생길까.

'죽었다는 건 결국 이 위기를 버티지 못했다는 건데.'

사람이란 동물은 버틸 힘이 있어야 산다.

버틸 힘이란 희망이다. 희망만 있다면 집중포화 난타로 처맞더라도 꾸역꾸역 버티다가 나중에 잦아지면 틈을 봐 슬그머니 다른 가능성을 꺼내 반전의 기회를 노릴 수 있겠지만.

희망이 없으면 살 방도가 없다. 그래서 죽는다.

여태 본 권진용도 마찬가지였다.

버틸 내공도 여력도 없다.

'엘리트의 길을 걸었지만, 온실 속에서만 살았어. 단 한 번도 험난한 꼴을 본 적 없다는 게 큰 약점이야. 그래서 잘못된 선택을 한 거야.'

일어났다.

"어디 가려고?"

"도움 줄 사람을 알고 있어. 그분이 아니면 권진용은 파도에 먹혀 버릴 거야."

뛰쳐나갔다. 밤 시간이지만 초를 다투는 시점이다.

머뭇거림은 천추의 한을 낳을 것이다.

곧바로 오필승 타운으로 갔다.

정문에 도착하자 경비가 택시의 진입을 제지하였고 김문

호는 급히 내려 자초지종을 설명하려 했다.

"어! 넌…… 의원님 인턴이구나. 이 시간에 웬일이니?"

"아, 저기 그게…… 의원님께 보여 드릴 게 있어서요. 아주 급하게요."

"그러냐? 잠시만 기다려라. 백 대표…… 백 비서관님께 연락해 볼 테니까."

"예."

확인은 1분도 걸리지 않았다.

"안 그래도 의원님과 같이 계시다네. 들어가라. 길 따라 쭉 가기만 하면 돼. 맨 끝 집이다."

"예, 감사합니다."

"응, 그래, 나중에 보자."

◇ ◆ ◇

"아닙니다. 저 절대 아닙니다. 의원님, 저 모르십니까? 저 권진용입니다. 제가 어떻게 그런 일을 벌일 수 있겠습니까? 뭔가 오해가 있는 겁니다. 도와주십시오. 이번에 도와주시면 제가…… 예?! 제 직인이 찍힌 공문이 나왔다고요? 계약서도요? 저는 모르는 일입니다! 피해자마다 공문을, 계약서를 증거로 들고 있다고요?!"

털썩 주저앉았다.

다시는 전화하지 말라고 끊어 버리는 의원에게서 섭섭함

이 사무쳤지만 이도 평소 친분이 좋았기에 그나마 받아 준 거란 걸 권진용은 잘 알았다.

주위 아무도 전화를 안 받았다. 되레 모르는 번호로만 수십 통의 부재중 전화만 쌓였다.

하늘이 무너지고 있었다.

어째서. 내가 뭘 잘못했다고?

"어! 응?"

또 터진 벨소리에 움찔하다 액정에 뜬 이름을 보고 한숨을 내쉬었다. 가족 전화다. 딸애.

"어, 아빠다. 아빠는 괜찮…… 뭐?! 넌 어떻게 아빠한테 그런 걸 물을 수 있니. 뭐라고? 지금 그게 아빠한테 할 소리야? 선주야, 선주야! 어, 당신도 같이 있었어? 뭐라고?! 아니라고. 당신도 아닌 줄 알잖아. 못 믿겠다는 말이 무슨 뜻이야? 뭐?! 성 접대? 내가 그럴 시간이 어딨어?! 퇴근하자마자 집으로 곧장 온 거 당신도 알…… 뭐?! 그까짓 거 마음만 먹으면 근무 중에도 얼마든지 가능하다고?! 허어……."

가족이 더 아팠다.

위로는 못할망정 며칠 사이 몇 번 전화 온 것도 전부 자기들 안위에 대한 것들뿐.

아빠 진짜 나쁜 사람이냐고. 아빠가 나쁜 사람이면 자기 학교는 어떻게 다니냐고. 자기 얼굴 나오면 어떡하냐고.

당신 정말 접대받았어? 당신 때문에 당 어머니 모임도 끝장났다고. 내가 어떻게 얼굴 들고 다니겠냐고. 어떻게 그런 짓을 하고 다니냐고…….

오히려 남보다도 못했다.

그동안 어떻게 살았는지 두 눈으로 지켜봤으면서.

어떻게 이럴 수 있을까. 여태 무얼 보고 산 건지.

"……혼자만 달뜬 꿈을 꾸고 있었나?"

꿈인지. 생시인지. 사는 게 의미 없어진다.

"나보고…… 그 쓰레기 짓을 했냐니? 쿠쿠쿡, 쿠쿠쿠쿡."

어떻게 아버지에게 남편에게 그런 말을 할 수 있을까.

비록 고전에서나 나오는 청백리 정도는 아니지만 나름대
로 정도에서 벗어나지 않은 삶을 살았다고 자부했다.

그걸 곁에서 다 봤으면서도 가족이란 게 더 매몰차다.

남들보다 먼저, 인면수심 파렴치한으로 몰고 가장 먼저 지
탄하였다.

"나는 안 그랬다고! 이 개 같은 것들아~~~~."

소리쳐 보았지만 누구도 들어 주지 않았다.

나쁜 놈이라는 욕만 주변에 온통 도배된 느낌.

지금껏 쌓아 온 모든 탑이 한순간에 무너지고 있었다.

사회적 지위, 명예 그리고 빌어먹을 가족까지.

최고의 가치라 여겼던 것들이 전부 등 돌리고 손가락질하
기 바쁘다. 삶이 이토록 허망한 줄은 전에는 미처 몰랐다.

"내가 성 접대를 받았다니…… 내가 성 접대라니."

이 억울함을 어디에서 하소연할까.

이 참담함을 누구에게 말할 수 있을까.

"……."

다 부질없었다. 다 끝났다.

나는 실패자다. 더는 살 기력이 없다.

구두를 가지런히 벗었다.

구두 위에 미리 준비해 둔 유서를 올린다.

이토록 삭막한 세상이라면 차라리 죽어서 결백을 입증하리라.

나 죽어서 너희 놈들에게 양심의 가책을 느끼게 하리라.

난간에 섰다. 아래를 봤다. 아찔.

모든 게 작다. 이 세상이 마치 개미소굴 같다.

헛웃음이 나왔다. 겨우 이딴 곳에서 아등바등 산 거라니.

그래, 간다. 다들 잘 살아라.

"꽤 버티시길래 거긴 안 올라갈 줄 알았더니 결국 가시네요."

"으응?"

"지금 죽으면 개죽음인 건 아시죠?"

"……."

"거참, 빨리 좀 오시지 한참 헤맸잖아요."

권진용이 미적댄 덕분에 이 빌딩에서 사흘이나 잠복해야 했던 김문호였다.

"그대는……?"

"저 기억 안 나세요? 저번에 우리 의원님이랑 찾아뵀는데."

"아…… 장대운 의원의?"

"예."

"그 인턴이구나…… 자네, 날 미행했나?"

"구청장님이 뭐라고 제가 미행까지 하겠어요? 우연히 찾았다는 게 합당하지 않겠어요?"

"우연히 날 찾아?"

"전 구청장님을 믿거든요."

"날 믿는다고?"

갑작스러운 말에 권진용의 미간이 찌푸려졌다.

의도를 모르겠다는 듯이.

그러든 말든 김문호는 손짓했다.

"내려와 보세요. 제가 구청장님을 믿는 이유를 보여 드릴 테니. 아아, 오해는 마시고요. 허튼짓도 아니고 괜한 호기를 부리는 것도 아니에요. 얘기를 하고 싶은 거지. 어차피 돌아가실 거면 저한테 10분 정도 할애하는 건 어렵지 않잖아요."

"……."

이제야 얼굴이 제대로 기억났다. 잠깐 스쳐 지나간 사이.

장대운 의원과 같이 온 청년이 있었다, 자기를 국회의원 장대운 사무실의 인턴이라고 소개했던 젊은이가.

그 젊은이가 왜 여기에 있고 무슨 얘기를 하고 싶은 건지 호기심이 돋았지만, 이 마당에 또 얼씨구나 내려가는 것도 좀 이상하였다.

머뭇거리는데 더 희한한 소릴 한다.

"죽으면 끝날 것 같죠? 죽으면 아까운 사람이 죽었다고 사람들이 슬퍼할 줄 알죠? 아니에요. 구청장님도 장례식장에 많이 가 보셨잖아요. 금세 잊어요. 없던 사람이 되는 거예요."

"……!"

"유서 써 놓고 결백을 주장하면 이 세상이 양심의 가책이라도 받을 것 같나요? 아니에요. 다수에 숨은 놈들은 자기는 아닌 척 그냥 지나갈 거예요. 죽는 사람만 억울한 거예요. 개죽음이 확실하니까."

"……."

"거기까지 올라가신 심정에 대해서만큼은 저도 이해해요. 원래 사람이 몰리면 시야가 좁아지고 판단력이 흐려지니까요. 평소라면 잠잠히 둘러볼 것도 경황에 놓치고 말죠. 절대로 하지 않을 선택도 하게 되고요. 60년 인생을 두고 단지 이삼일 사이에 말이에요. 이래도 저랑 대화하지 않으실래요? 세상 사람들 다 욕하는데 저만 구청장님을 믿는 이유가 궁금하지 않으세요?"

궁금했다. 너~~무 궁금했다.

전부 다 나쁜 놈이라고 손가락질하는 가운데 유일하게 아니라고 하는 사람을 만났는데 어찌 반갑지 않을까.

이것도 살고픈 핑계인지 모르겠지만 결국 난간에서 내려온 권진용이었다.

김문호는 내려온 그에게 다가가 아무 말 없이 그의 유서를 들어 안쪽 주머니에 넣어 주고 구두도 신겨 주었다.

"고생 많으셨어요. 이제 다 끝났어요. 오늘부턴 달라질 겁니다."

"자네……."

"걱정 마세요. 모든 걸 되돌릴 순 없겠지만, 구청장님의 결백은 받아 낼 겁니다."

"정……말인가?"

눈에 눈물이 한가득이다. 할아버지로 불려도 될 연세가.

김문호는 안아 주었다.

이제 걱정하지 말라고 몇 번이고 말해 주었다.

결국 터진 격정. 한참을 울고 나서야 나란히 옥상 구조물에 걸터앉아 서로를 마주 볼 시간을 가질 수 있었다.

"진정이 되십니까?"

"그렇네. 고맙네. 진정했네."

"그럼 이제부터 대화를 시작해 볼게요."

"……"

무슨 대화를 하나 싶었던 권진용은 아무 말도 없이 가방을 열어 사진을 꺼내는 김문호를 물끄러미 바라보았다.

그리고 툭 보이는 사진 한 장.

비서실장이 누군가와 얼싸안고 술판 벌이는 장면이었다.

"어! 이 사람은……."

"맞아요. 휘발유 통 들고 구청에 찾아온 사람이죠. 이 일의 발단."

다음 사진은 룸싸롱에서 몰려나오는 사람들이었다.

비서실장과 모르는 얼굴들.

그뿐 아니었다. 동문회부터 후원회의 밤에, 지역 유지와의 만남, 경조사…… 하물며 비서실장이 인부들 무릎 꿇리는 사진도 있었다. 전부 다 비서실장이 들어갔다.

"……."

권진용은 기가 막혀 말이 나오지 않았다.

이 사진들이 공통적으로 가리키는 건 하나였다.

지금 언론에서 한창 떠드는 의혹들이다.

그 전부가 이놈의 짓이라는 것.

부들부들 떨고 있는 권진용이지만 김문호는 여기에서 멈추지 않았다.

"이것도 보세요."

다시 툭 던져진 사진 한 장.

거기엔 여성으로 보이는 흐릿한 인물이 책상에서 무언가를 꺼내 찍는 장면이 찍혀 있었다.

권진용도 보는 순간 알았다. 내 책상, 내 도장, 내 비서.

다음 사진엔 똑같은 옷을 입은 비서가 서류 봉투를 비서실장에게 넘기는 것과 둘이 헤실 웃으며 관용차를 타는 장면도 있었다.

'이, 이 연놈들이!'

벌떡 일어났다.

"가세. 당장에 가서 설명하세!"

"안 돼요."

"왜 안 되나?!"

"이 사진들 불법이잖아요. 불법적인 건 증거로 채택이 안 됩니다."

"그게 지금 무슨 말도 안 되는······."

"세상 모두가 구청장님을 죽이려고 혈안인 거 모르세요? 들고 가는 순간 이마저 흔적도 없이 지워질 겁니다."

"이보게. 자네 지금 무슨 말을 하는 건가."

"돌아가는 판이 단순한 의혹 제기 이상이라는 거예요!"

"······뭐라고?"

"대선 주자의 비위도 아니고 그렇다고 대통령과 관련된 사건도 아니에요. 겨우 구청장 단위의 일이죠. 지금 돌아가는 꼴이 정상이라고 보세요? 절대 아니죠. 단신으로 오르거나 한 번 정도 짚고는 끝났어야 할 일인데 대한민국이 떠들썩하잖아요. 설마 구청장님이 그 정도 급이 되신다고 보세요?"

"그건······."

아니다. 그러고 보니 사건이 너무 크게 돌아가고 있었다.

"맞아요. 단순한 비위 사건이라고 보기엔 언론이 지나치게 날뛰죠. 이상하리만치 구청장님만 겨냥해서요. 이상하잖아요. 어디에도 비서에 대한 언급이 없어요. 불이 나면 불길이 번지는 건 자연의 이치인데."

"그 말은······ 설마 여기에 음모가 있다는 건가?"

"그럴 가능성이 높다는 거죠. 누군가가 구청장님을 죽이려고 마음먹은 것 같아요. 그것도 힘 있는 누군가가 말이죠. 이럴 때는 이런 걸 가져가 봤자 쥐도 새도 모르게 사라질 겁니다. 더구나 불법적인 촬영이잖아요. 개인 사찰이고요. 증거 효력이 없어요. 또 관점에 따라 이 사진들은 구청장님의 개인적인 비위와 관계가 없다고도 볼 수 있고요."

"뭐라고?! 이렇게 분명한데 어떻게 그럴 수 있다는 건가?! 이게 증거가 아니라면 무엇이 증거인가?!"

"흥분하지 마시고 진정하세요. 이 의혹 때문에 구청장님은 자살 시도를 하셨잖아요. 불이 어떻게 번지나 볼 생각도 못 하고. 구청장 3회 당선이면 이런 일 주변에서 흔하게 보셨을 텐데도요. 아니에요? 이런 일 빈번하게 벌어지잖아요."

"그건…… 아아……."

맞다. 한두 번도 아니고 몇 번이나 본 적 있었다.

청탁과 비리, 그 사이를 오가는 불법들.

의혹이 일었다가도 뒤돌아보면 클린 업.

그게 남 일이라고 생각했는데.

"이게 법이고 법을 다루는 검찰의 힘이죠. 그러니까 현재 구청장님이 살길은 또 이 사진들이 제힘을 발휘하려면 방법은 두 가지뿐이에요."

"그게 뭔가?"

"이 사진들을 직접 언론에 배포하거나…… 이것도 제법 괜찮은 방법이긴 한데 솔직히 추천해 드리고 싶진 않네요. 이게 먹히려면 혐의가 풀릴 때까지 끊임없이 도망 다니며 사진을 뿌려야 하는데 하실 수 있겠어요? 구청장님 성격과 맞지 않죠."

"그……런가?"

지금 심정이라면 할 수 있을 것 같은데. 표정이었다.

의외의 표정 변화에 김문호는 자기도 모르게 웃을 뻔했다.

이 사람이 이렇게 귀여운 면이 있었나?

그래도 기각.

더 좋은 방법이 있는데 굳이 진흙탕에 들어갈 이유가 없다.

"다른 하나는……요."

◇ ◆ ◇

다음 날 아침 권진용은 검찰 수사관들이 출발하기 전 제 발로 검찰청 정문 앞에 섰다.

이른 아침부터 대기 중이던 기자들이 그를 발견하고 우르르 몰려들었고 마구 질문을 던졌으나 권진용은 침착하게 대응했다.

"진실은 곧 밝혀지리라 생각합니다. 전 결백하고 오늘 검찰 조사를 통해 여러분도 그 사실을 알게 되리라 믿습니다. 저 권진용. 하늘 아래 부끄러운 일을 한 적이 없습니다."

간략한 대답이었지만 당당히 들어가는 뒷모습과 진지하게 인터뷰에 응하는 권진용의 모습이 사진과 영상을 타고 전국을 돌았다.

당연히 큰 반향은 없었다. 고위직 부정부패가 한두 번도 아니고 비리에 지친 국민은 흔한 쇼라고 생각하며 채널을 돌렸다. 관심 있는 자들만이 귀추를 주목했다.

전국 버스터미널, 기차역, 시내 전광판에서는 계속 권진용의 얼굴과 그가 검찰청으로 들어가는 모습을 반복으로 송출

시키며 여러 의혹을 확산시키고 있었다.

"2003년 8월 7일. 강주석 의원 후원회의 밤에 참석한 것이 맞습니까?"

"……."

"2003년 10월 20일. 강남구 지역회 회장과 사적으로 접촉한 것이 맞습니까?"

"……."

"2003년 12월 28일. 지역 인사들과의 회동에서 현금 8천만 원을 받은 적 있습니까?"

"……."

"2004년 1월 9일. 인정건설 사장에게 강남구청 리모델링 명목으로 5천만 원 받은 적 있습니까?"

"……."

"이보세요. 권진용 씨! 대답 안 할 겁니까?"

"……."

안 할 거다. 때려죽여도 안 할 거다.

김문호가 이래야 한댔으니까.

권진용은 어쩐지 가슴이 충만해짐을 느꼈다.

상황은 악화일로고 단지 한 사람만의 응원일진대도 든든했다. 도리어 그것이 마음을 편안케 했다.

검찰청에 들어오며 느낀 죽을 것 같은 압박감도 잠시였다. 저 호랑이 같은 검사를 두고도 산적한 의혹을 두고도, 정신은 호수와 같이 명료했다. 아주 신기할 정도다.

권진용은 이 상태가 스스로에서 비롯되지 않은 것 정도는 알았다.

'그렇지. 내 깜냥이 이 정도는 아니라는 건 나도 안다. 이게 다 그분 덕이라는 것도.'

전에는 몰랐다. 기댈 곳이 있다는 것이, 믿어 주는 사람이 있다는 것이, 이토록 사람을 평안하게 해 준다는 걸 말이다.

또 정말 몰랐다. 인생의 반밖에 살지 않은 청년들에게 기대게 될 줄도.

- 가시면 누가 지랄을 하든 말든 입 꾹 닫고 앉아 계시기만 하세요.

- 그거면 되는 건가?

- 자꾸 아픈 곳을 찌를 거예요. 거기에 홀랑 넘어가 억울하다고 입을 열면 그 순간부터 구청장님은 잡아먹힐 거예요. 이런 건 전문가에게 맡기셔야 해요.

- 정말 그거면 되는 건가? 입만 다물고 있으면 돼?

- 어차피 죽으려고 하셨잖아요. 죽는 마음으로 눈 딱 감고 기다리세요. 그러면 살길이 열릴 거예요.

오냐. 죽으려고도 했는데 이까짓 거 못 견디겠냐.

권진용은 아예 눈은 감아 버렸다.

검사가 옥박지르든 교묘하게 협박하든 가뜩이나 아픈 곳을 헤집든 자세 딱 잡고 '나는 아무것도 안 들린다', '내 귀는 듣고 싶은 것만 듣는다' 하며 버텼다.

이전이라면 울고불고 아니라고 소리쳤을 자신을 돌아보며.

'그래, 어차피 죽으려고 했어. 더 나빠져 봤자 죽는 것밖에 더 있어? 믿어 보자. 장 의원 같은 사람이 뭐가 아쉽다고 날 두고 음모를 꾸밀까.'

"권진용 씨, 자꾸 이런 식으로 나올 겁니까?! 이런다고 죄가 없어질 것 같아요?! 좋아요. 이쯤에서 충고 하나 하죠. 이 건은 지검장님도 지켜보는 건입니다. 이게 무슨 말인지 아세요? 당신은 이제 끝났다는 거예요. 빨리 싹싹 빌고 감형받을 생각이나 하세요. 묵비권이 당신을 구해 주진 못합니다."

"……."

"허어, 이 사람이 그래도……."

똑똑똑. 노크가 울렸다.

문이 열리며 오십 줄로 보이는 조사관이 들어와 귓속말한다.

다 들린다. 변호사가 도착했단다.

웬 변호사?

그때 근엄하게 생긴 남자가 들어오는데 검사가 깜짝 놀라 인사부터 한다.

"어, 차장님. 차장님께서 어떻게 여길……?"

"아이고, 검사님. 아닙니다. 이제는 차장이 아닙니다. 김앤 강의 파트너 변호사로 이 자리에 왔습니다. 정식으로 인사하시죠. 인주승 변호사입니다."

"아, 예, 정인신입니다. 서울중앙지검 반부패수사 제2부에 있는."

"그러시군요. 잠깐 용의자 옆에 앉아도 될까요?"

"아, 그러십시오."

조사실이 아주 익숙한지 의자를 하나 가져와 권진용 옆에 앉는다.

그러고는 노트북도 꺼내고 서류철도 꺼내고 자기 할 일만 한다.

권진용은 설마설마했다. 어제 헤어지며 김문호가 알아서 해 줄 거라는 말을 믿긴 했는데.

'차장 검사 출신 변호인이라니…….'

그래도 섣불리 아는 척할 수는 없었다. 신중해야 했으니까.

멀뚱멀뚱 지켜보는데.

평범하게 생긴 서류 한 장을 앞에 내민다.

"자, 여기에 사인해 주십시오."

권진용 앞으로 놓인 서류는 변호사 수임 계약서였다.

사건 위임과 변호사 수임에 대한.

권진용의 눈에 빛이 들어왔다.

진짜다!

잠시 허둥대는 사이 그 손에 펜도 쥐여 주는 인주승이었다.

"걱정 마십시오. 장 의원님께서 보내셨습니다. 여기에 사인하시면 이제부터는 제가 대신 싸웁니다."

"아, 아아아, 그렇군요. 알겠습니다. 여기, 여기에 하면 됩니까?"

"예."

권진용이 허겁지겁 사인을 마치자 인주승은 검사에게 계약서를 보여 줬다.

"보다시피 권진용 구청장께서 이렇게 저희 김앤강과 계약을 맺으셨습니다. 자, 이제부터 정식으로 변호사 업무를 시작하겠습니다. 여쭙겠습니다. 검사님은 우리 의뢰인의 무엇이 문제이기에 혐의가 있다 판단하셨습니까?"

차량으로 이동하면서도 권진용은 꿈인지 생시인지 잘 분간이 가지 않았다.

정치 입문의 시발점이자 함께하면 틀림없이 좋은 세상을 볼 거라 믿었던 한민당에서조차 버림받았는데 엉뚱하게도 신생당인 미청당에서 구원받았다.

변호사 인주승의 힘은 실로 막강했다.

서슬 퍼런 검사 앞에서도 여유로웠고 이렇게 별일 없이 꺼내 주기도 했다. 고급 세단 뒷좌석에 있는 이 순간에도 방금 전의 일이 환상인 것만 같았다.

- 그렇다면 결국 이 사건의 요지는 저희 의뢰인이 직접 연관됐는지 아닌지만 파악하면 되는 것 아니겠습니까?

업무상 횡령에 직권 남용, 인사 청탁 등의 혐의점에 대해 나열하는 검사를 보며 피식 웃은 인주승은 천천히 노트북을 켜 어떤 영상을 검사에게 보여 주었다.

영상은 구청장실을 가리키고 있었다.

- 이래서 사람의 감이란 게 무섭습니다. 우리 구청장님이 혹시 몰라 감시 카메라를 설치했는데 이런 일이 벌어지고 있더군요. 보십시오.

거기엔 구청장의 평소 집무 모습이 담겨 있었다.

늘 같은 시간에 출근해 강남구의 일을 돌보고 일정이 있으면 외근을 나가곤 했는데 그때마다 문이 닫힌 구청장실에 비서가 들어왔다.

청소나 정리를 위한 게 아니었다.

스스럼없이 구청장 서랍을 뒤지고는 직인을 꺼내 제 마음대로 찍어 댔다.

- 단지 보름 사이에도 이렇더군요.
- 크음…… 그, 그렇지만 구청장이 미리 지시해 둔 것일 수도 있지 않겠습니까?
- 직인을요? 검사님은 그게 말이 된다고 생각하십니까? 여기 중앙지검은 지검장께서 본인 직인을 부하 직원에게 맡긴답니까?

- 그건…….

한 방에 제압하곤 다른 영상을 틀어 줬다.

비서실장과 비서가 들어오는 장면이었다.

그 둘은 구청장실을 제 맘대로 휘젓더니 구청장 자리에 앉아 다리를 턱 올리기도 했다. 커피를 마시며.

- 구청장에 대한 존중이 전혀 없는 거로 보이는데 검사님은 어떠십니까?

- 크음…….

- 다음 영상으로 넘어가겠습니다.

거기엔 단지 휘젓는 거로 모자라 비서실장과 비서가 구청장실에서 사랑을 나누는 장면이 들어 있었다.

마구 키스하면서 들어오더니 허겁지겁 치마를 올리고 바지를 내리고 구청장이 방금까지도 사용하던 책상 위에서…….

인주승이 영상을 멈췄다.

검사 정인신도 멈췄다. 권진용도 물론.

인주승은 노련했다. 정인신이 정신없는 사이 탁자 위에 사진을 늘어놓았다. 비서실장이 벌인 일들이 고스란히 담긴 장면을.

- 자, 이쯤 되면 누굴 잡아야 할지 계산이 섰을 것 같은데. 계속할까요?

- …….

- 검사님, 인생을 조금 더 산 선배로서 약간의 충고를 해 드려도 되겠습니까?

- …….

- 제가 20년 넘게 검사 생활을 해 보고 낸 결론인데. 결국 돈 받은 놈이 나쁜 놈이더군요. 즉 돈의 흐름을 찾으면 누군지 금방 드러날 일입니다.

권진용부터 그의 가족과 지인, 사돈의 팔촌까지 전부 뒤진 은행 내역을 증거로 제출하였다.

판이 완전히 기울었음을 권진용도 느낄 수 있었다.

하지만 검사도 이대로 물러설 수는 없는지 마지막 발악하듯 반론을 내뱉었다.

- 현금으로 받았을 수도 있잖습…….

- 아직도 눈 가리고 아웅이십니까? 우리 쉽게 가시죠. 누구입니까? 누가 우리 의뢰인을 표적으로 삼은 건가요?

- …….

- 아니라고 말씀하지 마세요. 나중에 감당 못 하십니다.

- …….

- 대답이 없으시네. 그 고생해서 검사 배지 달았는데 지방 한직으로만 떠도시려고요? 기회는 자주 오는 게 아닙니다.

- …….

- 명심하십시오. 김앤강이 끼어들었습니다. 우리 김앤강 뒤에는 장대운 의원님이 계십니다. 전쟁이 일어나면…… 아마도 검사님 목숨부터 날아가지 않을까요?

목을 슥삭. 현직 검사를 대놓고 협박해 버린다.
여기까지만 해도 입이 떡 벌어질 텐데.
밖으로 나오자마자 벌떼같이 몰려든 취재진들 앞에서는.

- 의뢰인의 변호를 맡은 김앤강의 인주승 변호사입니다. 성실히 조사받았고 그에 대한 결과도 곧 나오리라 믿습니다. 그리고 미리 말씀드리겠습니다. 지금부터 아무런 증거 없이 저희 의뢰인에 대한 억측 보도나 추측성 기사가 나오게 된다면 그 언론사와 기자분은 소송을 각오하셔야 할 겁니다. 아시죠? 김앤강이 그동안 언론과 어떤 식으로 관계를 맺어 왔는지.

그 독한 기자들이 모세의 기적처럼 갈라졌다.
권진용도 나름대로 정치밥 좀 먹어 알고 있었다. 지금 이 상황이 얼마나 말도 안 되는 일인지.
그래서 기억해 냈다. 몇 년 전 언론사들이 제멋대로 장대운을 건드렸다가 수백억 대 소송에 휘말리며 피눈물을 쏟아야 했다는 걸. 누구도 예외 없이 탈탈 털려 보상비를 내야 했단 걸. 그 선두에 김앤강이 있었다는 걸 말이다.
돈이 정말 무섭긴 무서운지 저 막무가내 기자들이 차량이

떠날 때까지 접근하지도 못했다. 멀리서 셔터만 누르고. 그 사이 권진용을 태운 차량은 유유히 어디론가 향했고.

겨우 긴장을 풀며 어디 가려는지 물으려는데.

조수석에 탄 인주승이 뒤를 돌아보았다.

"일단 빠져나오기 바빠 행선지를 정하지 않았습니다. 댁으로 모실까요? 아니면……."

"장 의원님을 뵙고 싶습니다."

"역시 그러시군요. 구청장님은 사리 판단이 좋은 분이시군요."

"……예."

"마땅한 선택이십니다. 다소 지치셨더라도 인사는 해야 하지 않겠습니까? 그게 예의니까요."

"그럼요. 큰 은혜를 입었습니다."

"그렇죠."

"예."

"……."

"……."

"……으음, 이런 말씀 드려도 될까 모르겠습니다."

"말씀하십시오."

"오지랖인 것 같아서 참으려 했는데 조언 하나 해 드리고 싶습니다. 아, 너무 피곤하시면 듣지 않으셔도 됩니다."

"아닙니다. 듣겠습니다. 말씀해 주십시오."

장대운 앞에서 조심해야 할 점 같은 것들을 기대했건만.

인주승의 입에서 나온 말은 전혀 의외였다.

"솔직히 구청장님이 부럽습니다."

"예?!"

"할 수만 있다면 제가 그 자리에 있고 싶을 정도입니다."

"……."

권진용은 황당했다. 뭔 개소린지.

변호사나 되어서 지금 상황이 어떤지 잘 알면서…….

"지금 내려온 동아줄 꽉 잡으시라는 겁니다. 그것만 놓치지 않는다면 앞으로 구청장님의 앞길은 탄탄대로일 겁니다."

"예?"

"그리될 거라는 얘깁니다. 옆에만 꼭 붙어 있어도."

"……."

"이상합니까? 이해합니다. 사람들이 잘 모르더군요. 지금까지 이룬 모든 걸 다 바친다 한들 장대운 의원님 눈에 띄는 것보다 못하다는 걸요. 만일 저에게 그런 기회가 온다면 저는 전부 다 버리고 뛰어들 겁니다. 지금의 스캔들이요? 아무것도 아니죠. 그저 해프닝이죠."

"그…… 정도입니까?"

"제가 하고많은 로펌 가운데 김앤강에 들어간 이유입니다. 장대운 의원님과 가장 가까운 로펌이니까요."

"아아……."

"그렇다는 얘깁니다. 장 의원님께서 구청장님의 무엇을 보고 도와주셨는지 모르겠지만, 그 끈을 놓친다는 건…… 흐음."

뒷말은 듣지 않아도 충분했다.

동시에 얼른 떠오르는 얼굴이 있었지만, 권진용은 입 밖으로 내지 않았다.

처음 본 사람 앞에서 미주알고주알 떠들기엔 며칠 사이 겪은 일들이 너무도 가혹했으니까.

'김문호라고 했지?'

극단적 선택을 앞둔 바보의 앞을 가리며 그건 아니라고 말해 준 청년이 있었다.

삶이 너무도 허무하여 도저히 살아갈 힘이 없을 때 그가 해 준 말 한마디가 심장에 불을 지폈다.

그때 깨달았다. 아주 처절하게.

좋을 때만 좋은 건 신뢰 관계가 아니라는 걸.

남은 생을 함께하리라 여겼던 당에서 버려지고 가족은 아버지, 남편의 안위가 아니라 자신들의 생활 수준만 걱정하였다.

잘못된 곳에서 잘못 살아온 걸 너무 늦게 알았다.

권진용은 그저 고개를 저을 수밖에 없었다.

그런 권진용에게 인주승은 다시 말을 붙였다.

"댁에는…… 들어가실 겁니까?"

이 말이 던지는 함축적 의미를 권진용도 알았다.

요즘따라 깨닫는 게 참 많다는 것도.

씁쓸하였다.

이쯤 되자 권진용도 가슴 속 품은 감정을 인정하기로 했다.

"……아닙니다."

"그럼 어쩌실 생각이십니까?"

"이혼……하고 싶습니다."

"그러실 줄 알았습니다. 마주치는 것도 신물이 날 테니까요."

"……예."

"판단에 도움이 될 만한 자료가 있는데. 보시겠습니까?"

"……."

대답도 듣지 않고 노트북을 건네준다.

거기엔 다른 영상이 담겨 있었다.

재생 버튼을 누르자 30년 살 맞대고 산 여자가 웬 젊은 놈
팽이랑 팔짱 끼고 모텔로 들어간다. 애지중지하며 키운 딸년
은 아이돌 콘서트에 가서 신나게 풍선을 흔들고 있다.

그 날짜가…….

한창 스캔들에 휘말릴 때다. 죽으려고 빌딩 옥상에 올라섰
을 때. 비참했다.

"가족분들이 구청장님과는 전혀 상관없는 삶을 살더군요.
부인께서는 당 내 어머니 모임에서 만난 누군가와 1년째 밀
애를 즐기시고 따님은 어느 아이돌의 열렬한 추종자더군요.
지난달에 그 아이돌에게 쓴 금액만 3백이었습니다. 이번 달
은 절반도 지나지 않았는데 2백이나 되네요. 돈 한 푼 벌지
않는 백수가 말이죠."

"……."

한숨이 나왔다. 실망했다지만, 이 정도일 줄이야.

이혼하겠다는 말도 정말 그렇게 하겠다는 뜻이 아니었다.
화났고 정이 떨어졌다는 제스처에 가까웠는데…… 이리도

끔찍한 걸 보게 되다니.

"나, 난······ 대체······ 어떤 삶을 산 겁니까?"

"유감입니다."

"······."

"어떻게 해 드릴까요? 충분히 시간을 가지셔도 무방합니다만 곪은 건 빨리 떼어 내는 게 좋습니다."

"······."

"제가 너무 냉혈한 같나요?"

"······두고 볼 가치가 없다는 의견이시죠?"

"하나 남은 아드님에게 기대를 거시는 게 훨씬 나을 것 같습니다. 보고서에 의하면 꽤 성실하다니까요. 참고로 지금 인천으로 날아오는 중이랍니다. 구청장님을 뵈러."

"그 녀석도 소식을 접했군요."

"가족이란 게 원래 같이 힘들고 같이 좋아야겠죠. 그래서 가족의 배신이 더 뼈아픕니다. 원하신다면 이혼 소송부터 자녀분의 상속권 포기도 고려해 드리겠습니다. 물론 서비스로요."

명쾌하였다. 기분 나쁜 티도 못 내게.

이래서 김앤강, 김앤강 하나 싶었다.

권진용은 조용히 고개를 끄덕였다.

"조금만 더 고민해 보겠습니다."

"당연한 겁니다. 그럼 도착까지 30분 정도 예상되는데 쉬십시오."

Chapter. 6

"흐흠, 서울시청 분위기는 어떤가요?"

"좋지 않습니다. 2월에 결렬된 협상이 아직까지 계류 중이라 무척 당황한 상태입니다."

"시장은요?"

"버스 운송 사업 조합과는 관계없이 지하철공사와 협의 중입니다."

"그냥 밀어붙이려는 거군요."

"예."

서울시 시내버스 개편에 관한 건이었다. 조금 더 알기 쉽게, 대중교통 통합 환승 시스템 구축에 대한 건.

현 서울시장은 2002년 서울시장 후보 시절부터 청계천 복원과 함께 대중교통 체계 개편을 공약으로 내세웠다.

시장 취임 이후 시내버스 준공영제 도입, 통합 버스 정보 시스템 도입, 간선 급행버스 체계 도입, 통합 환승 요금제 도입, 신규 공영 차고지 조성 등 서울 시내버스 체계에 대한 전면적인 개편을 추진하고 있었고 본래는 올 2월 기존 버스 운영 회사들과의 협의에 극적으로 타결, 7월 1일부터 환승 제도가 시행되어야 했다.

"제가 언제쯤 나서야 좋을까요?"

"시기는 의원님이 정하시면 됩니다. 버스 회사들은 우리만 보고 있으니까요."

"오래 버틸 수 있나요?"

"버스 회사들은 손해 볼 게 없습니다. 버티는 명분도 나쁘지 않고요. 서울시장이 시행하려는 준공영제는 사유 재산 침해와 닿아 있습니다. 안 그래도 몇몇을 움직여 헌법 소원도 제기할 생각입니다."

"그렇다면 좋아요. 다른 움직임은 없나요?"

"신경 쓰실 정도는 아닙니다. 서울시 교통정책보좌관, 대중교통과장, 서울시정개발연구원 등이 계속 버스 회사를 불러 사업 설명회를 가지고 있긴 하나 하지 말자는 것도 아니고 좋은 때를 정하자는 것뿐이니 버스 운송 사업 조합도 크게 불만이 없습니다. 모처럼 서울시의 대접도 융숭하게 받고요."

"좋네요. 청계천 개발과 버스 전용차로 구축은 어쩔 수 없다지만 환승 시스템 개발과 정착에는 반드시 제 이름이 올라가야 해요."

서울시의 행보에 제동을 건 이유는 하나였다.

김문호의 말대로 업적이 필요해서였고…… 이는 김문호가 들어오기 전부터 진행된 계획이었다.

'대중교통 환승 시스템은 서울시민이 피부로 느낄 복지다. 그 파급력은 서울시장을 대통령으로 만들 만큼 크고.'

그만한 건을 서울시장 혼자 날름 먹게 둘 순 없었다.

그래서 1년 전부터 물밑 협상(돈질)으로 버스 운송 사업 조합을 같은 편으로 만들어 놨다. 최대한 유리하게 조건을 만들어 주는 대가로.

"물론이죠. 현재 서울시가 엘진시스템에 의뢰하여 제작 중인 환승 시스템은 여러모로 허점이 많고 확장성도 부족합니다. 나중에 시기만 잡아 주시면 오필승 테크가 나설 겁…… 어! 정문에서 연락이 왔습니다. 도착했다는군요."

"구청장이요?"

"예, 인주승 변호사가 직접 인솔 중이랍니다."

"들여보내세요."

"예, 들여보내라. 마침 의원님과 함께 있다."

"시간을 보니 나오자마자 이리로 오는 거군요."

"아무래도 그게 인지상정 아니겠습니까?"

"그렇겠죠. 일단 무슨 얘기를 하는지 들어나 볼까요?"

"마을 회관으로 모시겠습니다."

오필승 타운의 중심, 마을 회관으로 자리를 옮겨 잠시 기다리니 인주승과 권진용이 함께 걸어왔다.

인주승은 이쪽에서 보고 있다는 걸 발견하고는 빠른 걸음으로 다가와 허리부터 굽혔다.

"죄송합니다. 기다리시게 하였습니다. 김앤강의 인주승입니다."

며칠 전, 김문호가 찾아왔고 권진용에 대한 자초지종을 듣자마자 김앤강을 불렀다.

전화 한 통에 김앤강 대표 변호사가 직접 와 브리핑을 받고 적절한 선임을 하겠다고 했는데 이 남자였나 보다. 서울중앙지검 사건에 전관예우도 모자라 제4차장 출신을 들이밀다니.

'김 대표가 신경 써 줬군.'

"어서 오세요. 고생 많으셨어요."

"아닙니다. 제가 뭐 한 게 있습니까. 주신 대로 할 일을 한 것뿐인데요."

공손하였고 인사를 마치자마자 눈치도 좋게 옆으로 빠질 줄도 안다. 꽤 마음에 드는 사람.

이번엔 권진용이 앞으로 나왔다. 정중하게 인사할 듯 허리를 내리던 그는 무릎까지 꿇고 절을 올렸다. 정성을 다해.

다소 과할 수도 있는 행동이었지만.

이도 넓게 보면 의전이었다.

여기 있는 누구 하나 말리지 않았고 모두가 당연한 듯 그를 쳐다봤다. 권진용도 또한 어색함이 없었고 인주승만이 눈썹을 살짝 올렸다. 물론 아무 말 없이.

"죽은 목숨 살려 주셔서 감사합니다. 장 의원님이 아니었다면 전 이미 죽었을 겁니다. 정말 감사드립니다. 제 심정을 전부 다 표현하고 싶지만 다소 부족함이 있을지라도 용서해 주십시오. 제 눈이 어두워 어떻게 해야 하는지 잘 모르는 것뿐입니다. 그저 감사한 마음뿐입니다."

"……그 마음 충분히 받았습니다. 일어나세요. 고초를 겪으신 분이신데 땅바닥이 차갑습니다."

"아닙니다. 장 의원님이 아니었다면 정말 죽은 목숨이었습니다. 60 평생, 청백리는 따라가지 못했지만 그래도 열심히 살아왔다고 자부했습니다. 제 인생이, 제 명예가 의원님으로 인해 지켜졌고 어떻게 할 수 없던 지독한 외로움에서도 구함 받았습니다. 이 심정을 어떻게 보여 드릴 수 있는지 답답할 따름입니다."

"괜찮습니다. 충분히 전해졌어요. 이제 됐으니 일어나세요. 자자."

장대운이 권진용을 손수 일으켜 줬다.

못 이기는 척 일어나는 권진용이었으나 그의 감사는 아직 끝나지 않았다.

"정말 괴로웠습니다. 정말 외로웠습니다. 어디를 둘러봐도 절 외면하고 손가락질했습니다. 어떻게 할 새도 없이 정신 차리니 빌딩 난간에 서 있었습니다. 거기에 서서 아래를 내려다보는데 지금까지의 삶이 전부 가짜처럼 여겨졌습니다. 눈에 보이는 전부가 허망하고 거짓되고 망령되었습니다. 제 삶이…… 너무도 허무했습니다. 그래, 죽자. 더 살아서 무슨 영광을 보겠나. 막 몸을 던지려는데 그 친구가 절 부르더군요. 의원님의 그 인턴이 말이죠."

"……."

"김문호 씨가 저더러 믿는다고 했습니다. 제 결백을요. 으허허허허허~, 그 말을 듣는 순간 어땠는지 아십니까? 숨통이 트이는 것 같았습니다. 그저 믿는다 말해 준 것뿐인데 삶의 의욕이 샘솟고 기운이 돌았습니다. 이 세상에 단 한 사람이라도 저를 믿어 주는 사람이 있다는 게 그렇게도 위안이 될 줄 전에는 몰랐습니다."

"……."

"감사합니다. 모든 게 감사할 따름입니다. 이제 앞으로의 제 삶은 덤입니다. 어차피 죽으려 했고 미련도 없습니다. 저는 의원님께 저를 바치고 싶습니다."

"……!"

다시 무릎 꿇는 권진용.

그의 애절한 눈이 장대운을 바라보았다.

"절 받아 주십시오. 능력도 평범하고 할 줄 아는 건 행정밖에 없는 늙은이지만 뭐라도 시켜 주시면 열심히 일하겠습니다. 이 순간 저의 소원은 오직 하나입니다. 남은 제 시간을 의원님을 위해 쓰고 싶습니다."

"……."

격정적인 고백이었다. 이런 것을 받고 가만히 있는다면 어찌 인간이라고 부를 수 있겠나.

장대운은 말없이 그를 안아 주었다.

필요에 의해서도 아니고 동정에 의해서도 아니다.

같은 곳에서 같은 시절을 살아가는 사람으로서 그 마음이
공감 갔기 때문이다.

얼마쯤 있었을까? 1시간도 안 돼 권진용은 돌아갔다.

더 있고 싶어 했지만, 이곳은 그의 집이 아니고 이 또한 그
에게는 문제였다. 자기는 이제 집이 없다고. 돌아갈 곳이 없
다는 그를 위해 호텔 가온을 기꺼이 열어 주었다.

"……."

"……."

"……."

"……제가 띄엄띄엄 봤군요. 권 구청장을 살려 달라고 권
구청장의 희망이 되어 달라고 말하고는 또 대뜸 휴가를 달라
고 하고…… 이 녀석이 대체 뭐지? 했는데 그 시간 내내 권 구
청장 뒤를 따라다닌 모양입니다."

며칠 전, 밤에 헐레벌떡 찾아온 김문호에 대한 얘기였다.

갑자기 찾아와서는 자기가 수집한 증거물을 내밀며 간절
히 부탁하였다.

권 구청장을 살려 달라고.

그리고 자기 휴가 좀 달라고.

한 달도 채 채우지 못한 인턴이 느닷없이 말이다.

장대운이 흐뭇하게 웃었다.

"장하죠?"

"예."

"저는 평소 이런 생각을 해요. 우리가 무슨 업적을 남기고 또 그것이 얼마나 세계적 인정을 받는다 한들 하나의 생명보다 클까? 하고요."

"……?"

"배고프다고 울고 원하는 대로 안 된다고 짜증 내고 시끄럽고 귀찮고 해도 전에는 없던 녀석이 나타나 자기주장을 해요. 이 얼마나 신기한 경험이죠?"

"……!"

"그러니까 우리가 뭘 만든다 한들 생명을 잉태하는 것에는 비할 수 없다는 말을 하고 싶은 거예요. 마찬가지로 사람을 살린다는 것도."

"……예."

"우리 문호 씨가 아주 장한 일을 했어요."

"인정합니다. 우연이 겹쳤을지라도 그 상황에 그 자리에 있는 게 제일 중요하죠."

"맞아요. 스트라이커는 그래서 스트라이커 아니겠어요?"

"하지만 조사는 정상적으로 진행하겠습니다. 죄송합니다."

"백 비서관님은 백 비서관님의 할 일을 하세요. 문호 씨는 문호 씨대로 일을 하고 저는 저대로 일을 하면 되고요. 이런 게 우리 아닌가요?"

"물론입니다."

"좋아요. 오늘 밤은 내일이 무척 기다려지네요."

◇ ◆ ◇

삼청동 뒷길 고급스러운 주택가들을 지나 조금 더 깊이 들어가 길 끝을 향해 내달리다 보면 널따란 마당과 함께 기와로 전체를 두른 가옥이 하나 나온다.

자미원이라는 곳이었다.

언제부터인지는 모르게 이 자리, 삼청동 깊숙한 곳에 자리 잡은 요정.

북악산 산줄기로부터 내려오는 터를 잡아서인지 예로부터 비밀스러운 이야기를 즐기는 고관대작들이 자주 찾았다는데.

때론 은밀하게 때론 조용하면서도 때론 격조 있는 분위기를 즐길 수 있는 곳이었기에 널리 알려지지 않았지만, 알 만한 사람은 다 알고 있었다.

"아이고, 지검장님 어서 오십시오."

"불러 주셔서 감사합니다. 의원님."

깍듯하게 허리 굽혀 인사하는 남자는 현 서울중앙지검 지인태 지검장이었다.

그에게 자리를 권하는 남자는 한민당 주시정 원내대표였다.

"어서, 어서, 앉으십시오. 음식 식겠습니다."

"예, 감사합니다."

지검장이란 지고의 자리에 올랐으면서도 여전히 자세가

좋은 지인태를 보는 주시정의 눈길엔 흐뭇함이 가득했다.

"드십시오. 시장하실 텐데 특별히 지검장님이 좋아하실 만한 것으로 준비하라고 했습니다."

"오오, 그러고 보니 그러네요. 오늘 입이 호강하겠습니다."

"자자, 드십시오. 금강산도 식후경 아니겠습니까?"

"잘 먹겠습니다."

별 이야기도 없이 식사에 집중한 두 사람은 밥공기가 비워지고 후식이 들어오고 나서야 서로의 얼굴을 보며 오늘의 용건을 꺼냈다.

시작은 지인태였다.

"먼저 죄송하단 말씀을 드려야겠습니다."

"죄송이요?"

"권 구청장을 풀어 줘야 할 것 같습니다."

"흐음……."

"맡겨 주신 일 하나 매끄럽게 처리하지 못해서 죄송합니다."

"아이고, 무슨 말씀이십니까. 지 지검장께서 얼마나 공사 다망한 분이신지 다 아는데. 하하하하하, 괜찮습니다. 그 부분에 대해서는 염려 마십시오. 최상은 아니지만 이미 얻을 건 다 얻었습니다."

"그런가요?"

"애초 목표는 권진용을 끊어 내는 것이었습니다. 근래 들어 주제 파악이 안 돼 당에서도 곤란해했으니까요. 곧 폐기할 작정이었습니다."

"아……예."

거우 끊어 내려고 이 짓을 했다는 말에 지인태는 속으로 침음성을 흘렸다.

확실히 만만한 곳은 아니었다. 저 한민당은.

사람을 끊어 내리려면 공천을 주지 않거나 조용히 도태시키거나 다른 방법도 많았을 텐데 아예 재기 불능으로 만든다. 사회적 매장이라는 방법으로. 그것도 밝혀지지 않은 의혹 따위로.

얼굴이 확 달아오르는 것 같았다.

자신 또한 공명정대함과는 먼 삶을 살았다는 걸 아는 지인태로서는 이 자리가 왠지 불안해졌다. 과연 저놈들이 어떤 카드를 쥐고 있는 건지 하고 말이다.

'검찰 내도 안전하지 않을지 몰라.'

이들의 방식이었다.

보이지 않는 곳에서 또 다른 인물을 성장시키거나 어쩌면 이미 성장하여 곁에 있을 수도 있었고, 아니면 대척점에 있을지도 모르겠다.

그놈들이 기회를 보다 뒤를 찌르는 것이다.

'그런 면에선 나도 역시 자유롭지 못하지. 앞을 가리던 선배를 잡아먹고 이 자리에 올라왔으니까.'

생각이 거듭될수록 지인태는 모골이 송연해지는 느낌을 받았다.

결국 주시정은 권진용을 빗대 찌르고 있는 것이다.

- 너도 조심해라. 쓰임이 다하거나 눈에서 벗어나면 폐기처분된다.

'씨벌⋯⋯.'

그러나 손을 놓을 수도 없었다.

이들의 도움이 있어야 더 큰 세상으로 나갈 수 있고 권진용의 건처럼 허무하게 죽는 건 자신의 계획엔 없었다.

즉 지금은 몸을 낮출 때.

지인태의 자세가 더욱 겸손해지자 기다렸다는 듯 주시정의 입이 열렸다.

"미청당 장 의원이 움직였다고 들었습니다. 그가 끼어들었다면 함부로 일을 벌일 수는 없겠지요. 이쯤에서 정리하는 것도 나쁘지 않겠습니다."

"이해해 주시니 감사합니다. 사실 그들이 움직이면 저희쪽도 마냥 뭉갤 수만은 없습니다. 워낙에 독하게 달려들어서⋯⋯ 아시죠?"

"장대운이야 유명하죠. 어설피 건드렸다가 피 본 자가 여럿이죠. 자자, 그 건은 이제 접어 둡시다. 이미 지난 일, 걱정하실 필요도 없고요. 뭐 이것도 운명이지요. 다만 하나 안타까운 건 권진용이의 다음 행보겠네요. 나름대로 고난을 겪었으니 돌아올 리 만무하고 어쩌면 장 의원에게 붙을 것 같기도합니다. 제일 좋은 건 눈앞에서 사라져 주는 건데 말이죠."

"예, 그렇죠. 저로서도 아쉬움이 남습니다. 완전히 망가뜨릴 수 있었는데."

대답하면서도 지인태는 속으로 뇌까렸다.

조심하자. 조심하자.

이놈들에게 물리면 쥐도 새도 모르게 간다.

반면, 한편으로는 권진용이 부럽기도 했다. 장대운에게 가는 길이 열린 거나 다름없으니까.

'명분도 좋고.'

누구라도 가고 싶겠다.

단물 쪽쪽 빨아 댈 때는 언제고 어려울 때 도와 달랬더니 칼같이 자르는 곳에 있고 싶은 놈은 없었다.

오만 정이 다 떨어졌을 것이다.

그럴 때 미래 청년당이 구원의 손길을 내밀었다.

그 장대운이. 엄청난 자금력에, 대한민국 대통령마저 우스운 지명도에, 미국에 대한 영향력까지 두루 갖춘 괴물이.

안 잡고 배길 인간이 있을까?

권진용이 한민당을 탈당하는 순간 미청당 입당은 수순과도 같았다.

"……"

"허어…… 지검장님, 표정 푸십시오. 괜찮습니다. 구청장 하나 빠졌다고 대계에 지장 없습니다."

"물……론이죠."

"예."

"……"

"……."

"……."

"말이 나온 김에 첨언 하나 할까요?"

"아, 예, 경청하겠습니다."

"본래 일이란 게 잘못될 수도 또 엉킬 수도 있는 것 아니겠습니까? 그러나 중요한 건 이후 관계에 대한 태도겠죠. 그게 우리 사이를 지탱하는 연결 고리가 될 테니까요."

표정도 말투도 부드러우나.

지인태의 귀엔 딴마음 품으면 각오하라는 경고로 들렸다.

이럴 때는 머뭇대면 안 된다. 얼씨구나 받았다.

"물론입니다. 너그럽게 봐주신 덕에 한결 편해졌습니다. 저는 제가 있는 곳이 늘 같을 것이라는 데 추호의 의심도 없습니다. 제 미래 또한 같은 곳에 있을 것임을요."

"좋아요. 좋아요. 자, 할 일도 많은데 슬슬 다음 안건으로 넘어가 볼까요?"

"준비됐습니다."

늦어 가는 밤, 자미원 별실에 앉은 두 사람의 이야기는 밤처럼 깊어져만 갔다.

◇ ◆ ◇

일은 급진적이었다.

어제까지 천하의 죽을 놈이었던 권진용의 이름은 어느새

전면에서 싹 사라지고 대신 권진용의 비서실이 도마 위에 올라 난도질당했다.

≪강남구청 비서실장인 이 모 씨는 직권을 이용해 강남구청 각 부서에 지급되는 격려금과 포상금 등을 총무팀장을 통해 현금화한 뒤 개인적으로 유용한 혐의가……≫

≪속보입니다. 업무상 횡령과 직권 남용, 뇌물 수수 외 추가로 증거 인멸 교사 혐의마저 입증돼 기소했다고 합니다. 비서실장인 이 모 씨는 경찰 수사가 시작되자 압수 수색에 대비하여 구청 전산 서버의 업무 추진비에 대한 데이터를 지우도록……≫

≪죄질이 악랄하다 판단한 검찰은 곧바로 구속 영장을 신청하였으며……≫

한편, 검찰에서 무혐의 판정을 받고 나온 권진용은 한결 여유로운 표정으로 앞을 가로막은 기자들에게 이런 말을 남겼다.

"명명백백하에 진실이 밝혀지며 저의 억울함이 해소되었지만, 결코 웃을 수 없는 입장입니다. 설마 저와 가장 가까운 곳에서 그런 일이 벌어지고 있을 줄은 꿈에도 몰랐습니다. 강남구청장으로서 도의적 책임에서 자유롭지 못하다는 것에도 통감합니다. 저는 오늘의 일을 반면교사 삼아 앞으로 남은 임기 동안 침식을 미뤄 두고 구정에만 전념할 것을 여러분께 약속드립니다."

"그 말씀은 바로 현업으로 복귀하신다는 건가요? 사퇴는 고려치 않으시는 겁니까?"

"사퇴라니요. 그들과 전 근 6년간 손발을 맞췄지만, 애초에
제가 뽑은 사람들이 아니었습니다. 제 옆에서 처음부터 함께
했던 분들이 어느 순간부터 하나둘 사라지고 어느새 당에서
붙인 사람들이 제 주변을 장악했죠. 저는 그걸 조금 더 전문
적으로 잘해 보자는 제스처로 받아들였으나 돌이켜 보건대
실로 안타깝기 그지없는 일었습니다. 어리석게도 전 당을 믿
었고 그 결과 이 꼴이 됐습니다."

기자의 질문과는 동떨어진 대답이었으나 권진용은 시종일
관 진지하기만 했다.

"사퇴요? 당연히 고려해 본 적 없습니다. 이 상황에 사퇴는
더 큰 혼란만 낳을 겁니다. 제가 직접 하나하나 되짚어 가며
전부 정상으로 되돌려 놓겠습니다. 지켜봐 주십시오. 앞으로
는 완전히 달라진 강남구청을 보게 되실 겁니다."

"방금의 발언은 오해의 소지가 있는 말씀 같은데요. 되묻
겠습니다. 권 구청장님께서는 당에 의해 그동안 하고 싶어도
못한 것이 있다는 의미로 말씀하신 것 같은데요. 그렇게 이해
해도 됩니까?"

"아무렴요. 오늘 전 한민당을 탈당하고 미래 청년당에 입
당할 생각입니다. 이거면 답이 되겠습니까? ……모쪼록 물의
를 일으킨 점 사죄드리고 싶고 앞으로 더 좋은 결과로써 오늘
의 일을 만회하겠다는 말씀을 올리고 싶습니다. 저 권진용,
한 번만 더 믿어 주십시오. 오늘의 이 부끄러운 심정, 절대로

잊지 않을 겁니다. 감사합니다."

권진용의 행보는 거침없었다.

인터뷰를 마치자마자 기자들을 몰고 와서는 미래 청년당 당 사무실 겸 국회의원 장대운 사무소에 입당 신청서를 내고 미래 청년당 간판 앞에서 사진을 찍었다.

폭풍이 들이닥쳤다.

기자들로 장사진을 이룬 미래 청년당 당사는 한바탕 홍역을 앓았고 당장에라도 무슨 일이 벌어질 듯 심하게 요동쳤다.

물론 언론만 그랬다. 미래 청년당과 구성원들은 고고한 천년바위처럼 꿈쩍도 안 했다. 결국 폭풍도 아무것도 못 하고 사라졌다.

이것이 끝이 아닌 것 정도는 모두가 알았다. 분명 어딘가에서 계속 지켜보고 있을 것이다.

'난 아직 인턴이야.'

이럴 때일수록 눈에 안 띄는 것이 상책이라 김문호는 박중만이 만나자고 해도 얌전히 집과 사무실만 오갔다.

그렇게 이틀쯤 더 지났을까?

서류 작업 중 정은희와 눈이 마주쳤다.

한참 이쪽을 보고 있었던 모양인데.

엄지를 척. 씨익 웃어 주고는 시선을 컴퓨터로 돌린다.

'왜? 웬 엄지?'

왠지 복합적인 의미가 담겨 있는 느낌인데…….

물론 이도 몇 시간 걸리지 않아 알게 됐다.

퇴근 시간. 자리를 정리하는 중.

"바쁜가?"

"예?"

백은호가 다가왔다. 같은 사무실에서 한 달 가까이 지내면서 말 한 번 걸지 않던 남자가 갑자기.

"바쁜 일 없으면 저녁이나 같이할까 하는데. 소주 좀 하나?"

"소주요? 예, 좋아합니다."

"대창이나 막창은 어떤가?"

"없어서 못 먹죠."

"좋군. 한 시간 뒤에 봄세. 의원님 모셔다 드리고 나올 테니 거기서 만나세."

"아, 옙."

약속 장소 또한 허름한 노포였다.

테이블이라곤 세 개가 전부인 세월의 풍상을 전부 다 맞아 기름때가 덕지덕지 묻은 가게. 천장도 시커멓고 앉은 테이블에도 기름이 묻어 나올 만큼 아주 오래된 가게였다.

마주친 첫인상부터 스윽 쳐다보는 주인장의 표정도 풍겨 오는 냄새도 전해 오는 분위기도 전부 낡은 곳. 그러나 희한하게도 마음의 안정감을 주는 곳이었다.

잠시 앉아 있으니 백은호가 도착했다. 늙은 주인장은 뭐라 말하지도 않았는데 문부터 걸어 잠근다.

직감했다.

'평범한 술자리가 아닌 것 같네. 노트북은 왜 가져왔지?'

"많이 기다렸나?"

"아닙니다. 한 5분? 가게 둘러보느라 즐거웠습니다."

"그래? 마음에 들던가?"

"정감이 흘러서 좋습니다."

"잘됐군. 의원님도 여기 좋아하신다네."

"아, 예."

"우선 식사부터 할까?"

식사부터라······.

용건부터 꺼내시지. 난 아직 당신이 어렵다고.

그러나 그것에 신경을 집중하기에는 불판에서 구워지는 대창, 막창 향기가 너무도 고소했다.

한 조각 입에 넣는데.

촤아아악! 육즙이 푸아아아악!

캬아~~~.

어떻게 손질했는지 잡내 하나 나지 않고 대창 본연의 맛과 풍미가 첫입부터 온 정신을 사로잡았다.

가득 넣고 우물우물, 곁들인 차가운 소주 한 잔의 짜릿함은 잠시나마 모든 것을 잊게 해 줄 정도로 강력했다.

"좋아하니 다행이군."

"정말 맛있습니다. 최고입니다."

"싸 줄까?"

"아닙니다. 이건 여기에서 먹어야 진짜일 것 같습니다. 동생들은 나중에 제가 데려올 겁니다."

"그렇지. 뭘 좀 아는군. 대창은 있는 자리에서 바로 구워 먹어야 제격이지."

"예."

"자, 어느 정도 허기는 채웠으니 얘기를 해 볼까 하는데 괜찮겠나?"

본론이 나오는 갑다.

"옙."

"자네도 오늘의 시간에 대해 대략 어떤 눈치는 있을 거라 보네."

"예."

"그것도 그런데 자네 뱃심도 좋군."

이런 상황에 너무 편하게 있다는 얘긴 것 같아 김문호는 자세를 바로 했다.

"……."

"뭐, 그것도 좋은 덕목이겠지. 앞으로 의원님과 함께할 생각이라면."

"……."

"하나 묻겠네."

"예."

"자네, 어디까지 보고 있는 건가?"

"예?!"

"아아, 미리 말하지만, 충동이나 우연이라고는 하지 말게나."

"……혹시 제 비전 말씀이십니까?"

"그래, 그게 적당한 표현이겠군."

"갑자기 비전이시라니. 그걸 꼭 이 자리에서 다 풀어내야 하는 겁니까?"

쳐다봤다. 시선이 마주쳤다.

백은호의 눈길이 주는 의미는 분명했다.

반드시 알아야겠다.

개인적인 호기심을 넘어선 감정이 전해졌다.

네 속을 드러내라.

'청문회인가?'

그러나 이 순간이 아주 중요하다는 건 확실히 와닿았다.

실수하지 않으려면 물어봐야 했다.

"면접 때 얘기를 다시 듣고 싶어 하시는 것 같지는 않고 갑자기 왜 이러시는 거죠?"

"으음, 왜 이러냐는 건가? 흐음…… 그것에 대한 답은 자네가 새로이 들어와서라고밖에 해 줄 말이 없네."

"지금 받은 느낌인데. 저를 단순한 인턴으로 보지 않겠다는 말씀이십니까?"

"우린 처음부터 자네를 단순한 인턴으로 대하지 않았네."

그랬다. 이들은 처음부터 나를 챙겼다. 살뜰히.

그래서 보통 인턴이라면 할 수 없는 일을 해낼 수 있었다.

"그렇군요. 제가 오히려 늦게 알아챘군요."

"그러니 대답해 주게."

"말 못 해 드릴 이유는 하나도 없습니다. 처음 인턴 모집 공고를 봤을 땐 기회로 여겼습니다. 제 주변 환경을 바꿀 수 있는 절호의 기회로요."

"지금은?"

"어쩌면 이 나라도 바꿀 수 있겠다는 영감을 받았습니다. 제가 의원님을 띄엄띄엄 봤다는 것도요."

"어디에서 그걸 느꼈나?"

"한민당이 작정하고 덤빈 일이 단 하루 만에 뒤엎어지더군요."

"한민당을 잘 안다는 말투로군."

"잘 알죠. 거기에 들어가기 위해 공부했는데요. 미청당이 아니었다면 거기 문을 두드렸을 겁니다."

이 대답이 심부를 적중했는지 백은호의 왼쪽 눈썹이 살짝 올라갔다.

김문호도 직감했다. 자신에게 덧씌워진 의혹의 상당 부분이 이 답 하나로 해소됐음을.

'역시나 너무 뛰어나서 문제였구나. 하지만 나도 앞뒤 가릴 처지가 아니었어.'

모른 척 지나갈까? 아님, 적극적으로 구애할까?

두 갈래 길에서 많이 고민했다.

그러나 이미 죽었어야 할 권진용이 살아 있다는 것만으로도 이번 일은 뜻깊다 할 수 있었다. 나로서도, 미청당으로서도.

고로 후회는 없었다.

백은호가 다시 물어 왔다.

"자네는 우리에게서 무엇을 보려 하나?"

"……."

질문마저 기가 막힌다.

무엇을 얻으려 하는가가 아니라 무엇을 보려 하는가라니.

이들에겐 무언가 얻는다는 건 더 이상 의미 없다는 말인가?

그러고 보니 첫 질문도 어디까지 보려 하는가? 였다.

'아! 아아, 그랬어. 이 사람들을 내가 얕본 거야.'

기본적으로 오필승 그룹의 창립 멤버들은 수백억대 자산 가였다. 삶에서 돈으로 인한 문제는 떠났다. 사회적 명예 또한 드높다. 가진 권력도.

그럼에도 이들은 장대운과 오필승에 기어코 붙어 있으려 하였다. 변함없는 성원과 충성으로.

'그렇구나. 이들은 보고 싶은 거였어. 장대운이 만들어 갈 세상을.'

이 정도면 거의 신앙 수준이었다.

장대운이라면…… 장대운이라면…… 뭐라도 해낼 것이다.

김문호는 심장이 쿵 내려앉는 것 같았다.

이 같은 믿음. 정말 갖고 싶었던 것이었다.

정치인이라면 누구나 원할 포지션. 배 아프고 부러웠다.

'난 최측근 보좌관부터 마누라는 물론 주변 모두가 배신했어. 장대운…… 장대운…… 너는 정말 나로서는 절대로 도달하지 못할 곳이더냐?'

정치 세력을 일구는 건 사업체 하나를 키우는 것과는 기본 개념부터 달랐다.

이 바닥은 남모르게 조그만 사업장 하나 꾸리고 그곳에서 미래 기술을 선도할 기업을 육성하고 주변을 사냥하고 그 자리에서 우뚝 솟을 때까지 기다려 주지를 않는다.

떡잎이 실하다 싶으면 우르르 달려와 잡아먹으려 들고 버티면 아예 아무도 건들지 못하게 짓밟아 버린다. 더 심하면 쥐도 새도 모르게 슥.

그래서 능력이 뛰어난 혼자가 이 판을 뒤흔든다는 건 드라마나 영화에서나 가능했다.

대통령이 되고 싶다면 반드시 두 거대 정당 중 하나에 들어버텨야만 하는 환경.

대통령에 올라서도 소속 정당의 눈치를 봐야 하는 신세.

'그래, 난 거기에서 벗어나지 못했어. 하지만 장대운은……달랐어.'

많이 달랐다. 사고(思考)가 진행될수록 김문호는 자기 입장이 정리되는 느낌을 받았다.

내가 뭘 원하는지. 내가 왜 이곳에 있는지.

그리고 나로선 왜 안 되는지.

백은호를 보았다.

"무엇을 보고자 하냐 여쭤셨습니까?"

"그렇다네."

"대통령이 되고 싶었습니다."

"……!"

"그런데 의원님을 뵙고 나서 생각이 좀 바뀌었습니다."

"……?"

"킹 메이커도 나쁘지 않겠구나. 이것이 대답이 되었으면 좋겠습니다."

김문호가 대답을 마치는 순간 백은호의 테이블 아래 감춰 두었던 두 주먹이 꽉 쥐어졌다.

듣고 싶은 것 이상의 대답이었다.

두 번의 신원 조회를 거치며 백은호가 느낀 김문호란 인간은 시궁창에서 피어난 꽃이었다. 보인 역량도 또한 세대를 뛰어넘을 만큼 천재적이다.

청운의 사람들도 혀를 내두를 만큼 암울한 환경이라 했다. 어떻게 그 속에서 이런 인식이 만들어질 수 있는지. 메마른 개천에서 한 마리 어린 용이 치솟은 느낌이라 박수를 쳤다.

- 범접 불가의 대천재 장대운과도 버금갈 만한 물건이 나왔다!
- 잘못하면 장대운의 신성이 훼손될지 모른다!

그 사실을 듣고 하루에도 열두 번씩 결정을 번복하였다.

신원 조회는 통과했지만 엉뚱한 기질이 있다면 어떻게 해야 하나? 감히 넘보겠다면?

아깝지만.

멀리 가기 전에 쳐 내야 하나? 쳐 내려면 어떻게 해야 하나? 의원님은 이미 식구로 받아들였는데.

백은호로선 지금까지 겪은 적 없던 부류의 경쟁자와도 같았다. 오필승에서 장대운에 대한 지지는 절대적. 그 완전성에 흠집이 나는 건 목숨을 걸어서라도 막아야 했다. 누가 감히 내 주인의 자리를 노릴까.

농담처럼 던진 장대운과 닮았다는 정은희의 말이 송곳처럼 꽂혀 들어 심장을 찔러 댔다.

'하지만.'

그 반대라면?

'주인의 날개가 돼 준다면?'

정은희란 능력자가 수석 보좌관 자리에 앉으며 재정을 맡아 주었고 미국에서 곧 올 녀석이 정책 보좌관을 맡고 자신도 버티고 있지만, 국회의원 장대운 사무소는 5%가 부족했다.

정치 전반에 걸쳐 두루두루 살필 눈을 가진 인재.

때로는 전면에 서서, 때로는 음지에서의 일마저 마다치 않을 행동 대장.

백은호가 보기에 김문호는 그 아쉬운 5%를 단숨에 채워 주다 못해 120%로 끌어올릴 녀석이었다.

그런 녀석이 이렇게 말해 주었다.

대통령을 하고 싶었는데 킹 메이커도 나쁘지 않겠다고.

알아서 머리를 숙였다. 견제할 필요 없게.

물론 이도 두고 지켜봐야 할 테지만 시작이 이렇다면 절반은 먹고 가는 거다.

'나머지 절반은 의원님이 맡으실 테니. 의원님이라면 충분

히 거느리실 수 있을 거야. 암 시간문제고말고. 아닌가? 그렇
구나. 의원님을 만났기에 알아서 숙인 걸 수도 있어.'

재밌는 놈이었다. 상황이 어떻게 흘러가고 있는지도 모르
는 놈이 본능적으로 캐치하였다.

'뛰어나다. 확실히 뛰어나.'

오늘 이 자리는 김문호의 진의를 확인하기 위해 마련됐다.

흡족함마저 인다. 그러나 표현은 않는다.

표정 관리에 들어간 백은호는 대답 대신 노트북을 앞으로
내밀었다.

김문호가 뭐냐고 눈으로 물어본다.

검지로 재생 버튼을 눌러 줬다.

어느 작은 비즈니스호텔이 나왔다. 호텔로 써 놓았지만 거
의 모텔급인 작은 숙박업소.

영상은 누군가가 몸에 액션캠을 단 것처럼 부산스러웠다.

["들어갔나?"

"옙."

"접수해."

다섯 명의 남자가 소리 없이 호텔에 진입한다.

하품하던 직원을 단숨에 제압하고 마스터키를 얻는다. 두
명은 1층과 감시 카메라를 장악하고 세 사람은 엘리베이터를
탄다. 세 사람이 걸음을 멈춘 건 308호 앞.

"진입합니까?"

"해."

"바로요?"

"조루일지도 모르잖아."

"아……."

"그런 것보다는 이미 일을 벌이고 있을 확률이 높다."

"어째서요?"

"경험적으로다. 남녀가 호텔 방으로 들어갔어. 대상이 하필 나이 지긋한 노인과 한창 피어오르는 여자라는 게 언~밸런스하지만. 두 사람이 설사 정상적인 관계라 해도 샤워도 하고 느긋하게 즐길 여유가 있었다면 굳이 이 변두리의 호텔까지 오지 않고 더 편하고 더 좋은 곳으로 갔을 거다."

"아아~ 그렇군요. 두 사람 모두 대중의 시선을 피해야 할 이유가 있고 서로의 욕망에도 솔직해야 하니 시간이 부족하군요. 들어가자마자 착 붙어서는 옷 벗기고 난리를 벌일 수도 있겠어요."

아니나 다를까.

마스터키로 문 따고 들어가자마자 처음으로 귀청을 때린 건 젊은 여자의 달뜬 교성이었다.

침대 위에는 알몸이 된 남녀가 격동적으로 움직여 댔고 1열에서 관람하게 된 세 사람은 눈을 마주치며 소리 없이 웃었다.

'진짜 바로 시작한 모양인데요. 들어간 지 5분도 안 됐는데.'

'빨리 찍어라. 노인네 끙끙댄다. 금방 끝날 것 같다.'

'예.'

찰칵 찰칵 찰칵.

사진만이 아니었다. 캠코더로 영상도 녹화했다.

이 와중에도 두 사람은 행위에만 집중해 누군가가 들어왔다는 걸 모른다. 결국 절정까지 맞이하며 풀썩.

인기척을 느낀 건 젊은 여자가 먼저였다. 뭔가 하고 고개를 돌리다가.

"꺄악!"

"뭐, 뭐야?!"

늘어진 두 몸뚱이가 기겁해 뒤집히고 버둥대고 이불을 들어 올리고 위아래가 덜렁거리고.

그 모습까지 영상에 담겼다. 컷.

캠코더도 끄고 카메라도 치웠으나 몸에 단 액션캠은 계속 돌아간다.

세 사람은 아무 말 없이 나가려 했다. 얻을 거 다 얻었다는 것처럼.

불청객의 등장에 잠시 멍해졌던 노인이 그제야 정신이 번쩍 들어 소리쳤다.

"자, 잠깐!!"

그러든 말든 문을 나서려는 세 남자를 헐레벌떡 달려와 잡았다. 아래가 덜렁덜렁. 가릴 정신이 없다.

"너희 뭐야? 이게 뭐 하는 짓이야?! 그거 내놔. 어서!"

"……."

"이 자식들이! 빨리 내놔! 이것들이 어디서 개수작이야?!"

"……."

"너희들 내가 누군지 알아?! 감히 누굴 건드렸는지 아냐 고!! 이노무 새뀌들이 죽으려고……."

겁먹은 개답게 소란스럽다.

손에 아무것도 들지 않은 리더 격 남자가 뒤돌았다.

퍽!

다짜고짜 휘두른 주먹에 코를 맞은 노인은 억! 하며 쓰러졌 고 남자는 코에서 피를 줄줄 흘리는 노인 앞에 쭈그려 앉았다.

"그냥 가려는데 꼭 매를 벌어요. 이 거지 같은 새끼가 사태 파악도 못 하고 건방지게. 그래! 네가 누구냐고? 당연히 알 지. 네가 누군지 아니까 우리가 이런 수고를 하지 않겠냐? 별 볼 일 없는 놈 건드려서 무슨 도움이 된다고 이 짓을 하겠어?"

"이, 이놈이……."

"뭘 그렇게 눈에 힘을 주고 그러나. 앙심 품으면 어쩔 건 데? 신나게 놀았잖아. 그 값을 치르라는 것뿐이잖아."

"원하는 게 돈이냐? 좋다. 얼마면 되나? 얼마면 그거 내놓 겠나?"

코를 맞고 약점 잡히고 정신없을 텐데도 노인은 기세가 죽 지 않았다. 남자는 그런 노인의 어깨를 부드럽게 토닥였다.

"확실히 감이 좋구만. 그러니 이 바닥에서 4선이나 해 먹었 겠지. 이번 선거에 당선되면 당 최고위원이나 장관까지 내다 본다며?"

"크음……."

불식간에 '그걸 어떻게 아냐?'라는 표정이 나왔다.

"그래, 불러 보라고. 네 인생값, 얼마면 좋을까?"

"10억, 10억을 주겠네."

"10억? 허어…… 네 인생이 겨우 10억짜리야? 이봐요, 우리 사정도 좀 봐주라고요. 목숨 걸고 이 짓 하는데. 나누면 겨우 집 한 채 값만 남잖아. 우리 입이 몇 개인 줄 알아?"

"알았다. 20억 주겠다. 그거면 충분하잖나."

"내가 너무 세게 쳤나? 이 양반이 정신을 못 차리네. 우리가 그렇게 궁해 보여?"

"그럼 얼마를 줘야 성에 차겠나? 말을 하시게. 무엇이든 들어줄 용의가……."

"이거 아무래도 판단에 도움이 될 패를 하나 더 까야겠구만."

품에서 사진 몇 장을 꺼냈는데 전부 다 어떤 여성의 사진이었다.

이제 겨우 소녀티를 벗은 여인.

대학교 새내기인지 파일철을 앞으로 든 풋풋한 여인.

노인은 여인의 사진을 보자마자 입을 떡 벌리고는 손을 덜덜덜 떨었다.

"다른 피가 섞였나 싶더라고. 손녀는 꽤 착실하던데."

"너희들…… 뭐야?"

"이제야 좀 흔한 양아치들과는 결이 다르다는 걸 아셨나? 네가 방금까지 아래에다 깔고 물고 빨고 하던 여자애가 네 손녀보다 한 살 적은 건 알지? 너무 적나라해서 못 알아볼 뻔했다고. 쟤 CF에 나오는 그 애 맞지?"

"왜…… 나에게 이렇게까지 하는가?"

"으흠, 이제야 심도 있는 질문이 나오네."

"제발…… 이러지들 마시게. 아니, 원하는 걸 말씀하시게. 내가 할 수 있는 건 전부 하겠네."

"우리가 왜 이렇게까지 하냐고?"

"말씀하시게. 경청하겠네."

"네가 싫어서. 더 이상 네 얼굴을 안 봤으면 좋겠다는 생각을 했어."

"……!"

"어려워?"

"그 말은……."

"그냥 이런 마음인 거야. 역겹더라고. 행실 더러운 노인네가 깨끗한 척 인자한 척 사람들 앞에서 여유를 부리는 게. 아참, 네 얼굴이 안 보이면 이것도 더는 필요 없겠지?"

카메라를 눈앞에서 흔드는 남자였다.

"아아……."

고개를 푹 숙이는 노인. 남자는 노인의 어깨를 토닥였다.

"난 분명히 말했다. 이후의 일은 전적으로 네 책임이야."

일어서는 남자를 노인은 다시 잡지 못했다.

완패.]

보면서도 김문호는 경악했다.

스캔들이었다. 스캔들 중에서도 최악인 성 추문.

사회적 위치가 높을수록 절대 만나선 안 될 가장 고약한 시나리오.

동서고금을 막론하고 누구라도 여기에 걸리면 동일한 수순을 밟는다.

파멸. 저것이 드러나는 순간 노인은 이제껏 쌓아 온 이미지는 물론 사회나 가족에게서도 매장될 것이다.

끝. 노인의 앞날이 눈앞에 선했다.

[무너지는 노인처럼 점점 작아지는 호텔을 보며 조수석에 앉은 남자가 말했다.

"실장님, 이대로 괜찮을까요?"

"왜? 뒤탈이 있을까 봐?"

"그건……."

"난리 피우면 더 좋지."

"그렇긴 한데."

"놔둬. 저 새끼는 아무것도 못 해. 두고 봐."

"아, 예."

"우린 이렇게 걸리적거리는 것만 치우면 된다. 그분이 일어서는 순간 저런 구시대적인 잔재들은 더 이상 발붙일 수 없게 될 테니."

"알겠습니다."

필름과 메모리를 다른 케이스에 옮기는 남자들의 눈은 아주 맑았다.

자기가 무엇을 하고 있고 또 그것이 앞으로 어떤 결과로 점철될지 잘 아는 것처럼.

차량은 점점 호텔에서 멀어져 갔다.]

≪속보입니다. 한민당 김춘배 의원이 갑자기 후보 사퇴를 선언했습니다. 건강상 이유로 국정 수행에 힘이 부쳐 이와 같은 결단을 내렸다고 하는데요. 그동안 지지해 준 분들께 진심으로 사죄드린다는 말을 남겼습니다. 5선이 유력한 4선 국회의원이 선거 기간 중 사퇴하는 건 굉장히 이례적인 일이라 당황스럽기 그지없는데요…….≫

김춘배면 강남구 갑의 이전 시대를 이끌던 왕이었다.
현 장대운의 지역구.
'아…… 장대운이 치웠구나.'
영상은 그가 갑자기 사퇴한 이유였다. 사퇴할 수밖에 없는 이유.
백은호를 봤더니 다시 노트북을 가리킨다. 더 보라는 것.
영상이 하나 더 있었다.
재생하니 이번엔 강남구청장실이었다.
권진용 구청장의 집무 모습이 정확히 찍혀 있다.
'나는 들어가지도 못하고 바깥에서 촬영만 했는데. 이 사람들은 아예 안까지 침투했구나.'

그곳에서 비서실장과 비서가 무엇을 하고 놀았는지 적나라하게 찍혀 있었다. 던져 주는 사진도 박중만이 찍은 것보다 훨씬 디테일하고 치명적이었다.

다음 영상은 자신이 나왔다. 어설프게 비서실장을 쫓다가 들키려는 순간 누군가가 나타나 시선을 가린다. 건배사를 외치며 주목을 끈다. 강남구청 경비들이 그토록 친절했던 이유도 나왔다.

젠장.

백은호를 쳐다봤다. 도대체 이게 뭐냐고.

"미리 말함세. 의원님 곁에는 오로지 의원님을 위해 일하는 사람들이 아주 많다네. 양지는 물론 음지도 포함해서. 이 건은 그중 아주 사소한 부분에 불과하다네."

"……."

"그곳에서 자네의 신원을 두 번이나 조회했네."

"저를……요?"

"의원님은 처음부터 자네를 식구로 받아들였지만 내 역할은 의원님의 안전과 접근하는 사람들의 검증 및 음모 분쇄이네. 나는 내 할 일을 해야 했지."

"그렇다면 이 자리는…… 다행히 통과된 거로군요."

현역 의원의 뒤를 저 정도로 뒤집어 까고 구청장실에다 몰래카메라를 설치할 능력이라면 한낱 고아쯤이야 집안의 속옷 개수까지 다 파악했을 것이다. 지금까지 살아온 인생 전부를 낱낱이.

싸늘했다.

이것저것 재다 한민당이나 다른 당 쪽에 기웃거리기라도 했다면 운명이 완전히 뒤바뀌었을지도 모르겠다.

저 백은호라면 약간의 의혹이라도 가만 놔두지 않았을 테니까.

회귀하자마자 장대운 진영으로 온 건 신의 한 수였다. 그러고 보니 아까 정은희가 보내 준 엄지도 그에 일환인가?

'이것 참……'

"말리던 의원님도 결국 허락하셨다네. 검증을 완전히 거치는 게 오히려 자네 인생에 도움이 될 거라고."

"그게 무슨…… 아니군요. 피차 신뢰가 확보되지 않은 상태는 곤란함으로 남겠군요. 어차피 함께 일할 생각이라면 깔끔한 게 좋다는 거겠죠?"

"쿨하게 이해하는군. 기분 상했을 텐데도."

"솔직하게 말해 상하지 않았다면 거짓말일 겁니다. 하지만 납득은 갑니다. 전 어디에서 굴러온지 모를 돌이고 굴러온 돌 주제에 또 너무 일을 크게 벌였어요. 그 돌이 제대로 된 돌인지 확인하는 건 당연한 일일 겁니다."

"흠……"

잠시 정적이 돌았다.

김문호는 젓가락을 놨다.

식욕은 사라진 지 오래, 기운도 조금 빠지는 느낌이다.

지글지글 구워지다 못해 타고 있는 대창만 쳐다보고 있는데.

백은호가 스르륵 일어났다. 갑자기 허리를 90도로 굽힌다.

왜 그러는지 물어볼 새도 없이 그가 말했다.

"사과함세. 내 일이었다고는 하나 당하는 입장에서는 결코 유쾌하지 않은 걸 아네. 누구든 간직하고픈 비밀이 있고 그걸 함부로 파내는 건 전혀 다른 문제니까. 미안하네. 일을 떠나 인간적으로 자네에게 사과하고 싶었네."

"......!"

백은호는 허리를 펴지 않았다.

정수리를 보인 채 조심히 자기의 마음을 전한다.

김문호가 뭐라고 해야 할지 몰라 머뭇대는 사이 그가 다시 입을 열었다.

"변명은 하지 않겠네. 내가 자네 앞에서 무슨 말을 하겠나. 그저 사과하고 싶을 뿐이라네. 미안하네."

"......"

"......."

그놈의 사과 한 번 뻑적지근하게도 한다. 외면할 수도 없게.

김문호는 급히 스스로를 되돌아보았다.

지금 자신의 상태를 객관화한다면 어떨까?

외부 가치에 관한 것이 아니다.

내부 심상을 들여다봤다.

아픈가? 잠시 휘청하긴 했으나 타격을 입은 느낌은 아니다. 힘이 좀 빠진 것뿐 아야! 하고 따끔할 뿐.

다시 말하지만.

'나는 주변 모두에게 배신당하고 온 똥멍청이다. 같은 곳에서 같이 밥을 먹는다는 이유 하나로 전부 믿어 버렸고 거나하게 뒤통수를 맞았다.'

이 정도 검증 시스템은 차라리 안전이라는 측면에서 받아들일 수 있었다. 깨끗함을 증명받은 것. 장대운의 주위도 깨끗하다는 것.

백은호의 태도도 멋졌다.

나이도 그렇고 누가 봐도 사람 좀 거느렸을 것 같은 포스임에도 사회 초년생에게 고개 숙이길 주저하지 않는다. 대충 뭉개도 될 만한데도.

'그렇구나. 인정받았구나.'

김문호는 저 백은호의 태도에서 국회의원 장대운 사무소의 진정한 식구로 받아들여졌다는 확신을 받았다.

그렇지 않다면 이 상황은 정말 말도 안 되는 해프닝일 것이다.

"……사과 받겠습니다. 그러니 편하게 대하셔도 됩니다."

"미안하네."

"생각하시는 만큼 아프지 않았습니다. 익숙……하다고는 할 수 없고 이쪽으로 경험이 많아 조금은 대범하게 가려는 편이죠."

자리에 앉은 백은호의 잔에 소주를 따라 주었다.

말없이 받아 마신다.

그러더니 또 시선을 맞춘다.

"그거 아나?"

"예?"

"지금 자네 말일세. 이상하게도 산전수전 다 겪은 노친네 같은 느낌이 난다는 거."

"예?!"

"어디서 애늙은이 소리 안 듣나? 이상하다고 말일세. 그러고 보니 정 수석의 말씀이 맞는 것 같기도 하네. 자네에게서 왠지 의원님의 향기가 나. 의원님도 어릴 적에 그런 소리를 많이 들었거든."

"……?"

"아무튼 그렇다는 걸세. 깊게 생각할 필요는 없네."

"아, 예."

"아 참, 하나 더. 이번 달이 지나면 자네를 정식으로 채용하겠다는 승인이 떨어졌네."

"정식 채용이요?"

벌써? 아직 한 달도 못 채웠는데?

보통 기업에서도 최소 석 달은 걸리고…… 이 바닥 인턴은 2년을 갈아 넣어도 정식 채용되지 못하는 경우가 많았다.

"굳이 기간을 더 둘 이유가 있나. 아마도 7급부터 시작할 걸세."

"7급……이요?!"

"뭘 그리 놀라나? 어떤 7급인들 자네가 한 일을 대신할 수 있겠나?"

"그건……."

못한다. 때려 죽여도 못한다.

과연 장대운. 해 줄 땐 확실히 해 주는구나.

별정직이라도 시작부터 7급이면 엘리트 코스나 마찬가지였다.

"그리고 이제는 직접 움직이지 말게. 필요한 게 있다면 나를 찾아오면 되네. 그런 것들은 프로에게 맡겨야지. ……무슨 말인지 알지?"

아까 본 영상이 머릿속을 훅 지나갔다.

아…….

이 부분에서만큼은 인정해야겠다. 아마추어인 걸.

대한민국을 한바탕 들썩였던 것과는 달리 강남구청의 일과는 어제와 다르지 않았다.

매일 넘치도록 몰려드는 민원인과의 소통, 기예정된 강남구내 사업에 대한 실사와 감독, 누적된 현안과 앞으로 벌일 이벤트에 대한 회의와 또 회의 그리고 1년 내내 쿵쾅대는 리모델링.

강남구청장 권진용의 삶도 이와 같았다. 비서실이 통째로 갈려 나갔음에도, 죽음 직전까지 몰렸음에도, 태연하게 자리를 지켰다. 아무 일도 없었던 것처럼.

"그럼요. 그럼요. 이대로 물러나면 누가 좋아하겠습니까? 이 악물고 자리를 지켜 유종의 미를 볼 생각입니다."

"그래야지요. 사건과는 별개로 구민이 선출하신 분 아니십니까. 그 마음을 외면해서는 곤란하지요."

"장 의원님이시라면 이해해 주실 줄 알았습니다. 덕분에 든든합니다."

"뭘요. 이제 같은 미래 청년당인데 서로 도와야죠. 어려운 일이 있으면 언제든지 상의하러 오십시오. 이래 봬도 제가 할 수 있는 일이 제법 됩니다."

"아유~ 말씀만으로도 감사드립니다. 제가 장 의원님의 능력을 모르겠습니까. 그나마 남아 있던 잔걱정까지 싹 씻겨 내려가는 것 같습니다. 하하하하하."

인사와 격려, 화의(和議)의 연속…… 두 사람의 친목을 위한 시간은 토목 공사가 떠올려질 만큼 자근자근 길고도 깊었다.

권진용으로서는 장대운의 등장이 천운과도 같았으니 어떻게든 가까이 붙으려 했고 장대운도 또한 그런 권진용의 마음을 아는 듯 기꺼이 그의 자리를 마련해 주며 다독거렸다. 탑을 쌓듯 조금씩 조금씩 서두르지 않고.

그 와중에 여러 가지 현안들이 스치듯 지나갔다.

갈수록 노화되는 강남구 주택과 그와 반대로 치솟기만 하는 땅값과 교육열.

강남구의 가치가 높아질수록 점점 더 손대기 어려운 것들이 두 사람의 친목을 빗대 하나씩 다루어졌다. 물론 이 자리에서 정하거나 하는 건 없었다. 저번 미팅보다는 훨씬 더 발전적이라는 걸 확인하는 수준으로만 언급됐다.

그러나 어디에나 그렇듯 허들은 있었다.

권진용이 곤란하다는 듯 풀었다.

"그럼요. 강남구 현안과 관련된 건 강남구청의 소관이기도 하고 강남구청이 주관해야 옳습니다. 그게 맞고요. 다만 한 가지 걸리는 건 있습니다."

"뭔가요?"

"기존 사업이라면 이전에 받아 놓은 동의를 근거로 진행하면 되겠지만, 신사업은 전혀 다릅니다. 사업 계획부터 예산 책정, 인력의 파견, 전부 구의회의 승인을 받아야 합니다. 그들의 승인 없이는 어떤 사업도 진입하지 못합니다."

"으음…… 당연하겠죠. 구의회는 국회의 축소판이니까요."

우습게 볼 일이 아니었다.

대한민국 행정부도 국회 승인이 없으면 십 원 한 장 따로 전용할 수 없었다. 구 행정도 똑같았다. 국회의 축소판답게 구의회의 허락 없이는 강남구청은 어떤 일도 벌일 수 없었다.

이게 시스템. 이 순간 이 시스템이 문제로 인식되는 이유는 오직 하나였다.

장대운이 미래 청년당이라는 것.

외눈박이 나라에 두 눈이가 탄생한 것.

그에 대한 근본적인 방법론도 방금 말한 '구의회는 국회의 축소판'이라는 구조에서 기인하였다.

- 뭘 하려면 구의회의 승인부터 받아야 한다.

강남구는 한민당의 텃밭이다. 구의원들 또한 대부분이 한민당 소속이다.

2006년부터는 이 구조가 더 심해질 예정인데.

구의원직이라도 달려면 당의 공천을 받아야 했으니 충성 경쟁은 필연적이었고 고로 누구 좋으라고 미래 청년당의 사업을 승인해 줄까.

제아무리 지역구의 제왕이라는 국회의원이라도 세력이 없다면 이런 꼴이었다. 잘못하다간 4년 임기 내내 손만 빨다 끝.

장대운이 한민당이었다면 이 일은 언급할 가치조차 없었겠지만…… 뭘 하려 해도 한민당 당 수뇌부의 허락을 받아야 한다는 전제 조건이 있긴 해도 말이다. 어쨌든 순탄치는 않았다.

김문호는 그래서 아주 궁금했다.

이 상황을 장대운이 어떻게 풀어 나갈지.

'장대운에게는 업적이 필요하다. 그 업적 자체는 내가 왕건이로 제시해 주겠지만, 구의회와 일을 푸는 건 전혀 다른 일이야. 한민당빠들과의 시소게임에서 승리해야 한다는 건데.'

이 일을 풀어내려면 그 근본 원인에 대한 탐구가 필수였다.

구의원들은 왜 한민당에 충성할까?

'구의원들이 한민당 소속이 되려는 이유는 한 가지뿐이지. 한민당 소속이어야 당선 가능성이 높아지니까.'

즉 이 판도를 바꾸려면 강남구민의 지지를 한민당에서 떼어 내야 한다는 조건이 생긴다.

'도돌이표야.'

강남구민의 지지를 받으려면 강남구에 무언가 큰 업적을 남겨야 하고 그 업적이 강남구민의 호응과 인정을 받아야 한다.

그러려면 일을 벌여야 하는데.

일을 벌이려면 우선 사항이 구의회의 승인이다.

장대운은 한민당 소속이 아니다.

승인이 안 된다. 하던 일만 해야 한다.

하던 일만 하면 강남구민의 인정을 못 받는다.

무언가 새바람을 기대하던 강남구민의 실망은 다시 한민당의 득세로 이어질 테고.

강남구에서 권력을 잡으려면 무조건 한민당에 충성해야 하는 구조가 나온다. 헤어 나올 수 없는 뫼비우스의 띠처럼.

'장대운이 구의회를 장악하려면 어떤 일을 해야 할까?'

아니, 무엇을 줘야 구의원들이 장대운의 손을 들어 줄까?

공천권?

미래 청년당의 공천과 한민당의 공천이 무게추가 같나?

그럼 돈? 돈이야 압도적으로 많겠지만, 저들이 원하는 건 돈이 아닌 완장이다.

아무리 돈이 많아도 돈으로 완장을 채워 줄 수 없다면 돈은 결국 수단으로밖에 가치가 없다. 목적이 못 된다는 것.

엉킨 실타래와 같았다.

머리가 복작복작하는데 장대운은 남 일처럼 전혀 개의치 않은 표정이었다.

"그 건에 대해서는 일단 맡겨 두세요. 구청장님은 잘 살피고 계시다가 이때다 싶으면 밀어주시면 됩니다."

"아…… 예. 물론 그렇게 해야지요. 신호만 주십시오."

"그런데 하나 여쭈어도 될까요?"

"말씀하십시오."

"구청장직 계속 이어 가실 생각이십니까?"

"무슨 말씀이신지……?"

"아! 질문이 좀 중의적이었군요. 조금 더 직관적으로 말씀
드려 더 위는 안 보시는 겁니까?"

"아…… 그 말씀이시군요. 사실 말이 나온 김에 말씀인데
한민당 지도부와 물밑으로 접촉 중이었습니다. 일이 이렇게
돼 다 무산됐지만, 얼마 전까지 전 한민당 강남구 갑에 대한
공천을 받으려 했습니다."

"그러시군요. 그 생각 아직도 여전하십니까?"

"웬걸요. 이번 일로 주제 파악은 확실히 했습니다. 구청장
은 3선으로 현행법상 다음 대 구청장 출마 자격이 없으니 남
은 기간 미래 청년당 당사 업무를 보든가 아니면 구의회에 도
전해 볼 생각은 있습니다. 2008년 총선까지 말입니다. 의원
님께서 허락하신다면요."

"으음, 그러시군요. 제가 이걸 여쭤본 이유는 구청장님의
계획을 알아야 앞으로의 일정을 오차 없이 잡을 수 있을 것
같아서입니다. 이왕 우리 쪽으로 오셨으니 누가 보더라도 잘
돼야 하지 않겠습니까?"

"예? 그럼……?"

"일단은……입니다. 일단은."

"그렇군요. 계획이 있으시다니 그럼 저는 정해 주시는 대로 움직이겠습니다."

"그럼 거기까진 된 것 같고. 메신저가 필요하겠군요. 구청장님도 그렇고 저도 그렇고 날마다 회동할 순 없을 테니."

"동의합니다."

"우리의 헤르메스로 문호 씨가 어떨까요? 괜찮지 않나요?"

갑자기 이름이 호명되자 깜짝 놀란 김문호가 허리를 펴는 사이 장대운과 권진용의 시선이 꽂혔다.

걱정은 1도 없는 눈빛. 호의만 가득하였다.

"저야 좋습니다. 문호 씨라면 매일 만나도 환영입니다."

"반기시니 저도 마음이 놓이네요. 사실 그렇죠? 어딜 가서도 사랑받는 건 참으로 기쁜 일이지 않습니까?"

"그게 참 중요하다는 걸 너무 늦게 알았습니다."

"뭘요. 아직 한창이신데. 아 참, 이번 달이 지나면 문호 씨는 7급 비서가 될 겁니다."

"그렇습니까? 아이고, 문호 씨 축하합니다."

"아, 예. 감사합니다."

"당연한 얘기겠지만, 능력을 발휘했으니 응당 보상이 있어야겠죠. 우린 늘 한결같았답니다. 아주 오래전부터 똑같이."

모두에게 하는 말이었다. 잘하면 알아준다.

용건을 마친 장대운은 슬슬 자리를 정리했다.

"자, 그럼 강남구청은 문호 씨가 자주 오가는 거로 하겠습니다."

"아이고, 벌써 일어나십니까?"

섭섭한 듯 권진용이 쳐다봤다.

"조만간 식사 자리를 마련하겠습니다. 그때 또 깊은 이야기를 나누시죠."

"아예, 기다리고 있겠습니다. 되도록 빨리 불러 주십시오."

"그럼요. 그럼요. 하하하하하하하."

"하하하하하하."

권진용은 1층까지 내려와 수행 차량 문을 손수 닫아 주기까지 했다. 깍듯한 인사도 물론.

늦은 오후였다. 날씨가 참으로 좋았다.

그러나 국회의원 장대운 사무소의 일정이 끝난 건 아니었다.

"자, 가시죠."

"근데 정말 정하신 겁니까?"

멋쩍은 듯 운전대를 잡은 백은호가 묻기에 무슨 일인가 했다. 장대운은 심통 난 듯 일부러 더 미간을 찡그리고.

"그날 저만 빼놓고 두 분이서만 신나셨잖아요."

"그야 그렇긴 한데……."

"저도 대창, 막창 좋아합니다. 거길 갔다는 얘길 듣고 얼마나 배 아팠는지 아십니까?"

'아아, 그날…….'

"죄송합니다. 문호 씨랑 단둘이서 얘기하고 싶어서…… 좀 무리를 했습니다."

"거기까진 이해하죠. 남자들끼리 깊은 얘기 나누는 건 좋은 일이니까요. 하지만 먹고 싶은 건 먹고 싶은 거잖아요."

"그……렇죠."

"엄청 괴로웠어요. 먹고 싶어서."

"미리 좀 말씀하시죠. 제가 사 오면 되는데."

"어! 이거 왜 이러세요? 바로 구워 먹는 것과 같나요?"

"……아니죠."

"그리고 이제는 못 무릅니다. 정 수석님이 이미 출발했어요."

"예?!"

백은호가 움찔. 장대운의 입가가 치사해진다.

"설마 정 수석님이 계신데 다른 곳으로 가자는 건 아니시죠?"

"설마요. 제가 그럴 리가 있겠습니까. 함부로 그런 말씀 하시면 안 됩니다. 정 수석님이 계시면 얼른 가야죠. 저는 대창만 일주일 내내 먹어도 좋습니다. 암, 안 되죠. 정 수석을 기다리시게 하면 큰일 나죠."

횡설수설. 승리감에 도취한 장대운이 의자에 등을 푹 기댔다.

"얼른 밟으시죠. 정 수석님도 대창 엄청 좋아합니다. 기다리게 하면 어떻게 되실지 모릅니다."

"10, 10분만 기다려 주십시오. 냉큼 모셔다 드리겠습니다."

백은호와의 독대를 회식 평계로 만들다니.

말인즉슨 그때 장대운도 정은희도 일부러 자리를 피해 줬다는 건데. 자기들도 대창 좋아한다면서 참았다고 한다.

'지켜 준다는 건가? 서로의 영역을? ……마구잡이로 휘두를 수 있고 또 그래도 누구 하나 이의 제기를 못 할 텐데도 각자의 자리를 침범 안 한다? 상호 존중? 동의를 받고 나서야 움직인다니. 조직이 이렇게도 될 수 있다는 건가?'

더 재밌는 건 저렇게 강력하고 또 어디를 가서든 무지막지한 영향력을 표출할 수 있는 사람들이 정은희 앞에선 얌전한 고양이가 된다는 것이다.

정은희가 예민해지면 고개 숙이고 정은희가 찌푸리면 시선을 피하고 정은희가 웃으면 와서 아양 떤다. 코미디도 아니고.

물은 원래 위에서 아래로 흐르지 않나?

김문호가 속으로 피식 웃는데.

장대운이 갑자기 옆구리를 쿡 찔렀다.

"문호 씨, 왜 웃어요?"

"예?!"

여긴 조수석, 장대운은 뒷좌석. 설사 무의식중에 웃었더라도 절대로 볼 수 있는 자리가 아니다!

"지금 뒤통수가 웃고 있어요. 쿠쿠쿡 하고요."

"의원님, 문호 씨가 정말 웃었습니까?"

"그럼요."

"이야~ 문호 씨 적응이 끝났나 본데요."

"글쎄 말이에요. 너무 기분 좋은 웃음이라 제 가슴이 다 뿌듯해집니다."

"이게 다 정 수석님의 힘 아니겠습니까."

"그렇죠. 이게 식구죠. 오늘 왠지 대창 맛이 더 기대됩니다. 하하하하하하하하."

"저도요. 하하하하하하하."

"……."

뭐가 뭔지. 노포까지 어떻게 도착했는지도 모르겠다.

앞장서는 장대운을 따라 들어가니 정은희가 세팅을 마친 상태로 활짝 웃으며 맞았고 늙은 주인장은 또 문고리를 건다.

지글지글. 모락모락.

흰 연기가 나풀나풀 올라오며 빠져나오는 기름에 또 튀겨지는 대창의 향내는 며칠 사이 다시 만난 사이라도 새로웠다.

이게 바로 성공의 향기던가.

좋다고 소주에 맥주가 왔다 갔다 하였다.

안주는 풍년이다. 대창을 씹으며 정은희와 백은호는 장대운의 어린 시절을 씹었다.

웃고 떠들고. 정은희는 그 와중에도 제일 좋아 보이는 걸 장대운 앞접시에 옮겨 놓기 바빴고 장대운은 그걸 당연한 듯 받아먹었다. 어미 새와 아기 새처럼.

장대운의 일에서부터 십까지 모두 챙기는 정은희의 얼굴엔 기쁨만이 가득했다.

그러고 보니 저런 미소 본 적 있었다.

'정민아…….'

이제는 다시는 만날 수 없을 아들의 이름이다.

그 녀석을 챙기는 아내의 얼굴에서 꼭 저런 미소가 나왔다. 나로서는 받지 못한 무제한적인 사랑.

장대운은 그 사랑을 받고 있었다. 그렇게 또 깨달았다.

'내가 이들을 또 잘못 보고 있었구나. 내가 내 수준에서 장대운과 이 사람들을 읽었어.'

지지나 충성 따위가 아니다. 젊은 날, 들끓는 의리도 아니다.

백은호도 정은희도 장대운을 사랑한다. 자랑스러워하고 귀하게 대하고 아까워한다.

"호호호호호, 그때 아세요? 기침했는데 코가 확 뿜어져 나온 거. 중요한 미팅 앞두고 코가 주렁주렁, 숨 쉴 때마다 풍선처럼 부푸는데 얼마나 기겁했는데요."

"아이, 그걸 왜 또 얘기해요. 어릴 때 흑역사잖아요."

"대통령이고 그룹 회장이고 한 손으로 휘어잡는 꼬맹이가 코풍선을 부는 거예요. 이걸 누가 알겠어요? 경황이 없어서 제 옷으로 닦긴 했는데. 지금 생각해도 이렇게 웃음이 나네요."

"정 수석님, 그것뿐입니까? 제가 그때 일본에서 얼마나 기겁한 줄 아십니까?"

"아! 그거요? 뒷골목에서 싸운 거요?"

"신주쿠 거리를 혼자 거니시길래 조용히 뒤따르기만 했는데 몇몇 놈들이 접근하잖습니까. 이게 뭔가 해서 얼른 따라붙었는데 그사이를 못 참고 다 때려눕히신 거예요. 그때 정말 깜짝 놀랐어요. 애들이 덩치가 작은 게 아니었거든요."

"맞아요. 그때 저도 얼마나 놀랐는데요. 피아노 치는 귀한 손이 붕대로 둘둘 말려 있는 걸 봤는데 정말……."

순간적으로 분노가 치솟는지 정은희의 기세가 일변했다.

아차차 싶은 백은호는 얼른 다른 얘기로 화제를 돌렸고 대화는 어느 순간부터 정치 쪽으로 흘러갔다.

"근데 상임위는 아직 결정하지 못하셨어요?"

"예, 쉽지가 않네요. 오필승이랑 겹치지 않은 걸 고르려니 또 너무 관련 없는 곳이고."

"국회의원이라면 반드시 하나는 들어야 한다면서요?"

"예."

"간단한 거 아니었어요?"

"예?"

"대중문화 쪽 상임위가 없어요?"

"있죠."

문화관광위원회.

대한민국에서 생산되는 대중문화와 체육, 관광에 관한 모든 것을 관할하는 조직위로 정부 문화관광부의 대소사에 관여한다.

"그럼 거기로 가세요. 그 분야에서 의원님보다 전문가가 있나요?"

"없……겠죠."

"오필승 엔터테인먼트 때문이세요?"

"아무래도 말이 나올 것 같아서요."

"어딜 가든 안 나오겠어요? 사무실 배정부터 회의도 그렇고 하는 꼴을 보니까 핵심 상임위는 자리도 주지 않을 것 같던데."

"그렇긴 하죠."

"그나마 제일 나은 게 그쪽 같아요. 의원님이 들어간다면 막을 수도 없을 거 아니에요. 이참에 시작으로 돌아가 보는 것도 의원님께 도움이 될 거 같은데."

"그런가요? 으음……."

장대운은 잠시 생각에 빠져들었다.

꼭 정은희의 권유가 아니더라도 그도 가끔씩 뒤를 볼 때마다 느끼는 것들이 꽤 많았다.

덤의 삶.

그러나 덤이라고 부르기엔 어느새 너무도 커져 버린 삶.

사는 김에 살아오며 이 삶에서 원했던 게 과연 무엇인지, 그것이 올바른 길로, 머릿속으로 그렸던 길로 제대로 가고 있는지 짚어 봤다.

거기까지 넘어가자 생각이 꼬리를 물듯 어느새 다른 장면이 기억의 수면 위로 떠올랐다.

'흠…….'

과거. 이제는 아주 오래된 과거처럼 여겨지는 먼 사건.

인생이 송두리째 바뀐 날이다.

여기 이 자리에서처럼 술자리에서 무심코 내뱉은 말이 현실이 된 날.

∞ 솔직히 좀 부럽더라고요. 저도 그런 인생을 살고 싶었거든요…….

그 자리에서 털어놓은 건 어쩌면 가슴 속 깊이 감춰 둔 명울에서 비롯된 배설에 가까울지도 모르겠다.

후회와 탄식, 상처만이 버무려진 삶.

나름대로 잘 살아왔다 위무했으나…… 대기업 마케팅 담당자로서의 삶도 작가로서의 삶도 어느 것 하나 만족스럽지 않았다. 마흔이 넘도록 내세울 것 하나 없는 인생은 푸념과도 비슷한 찌꺼기처럼 여겨졌고 고로 술김에 반항처럼 내뱉은 말은 개소리에 불과했다.

그것이 씨앗이 될 줄은 몰랐다.

5공 시절 어느 따스한 봄날, 45세 찐따가 7살의 장대운으로 돌아올 줄은.

그러나 혼란은 크지 않았다.

작가로서의 삶은 늘 사회 부적응자처럼 이런 일을 꿈꿔 왔고 차기작을 위해 준비한 자료는 고스란히 남아 힘이 되어 주었다.

지금이 아니면 다시는 만날 수 없는 시절을 적극적으로 이용했고 가왕 조용길을 만나 대중음악계에 입문했다. 회귀 보정인지 IQ 190의 천재란 타이틀로 세계적으로 유행했던 곡들을 표절 아닌 표절로써 도용하고 누군가가 가졌어야 할 부와 명성을 가로챘다.

FATE란 이명은 표절이 낳은 열매였다.

하지만 그 덕에 돈에 상처 입은 영혼을 치유했다. 거의 완벽하게.

억수처럼 쏟아지는 돈으로 모든 걸 덮자 여유란 것이 생겼고 사업도 시작했다.

강운이 끝나지 않았는지 좋은 사람들을 만나 전국 요지의
땅을 접수. 통신, 건설, 호텔, 금융, 방산으로 그 영역을 확대
해 갔다. 폭락한 주식장은 무한한 캐시카우였고 세계의 주요
기업들은 초창기부터 내 손을 타지 않은 곳이 없을 정도가 됐
다. 요동치는 80, 90년대를 거닐며 정치권도 우습게 알았고
저 미국이 내 한마디에 좌지우지되는 꼴도 봤다.

FATE 앨범은 그래미를 휩쓸었고 전 세대가 나를 주목하고
그럴수록 나의 이름은 무게감을 더해 갔다. 정치, 경제, 문화
영역을 아우르는 누구도 도달하지 못한 경지를 개척했다.

차원이 다른 삶이었다. 그러나 1도 두렵지 않았다.

어차피 덤이었으니까. 고꾸라져도 본전이니까.

거침없이 나아갔고 나의 색을 드러냈다. 그 시점 나는 한
국은 물론 미국, 중국까지 조심하는 남자가 돼 있었고 가진
부와 명성은 조국마저 가볍게 압도할 정도가 됐다.

무엇이든 손만 뻗으면 가질 수 있는 삶.

가고자 하면 어디든 거칠 게 없는 삶.

남들보다 훨씬 빠르게 시작했기에 남은 삶도 훨씬 길었고
더는 이룰 것이 없어 보였다.

∞ 정치는 정치인만 한다고? 네 덩치에 그게 구분돼? 경제
든 문화든 무엇이든 끝에 다다르면 결국 정치인 걸 몰라?

그 무렵이었다. 만나는 사람마다 이런 화두를 던져 댔다.

미국 대통령이라는 놈도 나를 아끼는 사람들도.

결국 정치라고.

∞ 네가 직접 해.

단계를 거치면 그만큼 더 손실이 난다며.

그 사람의 생각이 너와 일치한다고 무엇으로 장담하냐 되물었다.

부조리하게 느낀다면 더럽다 냄새난다 내팽개쳐 두지 말고 네가 직접 후벼 파고 물 뿌려서 청소하라고.

그들은 나에게 네가 어떤 활동을 하든 그 순간 이미 정치란 걸 인식하게 해 줬다.

절대로 피할 수 없는 운명이 되었음을.

∞ 지금까지의 삶이 제 개인의 안위를 위한 삶이었다면 남은 삶은 오직 국가와 민족, 세계 평화를 위해 살아갈 것을 다짐합니다. 제가 가진 모든 역량을 동원하여 새로운 세상을 만드는 데 일조할 것이며 그 출발은 모두를 위한 대의에서 벗어나지 않겠음을 엄숙한 마음으로 또 국민 여러분 앞에 선언합니다. 저는 이제 앞으로…….

잠시간의 고민은 있었으나. 시큰둥하게 웃어 줬다.

내가 언제 석죽었다고 머뭇댈까. 수틀리면 미국 대통령과
도 한판 뜨는데.

화살을 쏘았다. 쏜 화살이 어디에까지 날아가 어디에 꽂히
게 될진 당시로선 알 수 없었지만.

후회는 없었다. 돌아온 순간부터 알지 못하는 길을 걸어가
는 인생이 바로 나의 삶이었으니.

It's My Life.

본 조비의 노랫소리처럼 거침없을 테니까.

∞ 진심을 다해 임할 것이며 21세기를 여는 이때 대한민
국의 국력과 국격, 국민의 품격을 위해 이 한 몸 불사르겠다
는 맹세를 드립니다. 부디 이런 저를 어여삐 여겨 주시길 바
라며…….

풀어놓으니 오히려 더 좋았다.

다 이루었다 여긴 인생에 아직 후반전이 남아 있었다는 게.

감사했다.

이 세상에서 내가 아직 할 일이 있다는 것이.

"……."

회상에서 현실로 돌아온 장대운은 곁에 있는 사람들을 보
았다.

정은희, 백은호, 김문호.

이들에게 어찌 감사하지 않고 어찌 사랑하지 않을쏘냐.

이 사람들이 부디 나로 인해 상처받지 않길 바라고 나로 인해 살아가는 시간이 행복하기를 진심으로 원한다.

이것이 단지 순간의 충동일지라도 품은 진심을 절실하게 입 밖으로 내보내고 싶다.

알리고 싶다.

"사랑합니다. 사랑해요."

"어머, 의원님. 저도요. 저도 사랑해요."

"저, 저도 사랑합니다. 의원님."

"……!"

김문호는 대창을 굽다가 깜짝 놀랐다.

상임위 얘기를 하다가 갑자기 사랑 고백이다.

더 놀라운 건 정은희와 백은호의 반응이었다.

감격하였고 쑥스럽지만, 용기를 낸다.

너는 왜 사랑한다 대답하지 않느냐 쳐다보지도 않는다. 두 사람은 눈을 감고 이 순간을 만끽하였다.

가슴이 울컥 올라왔다.

질투? 씨벌, 인정한다. 이런 사랑…… 나도 받고 싶었다.

나도 정말 사랑받고 싶었다.

"우리 문호 씨에게 하고픈 말이 있는데."

"……예?"

"내 얘긴데 좀 들어 줄래요?"

"아, 예."

"문호 씨, 내가 왜 정치를 시작한 줄 아세요?"

"……."

"아마도 우리 문호 씨가 아는 건 표면적인 것뿐일 거예요. 그죠?"

"예, 맞습니다."

"이제는 아셔야 해요. 내가 오늘 강남구청장의 생각을 알고 싶어 했듯이."

김문호는 본능적으로 지금 장대운이 하려는 말의 무게감을 느꼈다.

이 사람이 공유하고자 한다. 자신의 비전을.

향후 대한민국을 좌지우지할 거성의 비전을.

질투라는 편협한 고양과 시기라는 치사한 심정이 휘몰아침에도 도저히 소홀히 할 수가 없었다.

김문호는 곧바로 자세를 바로 했다. 기다렸다는 듯이 장대운의 입이 열렸다.

◇ ◆ ◇

【장대운을 국회로! 새로운 국회를 만들자!】

【미래 청년당이야말로 대한민국의 미래다!】

【미래 청년당 장대운. 국민의 밝은 미래를 함께하겠습니다】

【장대운, 장대운, 장대운, 장대운…… 나는 믿는다. 당신의 비전을!】

오필승 시티는 상암동에 있었다.

지역구도 아니니 하지 말라고 했는데도 꾸역꾸역 플래카드를 붙여 놨다고. 기특하게.

그의 이야기는 제17대 국회의원 선거가 진행 중일 때로 돌아갔다.

경쟁자는 한민당 소속 4선 의원인 김춘배와 3수에 도전하는 민생당 소속 후보자 단 두 명.

출마를 확정하고 처음 만난 김춘배는 첫 대면부터 이런 말을 남겼다.

∞ 허허허, 자네가 여러 분야에서 꽤 큰 성과를 낸 건 내 익히 알고 있네. 누가 봐도 굉장한 업적이긴 하지. 하지만 여긴 자네가 살던 세상과는 다르다네. 명심하시게. 여긴 정글일세.

애송이는 꺼져라.

그만한 걸 이뤘으면 남은 삶, 부와 명예나 누리며 살지 왜 쓸데없이 정치판에 끼어드나.

넌 내 상대가 안 돼.

조롱 섞인 눈길······.

무시하고 웃어넘길 일이 아니었다고 한다. 실력 행사인지 이후 대놓고 어깃장 놓고 방해하려는 자들이 나타났다고.

어린 것이 뭘 안다고 국회의원이 되려는 거냐!

딴따라 주제에 나랏일이라니 가당키나 하냐!

세상이 어떻게 돌아가려고 머리에 피도 안 마른 놈이 나서 긴 나서!

무턱대고 손가락질하며 적개심을 보였다고 한다. 그런 자들을 보며 더 확신하게 됐다 한다.

- 저런 놈들이 넘치니 정치가 국민을 우습게 보지.

태클이 들어올수록 더욱 크게 외치고 다녔다.

지금 우리 지역구에 필요한 것이 무엇이겠습니까? 같은 지역구에서 4선이나 해 먹어도 티끌 하나 바뀌는 게 없다면 문제가 있는 게 아니겠습니까? 여러분은 그런 사람에게 다시 권한을 줄 생각입니까? IMF의 상처가 아직 우리 사회 곳곳에서 마이너스적인 영향력을 주고 있는 이때 가만히만 있으면 바뀌는 게 없습니다.

그 외침이 진정성으로 닿았는지 점점 더 찬동하는 사람들이 늘어만 갔고 그들이 전부 지지자가 되어 바람을 일으켰다.

그리고 어느 날 가장 큰 경쟁자가 사라졌다.

김춘배의 정계 은퇴 선언.

김문호는 며칠 전, 두 눈으로 그 영상을 봤다.

"미친놈인 거죠. 어떻게 탄핵 정국에 또 선거 기간에 어린 여자아이를 데려다 그 지랄을 할 수 있는지. 국민이 얼마나 우스웠으면⋯⋯. 어휴~ 이 바닥이 정상이 아니에요. 아주 잘못됐어요."

김춘배가 날아갔다. 남은 적수는 하나밖에 없다.

"민생당 3수 후보자요?"

피식.

확실히 수월해졌다고 한다. 김춘배가 가진 저력이 부담스러운 건 사실이었으니까.

"아무래도 그 사람 팔자엔 금배지가 없는 것 같더라고요."

≪……강남구 갑에서 개표율 75%가 진행된 가운데 장대운 후보가 78.4%의 득표율로 '당선 확실'이 되었습니다. 가히 놀라운 일입니다. 올해로 만 27세인 장대운 후보가 또 하나의 업적을 남기는 순간입니다. 역대 최연소 국회의원이 김영산 전 대통령으로 26세 5개월이었는데 이러면 두 번째인가요?≫

≪그렇긴 하지만 사실상 최연소라고 해도 과언이 아닐 겁니다. 아마도 다시 나오기 힘든 기록일 텐데요. 혼란스러웠던 과거와는 정치 환경이 많이 달라졌으니까요.≫

≪그렇다 해도 정말 놀랍습니다. 장대운 후보가 걸어온 길을 보면 경이롭다고밖에 표현이 안 되는데요. 내딛는 족적마다 선한 영향력을 끼쳤다고 봤을 때 이번 국회의원 당선이 조금 더 나은 대한민국을 만드는 데 기여할 거라고 봐도 될까요?≫

≪저 역시 기대가 큽니다. 누가 뭐래도 장대운 후보는 우리 대한민국의 보물이니까요.≫

국회의원으로 당선됐다고 한다.

정식 임명장을 받고 금배지를 달고 미리 마련해 둔 새 옷을 입고 부푼 마음으로 국회에 입성했다.

그때의 순간을 아주 선명하게 기억한다고 한다.

새 학기 신입생을 받는 대학교처럼 괜히 부산스럽고 약속도 많고 소란스러운 설렘을 기대했다는데.

"……."

반기는 건 오로지 무겁고 엄숙하고 처절하게 낡은 냄새뿐이었다고.

그 속에서 누구도 감히 엿볼 수 없게 높고 견고한 바리케이드의 아성을 느꼈다고.

날카로운 원형 철조망을 둘러놓고 그들만의 파티를 여는 놈들…… 신성한 국회 회의장마저 그놈들의 얼굴처럼 삭막하고 우중충하고 구태의연한 고인물의 탁함에 동화되어 있던 걸 봤다고.

갈라파고스처럼…… 허옇고 벗겨진 머리에, 곳곳에 핀 검버섯, 주름은 자글자글, 생기 하나 남지 않은 눈빛들만이 한 줌 모여 살아가는 섬나라.

국민은 없고 권력만을 탐하는 욕망 덩어리들만이 군집을 이뤄 작은 생태계를 이루어 내는 곳.

더 놀라운 건.

"하아……."

중요한 의제 두고도 꾸벅꾸벅 조는 놈들이 태반이라 했다. 남은 이들도 지들끼리 딴소리나 나불나불.

국회가 일을 안 하는 게 아니었음을 처음 알았다고 한다.

못한 거다.

이곳은 대한민국의 법률 제정과 행정 감시를 담당하는 중대한 입법 기관이 아니라.

영등포구 여의도동에 위치한 어느 양로원이었음을.

"어머, 어머머머머."

"양로원……이라고요?"

국회를 보고 양로원이라 칭한 사람은 헌정 사상 장대운이 처음일 것이다.

당연히 정은희와 백은호도 반응이 컸다.

하지만 정작 장대운은, 그 시선은 나에게 못 박힌 듯 꿈쩍하지도 않았다. 도리어 입가엔 지금까지는 볼 수 없었던 차가움이 맺혀 있었다.

"그 꼴을 보고 내가 무슨 생각을 했을까요?"

"……예?"

"본의 아니게 국회의 진실을 알아 버렸어요. 이런 상황이라면 문호 씨는 어떤 선택을 했을 것 같나요?"

순간 머리가 멍해지는 느낌을 받았다.

김문호는 어찌 대답해야 할지 몰라 속으로 침음성을 흘렸다.

다선 국회의원까지 지내면서도 전혀 인식하지 못했던 일.

그러나 그도 분명하게 봤다.

소위 중진들이라고 하는 연세 지긋한 이들이 국회에서 어떤 태도를 보이는지.

'난······.'

그들이 졸아도, 그들이 현안에 관심 없어도, 전혀 화나지 않았다.

누구에게 붙어야 조금 더 알토란 같은 자리에 갈 수 있나? 누구에게 붙어야 조금 더 정치생명을 늘일 수 있나? 혈안이 돼 있었을 뿐.

나도 어느새 갈라파고스화가 되어 있었다.

젠장.

장대운도 명쾌한 대답이나 확실한 정답을 원했던 건 아니었는지 다시 표정이 풀어지며 입을 열었다.

"결국 두 가지 아니겠어요?"

"······?"

"체력이 떨어져서 못하는 건지. 아님, 의욕이 떨어져서 못하는 건지. 그것도 아님 둘 다인 건지."

"······!"

"그때 문호 씨가 처음 나에게 한 얘기가 계속 머릿속에 맴돌더라고요. 악당 말이죠."

"악······당요?"

"예, 저따위라면 굳이 잘해 줄 필요 있나? 경륜을 인정해 줄 필요 있나? 차라리 저놈들의 악당이 되어 주면 어떨까나? 하고요. 초심이 어떻든 늘어진 뱃살만큼 돼지가 된 그들이 격하게 움직여야 할 이유가 되어 주는 것도 나쁘지 않겠다!"

"······!"

"이 행태가 단지 국회뿐일까요? 언론은? 문화는? 경제는? 국방은? 더 넓혀 주변국도 마찬가지 아니겠어요? 저들이 원하는 건 우리나라가 계속 이렇게 만만하게 부대끼며 적당히 살아 주는 것 아니겠어요? 이 상태, 이대로. 쭈우욱. 조용히. 얌전하게. 필요에 따라 살살 털리면서. 아닌가요?"

"맞……습니다."

"그걸 안 해 주면 어떨까나? 생각해 봤어요. 문호 씨 말대로 잽을 날리면 어퍼컷으로 응수하는 대한민국이 된다면? 그런 대한민국이 된다면 과연 저들이 저렇게나 오만방자하게 굴 수 있을까?"

"……!"

머릿속으로 갑자기 그려지는 그림에 김문호는 팔에 소름이 돋는 걸 느꼈다.

"왕따가 그렇잖아요. 처음에 몇 번 툭툭 건드릴 때 전갈처럼 독침으로 콱 찌른다면 아야! 다시는 접근 안 하겠죠. 당시에는 처맞을 수는 있어도 말이에요. 그렇게 감히 대놓고 편하게 괴롭힐 수 있을까요?"

"……크흠."

"이런 상상을 해 봤답니다. 저 국회의 평균 나이를 40대로 만들면 어떨까? 꼴통처럼 변한 우리나라 때문에 주변국들이 골치 아프다면 어떨까? 그러면 저들이 어떻게 나올까?"

"의원님……."

"다 문호 씨 덕이죠."

"······예?"

"그 악당. 저도 돼 보고 싶어졌거든요."

"······!!!"

"이 자리에서 정식으로 제안할게요. 그 꿈. 문호 씨의 그 꿈. 저에게 파세요."

◇ ◆ ◇

격정 같았던 대창 집에서의 도원결의 후 며칠이 흘렀다.

국회의원 장대운 사무소의 일상은 그의 뜨거웠던 고백과는 다르게 변함없이 흘러갔고 김문호도 또한 그랬다.

그건 그거고. 이건 이거인 것처럼.

"오늘 쏜다고? 키키킥, 아주 기대해 주겠어. 친구."

강남구청과의 메신저 역할을 맡은 덕에 김문호는 외근이 잦았다. 점심도 먹을 겸 지난 일에 대해 알려 줄 겸 박중만을 불러냈다. 실제로 사용했든 안 했든 박중만의 사진이 권진용을 살렸으니.

"허 참, 내가 김유신 여동생도 아니고 꿈을 팔라니······."

"뭐라는 거야?"

분명한 건 그 순간 심장이 떨렸다는 것이다. 아주 쿵쾅쿵쾅.

조금만 더 건드렸으면 와르르 무너졌을 텐데 장대운은 서두르지 않았다. 빠른 대답을 하라 명령하지 않았고 그로 인한 불이익도 없었다. 도리어 생각할 시간을 줬다.

"야! 나 안 보냐? 문호야, 문호야!"

"어? 어, 으응. 봐. 봐."

"이놈이 아주 웃기네. 지가 맛있는 거 사 주겠다고 바쁜 사람 불러 놓고 넋이 나갔어."

"내가 뭘……?"

"사진작가 눈을 속여라, 자식아. 너 여태 다른 생각 했어. 뭐 고민 있냐? 장대운이 갈구디?"

"갈구긴 누가 날 갈궈. 모든 게 술술 잘 풀리는데."

"자꾸 까불어라. 바른대로 말 안 해?"

"아 몰라. 뭐 먹을래?"

"말 돌리네."

"너 곰탕 좋아하냐? 수육이랑 어때? 끝내주는 데 알아 놨는데."

"곰탕에 수육? 최고의 조합이긴 한데……."

"가자가자. 거기 기가 막힌다."

못 이기는 척 따라오는 박중만을 데리고 전에 갔던 곰탕집으로 갔다.

전방 30m 전부터 진한 향내를 풍기던 집.

오늘도 여전했다.

곰탕집을 보자마자 눈빛이 달라지는 박중만을 위해 곰탕＋수육 세트로 시켜 줬다. 소주도 한 병 콜.

역시나 한술 뜨는 순간 녀석은 코 박고 고개조차 들지 않았다.

김문호도 진하고 고소한 곰탕 맛에 생각의 흐름을 지워 볼까 했지만, 야들야들 부드러운 수육이 유혹해도 장대운의 마지막 말이 계속 머릿속에서 맴돌았다.

- 내가 이뤄 줄게요. 그 꿈.

'올인해야 하나?'
올인하지 않은 직원을 모를 만큼 허술하지 않을 것이다.
그래서 더 스스로에게 묻고 싶었다.
정말 올인밖에 답이 없나? 나도 주인공이 되고 싶은데.
그때 또 누가 뒤통수를 거하게 때린 느낌이 났다.
아직도 미련을 떠나며.

- 넌 꼭 네가 해야 직성이 풀리는 거야? 네가 아니면 안 되
는 거야? 아직도 그런 거야?'

장대운에게 맡기면 더 빠르게 더 강력하게 바꿀 수 있다는
걸 굳이 직감까지 들먹이지 않더라도 알 정도까지는 왔다.
하지만 왜 이렇게 아쉬울까.
"캬아~ 여기 죽인다. 문호야."
"으응?"
"내가 이런 대박집들의 특징을 잘 아는데 들어 볼래?"
"……뭔데?"
"넌 이 곰탕집의 핵심이 뭐라고 생각하나?"
"그야…… 곰탕 아니야?"

"당연히 그렇겠지. 일단 곰탕 맛이 죽이고 수육도 일품이어야 뭐라도 성립되겠지. 하지만 그건 기본일 뿐이야."

"기본……이라고?"

"진짜는 이 깍두기다."

시뻘건 양념에 잠긴 큐브형 무김치가 잔뜩 담긴 접시를 앞으로 내민다.

"깍두기……?"

"틀림없는 조연인데 이놈이 엉망이면 전부 다 엉망이 되는 거야."

"……?"

"이 깍두기가 맛있어야 단골이 생기는 거거든. 무겁고 느끼한 곰탕을 깔끔하고 개운하게 잡아 주지 못하면 아무리 맛깔나도 손님들이 발길을 돌려. 이 깍두기야말로 곰탕을 더 맛있게, 더 빛나게 해 준다는 거야. 그걸 사람들이 본능적으로 아는 거고. 이제 알겠어? 곰탕집의 핵심이 이 깍두기라는 걸."

"……!"

벼락을 맞은 느낌이었다.

머리끝에서부터 발끝까지 일자로 관통된 기분.

김문호는 자기도 모르게 벌떡 일어났다.

"뭐야? 왜 그래?"

"중만아…… 나 들어가 봐야 할 것 같다. 돈 줄게. 계산하고 포장도 해 가라. 고맙다. 친구야."

"야! 야!"

아집이었다. 능력 부족으로 살해당한 놈이 아직도 단꿈을 놓지 못해 버둥댔다.

훨씬 더 뛰어난 사람이 내 꿈을 받으려는데.

얼씨구나 감사해도 모자랄 판에 그게 뭐라고 손아귀에 쥐고 끙끙댈까. 멍청하게.

어서 가서 말해야 했다.

"그 꿈. 팔겠습…… 엉?"

사무실에 아무도 없었다.

멋쩍어 잠시 앉아 있으니 정은희가 콧노래를 부르며 들어왔다.

"어머! 문호 씨가 와 있었네요."

"아예. 근데 어디 가셨습니까?"

"아아, 급하게 일이 생겨서 나가셨어요. 구청에는 별일 없죠?"

"예."

"오늘은 저랑 둘이서만 일해야겠네요. 문호 씨 좋죠?"

"아, 예. 엄청 좋습니다."

"문호 씨가 좋다니 저도 좋네요. 자자, 일할까요?"

일이라고 해 봤자 인턴에게 주어진 건 뻔했고 자료 정리나 찾기, 인터넷 서칭이 대부분이었다.

후우…….

방금까지 들끓던 열정이 빠르게 식는 걸 느꼈지만.

오늘은 날이 아닌가 보다. 내일 다시 텐션을 올려서 고백해야지.

단념하고 못다 한 자료 찾기나 할까 하는데 문이 벌컥 열리며 40대로 보이는 남자가 거침없이 들어왔다. 고급스러운 정장에 세월의 테가 잘 묻은 마스크, 멋지게 빗어 넘긴 머리, 한눈에 봐도 실장님급 같이 세련된 인물이었다.

뭐지?

정은희가 벌떡 일어나 반긴다.

"어머! 벌써 들어오셨어요?"

"예, 그렇습니다. 로펌 일이 순조롭게 마무리돼 빨리 들어올 수 있었습니다. 공항에서 내리자마자 바로 들어왔는데 의원님은……요?"

"갑자기 일이 생겨 외근 가셨어요. 아마도 내일 인사하셔야 할 것 같아요."

"서프라이즈 하려 했는데 아깝네요."

"호호호, 그러게요. 이제 완전히 안착하시는 거예요?"

"안 그러면 형님한테 맞아 죽습니다. 이제부터 열심히 해야죠."

"맞아요. 도 실장님이 좀 과격하시죠. 호호호호."

"근데……."

남자가 이쪽을 쳐다보며 이건 뭐냐는 눈빛을 보낸다.

그제야 정은희가 소개시켜 줬다.

"아 참! 제가 깜빡했네요. 여기 인사하세요. 도종현 보좌관님이세요. 미국 일 정리하시고 오늘 귀국하셨다네요."

"아예, 김문호입니다."

"문호 씨는 인턴 공고를 통해 들어오셨어요."

"아아~ 인턴."

인턴이라는 걸 듣자마자 시간 아깝다는 듯 바로 시선을 돌리는 도종현이었다.

이 새끼가…….

그러고는 이후 단 한 번도 시선을 주지 않고 정은희만 상대하였다. 내일 정식으로 인사하겠다며 사무실을 나갈 때조차 눈길 한 번 주지 않았다. 아는지 모르는지 정은희는 콧노래나 부르며 무언가 작업하느라 바쁘고.

"……."

느낌이 싸했다.

도종현 보좌관. 국회의원 장대운 사무소의 마지막 퍼즐.

장대운이 당선되자마자 미국 로펌부터 정리하러 갔다는 변호사 놈이다.

앞으로 피곤해질 것 같은 느낌 아닌 느낌이 든다.

"……."

그러고 보면 그동안 너무 편하게 가긴 했다.

인턴 주제에 꽤 많은 일을 주도적으로 벌여 댔으니.

장대운이 이상한 거다. 백은호, 정은희가 이상한 거다.

도종현이 정상인데.

"씨벌……."

왜 열이 오를까.

"국회의원 사무실에서 인턴의 위치가 원래 이런 게 맞긴 한데…… 어디든 다르지도 않고."

당연히 나올 수 있는 태도고 당연히 나올 수 있는 전개였다.

미국 로펌에서 일하다가 특채 채용된 엘리트와 인턴.

국회의원 장대운 사무소의 정책 보좌관을 맡은 인물과 인턴.

산전수전 다 겪어 물오른 40대와 인턴.

"……."

천천히 알아 가면 되겠지 생각한 것이 안일했던 것이다.

모두가 환영해 주니 이 사람도 환영할 거라 은연중 믿어 버렸다. 마지막까지 조심하며 철저히 조사했어야 했는데.

부디 아니길 바랐는데. 젠장.

다음 날 출근하자마자 편한 얼굴로 장대운과 이야기 중인 도종현을 볼 수 있었다.

"문호 씨 왔어요?"

반갑게 손 흔드는 장대운에 반해 잠시 시선을 줬다가 시큰둥 금세 돌리는 도종현.

불안한 예감은 어찌도 이렇게 정확한지…….

그러나 장대운은 그걸 아는지 모르는지 해맑기만 하다.

"어제 문호 씨랑 인사했다면서요? 이제야 비로소 역전의 용사가 다 모였네요. 앞으로 우린, 나아갈 일만 남은 건가요? 하하하하하."

"……."

"아 참, 도 보좌관님."

"예, 말씀하십시오."

"우리 문호 씨, 다음 달부터 7급 발령낼 거예요. 알고 계세요."

"예?"

"왜 놀래세요?"

"저 친구, 인턴 아닙니까?"

듣는 새끼 민망하게 이름으로도 안 부른다. 새끼가.

"예, 인턴이죠."

"제가 있을 때 없었으니 한 달도 안 된 것 같은데…… 벌써 발령낸다고요? 그것도 9급도 아니고 바로 7급이요?"

"……?"

"의원님, 보통 인턴은 2년 정도 끌고 가는 거 아닙니까? 그때 가서 평가해 보고 남을지 말지 결정해야 되지 않겠습니까?"

"그렇죠. 그게 일반적이긴 하죠."

"7급 발령이면 너무 과합니다. 딱 봐도 학교 갓 졸업했거나 졸업 예정자 같은데 이런 사례는 어디를 찾아봐도 없습니다."

"괜찮아요. 과하지 않아요. 충분해요."

장대운은 여전히 싱글벙글.

도종현은 그런 장대운에게 어린 동생에게 하듯 훈계를 늘어놓는다.

"의원님, 사람을 쓰실 땐 오래 보고 쓰셔야 합니다. 어중이떠 중이한테 권한을 잘못 주면 모두 의원님의 리스크가 될 겁니다."

"으음……."

"발령은 뒤로 미루시죠. 제가 천천히 살펴보고 인사 보고 서를 올리겠습니다."

뭐라고?

이 새끼가 지금 뭐라는 거야?!

"괜찮은데. 전 문호 씨를 믿어요."

"저는 괜찮지 않습니다. 검증의 시간은 반드시 거쳐야 합니다."

"으음……."

"저에게 맡겨 두시죠. 제가 이런 일에는 일가견이 있습니다."

"도 보좌관님의 능력을 의심하는 건 아니에요. 이미 그렇게 하기로 해서 이제 와 바꾸기는 어려워요."

"……확정시킨 겁니까?"

"예."

"그럼 하나 여쭤봐도 되겠습니까?"

"예."

"어째서 제가 오길 기다리시지 않으셨습니까. 인턴 채용까지는 그렇다 해도 발령은 과한 느낌입니다."

"도 보좌관님도 한번 믿어 보세요. 문호 씨에 대해서만큼은 실망하지 않으실 거예요."

"그렇……군요. 바꿀 생각이 없으시군요."

말이 안 통한다고 생각했는지 잠깐 한숨을 내쉬더니 자기 자리로 돌아가는 도종현이었다. 도중 눈이 마주쳤는데 가뜩이나 무시하던 눈초리에 아니꼬움과 짜증까지 섞여 들어간 걸 확인했다.

사무실 분위기도 전에 없이 냉기가 돌고.

'뭐야? 나만 느끼나?'

다들 표정에 균열 하나 없었다.

장대운, 정은희, 심지어 백은호까지 아무 일도 없는 것처럼 편하기만 했다. 지금까지 보인 행동을 봤을 때 뭐라도 한마디 나올 법한데.

문호 씨는 충분히 자격이 있으니 그만 말씀하셔도 됩니다.

문호 씨에 대해서는 더는 왈가왈부하지 마십시오. 어련히 알아서 정했겠습니까?

문호 씨를 겪어 보면 잘 알게 될 겁니다. 나이가 어리다고 무시하시면 곤란합니다.

왜 말해 주지 않을까? 너무 이상했다.

왜 조용할까? 왜 편을 안 들어 줄까?

회식 때는 으샤으샤 하더니. 설마 그동안 보인 게 다 위선?

고개 저었다.

'아니야. 아니야. 그런 건 아니야. 이들은 나에게 진심이 아니었던 적이 단 한 번도 없었어. 내가 알아.'

그렇다면 왜?

'설마…… 이겨 내라는 건가? 이 정도 시련쯤은 뚫어 내라는 건가?'

그게 맞다면 강하게 키우려는 의도라 할 수 있었다. 환영할 만한 일이긴 한데. 너무 과격하였다. 4급 정책 보좌관을 상대로 인턴에게 알아서 살아남으라니.

'일반적인 인턴이었다면 탈탈 털려 멘탈이 안드로메다로

날아가 버릴 텐데.'

뭐, 까짓거 상관은 없었다. 4급 보좌관이든 현역 국회의원
이든 다 씹어 먹을 자신 정도는 있었으니.

"강남구청에 다녀오겠습니다."

"어! 그래요. 잘 다녀와요. 그 양반 좀 잘 보살펴 주고요."

"예, 알겠습니다."

"의원님, 저 친구가 지금 어디로 간다고요?"

도종현이 또 끼어든다.

"강남구청요."

"강남구청엔 왜……? 심부름입니까?"

"아니요. 문호 씨가 앞으로 강남구청을 담당할 거예요."

"예?! 저 친구한테 강남구청을 맡기셨다는 겁니까?"

"예."

"강남구청이면 의원님 지역구에서 가장 중요한 관리 대상
이 아닙니까. 그 중요한 건을 고작 인턴에게 맡기셨다고요?!"

고마해라. 씨발아. 듣는 인턴 기분 더러워진다.

거 손가락질도 좀 치우고.

"예. 무슨 문제 있나요?"

"제가 미국에 있으면서도 가장 고심했던 부분이 강남구청입
니다. 강남구청의 도움이 있어야 앞으로 의원님의 행보에 큰 도
움이 되기 때문입니다. 그 중요한 일을 어떻게 인턴 따위……."

이 말을 들으며 김문호는 깨달을 수 있었다.

저 새끼 아무것도 모른다. 여기 누구도 저 새끼에게 현재

진행 상황을 알려 준 사람이 없다.

출발 선상이 비슷하다는 것.

'오호라, 제대로 싸움 붙일 작정이구나!'

어째서 이런 식으로 맞닥뜨리게 꼬아 놨는지는 이제 둘째 문제였다.

장대운의 사람 다루는 방식인지 아니면 다른 의도가 있는 건지 당장에 중요한 건 그게 아니고 저놈이 실태를 모른다는 게 제일 컸다.

미국에서의 약 한 달간의 공백.

저 보좌관 새끼는 그 시간 동안 핵심에서 비켜나 있었다.

'장대운…… 장대운…… 무섭네. 그렇게 열렬히 고백해 놓고 능력은 또 테스트해 보겠다?'

4급 보좌관 vs 인턴.

체급 차이는 상당하지만 그래도 양심은 있는지 공정성은 줬다.

정보의 차이는 곧 힘의 차이. 재밌었다.

불이 활활 타오른다.

'그렇게 원한다면 잡아먹어 주지.'

Chapter. 8

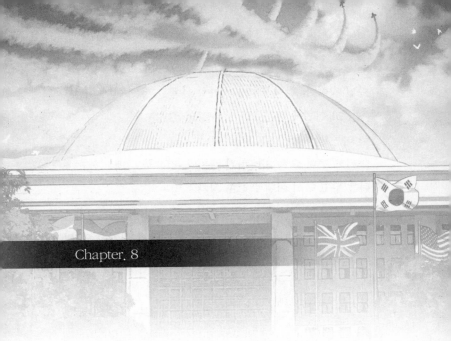

"그래서 문호 씨에게 맡긴 거예요."

"예?!"

"문호 씨랑 권 구청장이랑 좀 친하거든요."

"그게 무슨 말씀이신지……."

"엇! 문호 씨는 어서 출발하세요. 늦겠다."

"알겠습니다. 다녀오겠습니다."

인사만 하고 스윽 나가는 김문호를 본 도종현은 이 상황이
무슨 상황인지 파악하기가 어려웠다.

세상에 어떤 국회의원이 구청장의 커버로 인턴을 지목할까.

구청장에게도 무례 아닌가? 미친…… 건 아닐 테고.

315

설마 저 인턴이 강남구청장의 친인척이라도 되나?

아닐 것이다. 강남구청장의 가족 관계도 정돈 이미 머릿속에 있었고 거기에 김문호란 인물은 없었다.

뭐 하는 놈일까?

그러고 보니 슬쩍 지나치긴 했지만, 정은희도 백은호도 저 인턴을 두고 딱히 어떤 액션도 취하지 않는다.

'설마…… 낙하산인가? 강남구청장이 우리 당으로 입당했다더니 그때 같이 들어온? ……아닌데 그러면 시기가 안 맞는데. 아닌가? 예전부터 컨택 중이었나? 그렇다면 얘기가 되는데. 스캔들이 터진 김에 본격적으로 행동한 거라면…….'

생각이 그쪽으로 흐르자 도종현은 왠지 일의 전말이 손에 잡히는 듯했다.

'그럼 그렇겠지. 낙하산이 아니면 어떻게 이런 특혜를 받겠어. 7급 발령도 결국 강남구청장의 요청일 수도 있겠어.'

그제야 상황의 부조리함이 이해되는 듯했다.

밖에서야 체급 차가 분명한 게임이지만 강남구 국회의원이 된 지금 강남구청장은 일하려면 반드시 필요한 재원이었다.

주고받는 건 거래의 기본이고 그런 의미에서 김문호의 존재 하나 끼우는 것 정도는 일도 아니다. 납득되었다.

"……."

낙하산 김문호가 돌아온 건 3시간쯤 지나서였다.

정은희도 아니고 백은호에게도 들르지 않고 곧바로 장대운에게 간다.

"구청장께서 의원님이 언제쯤 또 오실 건지 물으셨습니다."

구청장이 어쩌고저쩌고.

"구청장님께서 식사는 언제쯤 하실지 물으셨습니다."

식사가 뭔지 모르겠지만 이러쿵저러쿵.

"구청장님께서 언제든지 지시 주시면 따르겠다고 하셨습니다."

보고 내용 자체는 건전했다.

겉보기에도 나무랄 데 없고 태도도 좋다. 구청장실에서의 상황을 정확히 묘사해 줘서 이해하기도 편했다.

그 정도 센스는 있다는 것.

다만. 왜 다이렉트일까. 정은희도 있고 백은호도 있고 여기 4급 보좌관 도종현이라는 프로도 있는데.

단계를 거치는 건 비단 이것이 조직 문화라서가 아니었다. 경험 많고 노련한 자가 중간에서 컨트롤을 해야 실수가 줄어든다. 상대 의중 파악부터 그 상대를 우리가 원하는 방향으로 이끄는 책략은 젊음의 패기로는 다룰 수 없는 영역이다.

김문호가 점점 더 눈꼴시다.

낙하산이라 해도 인턴 놈이 주제도 모르고 나대고. 그 꼴을 마냥 두고 보기엔 로펌에서 쌓은 경력이 눈물짓는다.

'자꾸 자극하네. 어디 한번 빡세게 가 보자는 소린가?'

다음 날이 되었다. 아침 7시에 출근한 도종현은 조간신문을 살피며 김문호가 언제 출근하는지 기다렸다.

"도 보좌관님, 일찍 나오셨네요."

"한 달 쉰 만큼 더 열심히 해야죠. 하하하하하."

8시 정각에 정은희가 도착하고 8시 30분에 백은호가 장대운을 수행하며 들어온다. 김문호는 그림자도 보이지 않는다.

'인턴 새끼가 빠져 가지고.'

"안녕하십니까. 좋은 아침입니다!"

그 순간 기운찬 아침 인사와 함께 김문호가 문을 열고 들어왔다. 인사가 시원한 건 나름대로 좋은 평가를 줄 수 있겠지만, 출근 시각이 8시 50분이다. 회장님도 아니고.

명망 높은 변호사도 이 시간에 출근하는 사람은 없었다. 전부 6시나 늦어도 7시에는 들어왔고 심지어 5시부터 그날의 스케줄과 회의에 필요한 자료를 점검하는 자들도 있었다.

장난도 똥 때리는 것도 아니고 인턴이 감히! 국회의원 사무소가 만만하지 않으면 절대로 있을 수 없는 일이다.

'미친 거구만.'

불렀다. 가방을 내려놓자마자 쫄래쫄래 다가온다.

"문호 씨."

"예."

"초면에 이런 말 하기 그런데. 법정 출근 시간이 9시까지라지만 조금 더 일찍 올 순 없나요?"

"……."

무슨 뜻인지 살피는 눈이다.

"업무를 9시 정각부터 시작하더라도 그 전에 최소한의 준비를 마쳐야 한다는 얘깁니다."

"아⋯⋯예."

"적어도 의원님보단 빨리 와야겠죠? 여기가 일반적인 회사도 아니고 갑자기 시키실 일이 생길지도 모르잖아요. 사무실 정리정돈도 좀 보고."

"옙."

대답은 공손히도 잘한다. 반항도 하지 않고.

태도가 조금 기특해 이 정도로만 하고 보내려 했다.

"그럼 내일부턴 기대해 봐도 되겠죠?"

"저 근데⋯⋯."

"왜요?"

"제가 사정이 있어서 아무리 빨라도 이 시간보단 10분 정도밖에 단축이 안 됩니다."

"뭐라고요? ⋯⋯지금 못하겠다는 겁니까?"

요놈 봐라. 말 잘 들으면 적당한 선에서 훈계하고 일 좀 가르쳐 주려 했는데. 이왕지사 좋은 게 좋다고 같이 일하는 사이에 얼굴 붉힐 일은 만들지 않으려고 했는데. 감히 거부?

도종현의 입가가 싸늘해졌다.

'이게 돌았나?'

인권과 소송의 나라라 불리는 미국에서도 이렇게는 못한다.

자본과 노동. 이 평행선 사이에서 거의 모든 기업이 노동자의 복지와 환경에 민감하게 반응하고 그만큼 상응하는 자원을 투자한다지만 유독 한 분야에서만큼은 여전히 전근대적으로 흘러갔다. 서비스업이었다.

고객과의 접점이 곧 매출로 직결되는 업의 특성상 그곳은 노동자의 이유보다 고객의 이유가 더 크게 작용한다.

고로 그로 인한 징계나 해고가 훨씬 자유롭다.

로펌은 법률 서비스업이었다.

고객의 민원을 최대의 효율로 뽑아내는 업종.

그렇기에 소송의 승률이 곧 힘이자 총이자 돈이었다.

힘 있는 파트너 변호사들은 대표 변호사마저 함부로 대할 수 없었고 그 파트너 변호사를 수행하는 변호사들은 그의 지시에 죽는 시늉까지 해야 한다.

까라면 까고 꺼지라 하면 무조건 꺼진다.

거절은 거절. 성에 차지 않으면 You Fire!

십수 년을 죽을 등 살 등 공부해 겨우 라이센트 딴 변호사도 파리 목숨일진대 하물며 인턴 따위가.

"이거 아주 일이 재밌네요. 설마 7급 발령이 예정됐다고 다 된 밥처럼 여기는 겁니까?"

"예?! 그게 아니라……."

"그게 아니긴 뭐가 아니에요. 6시, 7시에 나오라는 것도 아니고 고작 30분 정도 단축해 달라는데 안 된다고요? ……이거 진심입니까?"

"그 사정을 설명해 드리겠습……."

"그게 중요한 게 아니잖아요. 문호 씨는 국회의원 장대운 사무소에 입사했고 무엇보다 의원님의 이익이 우선시 돼야 합니다. 그러려고 급여 받는 거 아니겠습니까? 여기 있는 모두가 그

일을 위해 이 자리에 앉아 있는 겁니다. 큰일을 지시한 것도 아니고 의원님 출근하기 전에만 들어오라는 건데. 안 된다고요?"

"아닙니다. 오해이십니다. 이미 사정을 설명했고 허락도 받아서 그렇습니다."

"허락이요?"

이게 무슨 소리지? 도종현은 급히 정은희를 보았다.

정은희가 고개를 끄덕이며 사정을 얘기해 줬다.

"문호 씨의 사정이…… 으음, 말해도 되죠?"

말을 하다 말고 김문호의 의견을 묻는다.

"예, 당연히 알고 계셔야죠."

"그렇죠. 도 보좌관님도 알아야죠. 도 보좌관님."

"예."

"문호 씨는 6명의 동생을 돌보고 있어요."

"예?"

"그게……."

자초지종을 설명받는데.

도종현은 순간 뒤에서 해머로 내려치는 것 같았다.

낙하산이 아니었다. 고아에다가 고아원에서 퇴소한 애들을 데려다 재우고 먹이고 있단다.

걔들 아침 해 주느라 어쩔 수 없이 늦는 거라고.

팔에 소름이 쫙 돋았다. 미국은 인권의 나라였다. 약자에 대한 보호가 일상적인 나라. 물론 아닌 경우가 훨씬 더 많지만, 공론화됐을 경우에는 얘기가 달라진다.

약자 보호. 이 일이 밖으로 알려지는 순간 상원의원도 한 방에 날아갈지도 모르겠다. 하물며 15년짜리 변호사 커리어 정도는. 불우한 환경에서의 성공 스토리는 미국이든 한국이든 세계 어디든 공통분모다.

'아, 씨벌. 뒈질 뻔했네.'

물러서야 한다. 물러서야 지금이라도 봉합할 수 있다.

대체 어떻게 물러서야 체면도 지키고 커리어도 지키…….

그때 갑자기 김문호가 허리를 90도로 굽혔다.

"죄송합니다. 물의를 일으키려고 한 건 아닙니다. 저도 사실 제 사정을 대놓고 말씀드리기 조심스럽고 제 사정으로 인해 의원님께 피해를 드리기도 싫습니다. 죄송합니다. 오해는 당연합니다. 제일 늦게 출근하는 인턴이 어디 있겠습니까? 시간을 주시면 차차 단축하겠습니다."

틈이 나타났다! 얼른 파고들었다.

"커흠흠, 좋습니다. 이번 건에 대해서는 피차 오해의 소지가 있었으니 더는 거론하지 않겠습니다. 제가 김문호 씨의 사정에 대해 어두웠던 점을 인정하고 사과드리죠. 일을 시작하는 단계다 보니 아귀가 안 맞는 부분이 나올 수도 있지 않을까요? 그럼 그렇게 알고 이 일은 나중에 의논해 봅시다."

이 정도면 잘 빠져나온 것 같았다.

오해의 소지가 있었음을 언급하고 사과도 분명히 했고 그러면서도 나중까지 기약했으니.

빈틈 하나 찾을 수 없는 노련한 대처다.

도 프로 맞아. 이 정도면 꽤 괜찮게 마무리 지었어.

물론 아쉬운 점은 있다.

이번 일은 규모가 작다 보니 인력이 부족한 데서 온 괴리였다. 6급…… 하다못해 9급 비서만 한 명 있었어도 귀띔해 줬을 텐데.

'근데 김문호가 고아였어?'

전혀 그런 티가 안 나는데…… 왜 그걸 몰랐지? 이력서에 가족관계가…… 아! 장 의원이 이딴 게 왜 필요하냐고 뺐지? 학력도 빼려는 걸 겨우 막았는데. 그렇구나. 내가 빼는 걸 찬성했구나.

"으흠흠, 좋아요. 김문호 씨는 오늘도 강남구청으로 가나요?"

"예."

"오늘은 제가 동행합니다."

"옙."

잠깐의 망설임도 없는 대답이 나왔다.

이 녀석, 마음에 들었다 안 들었다 들었다 안 들었다. 한다.

"좋아요. 일 보시다가 이따 같이 출발하시죠."

"예, 알겠습니다."

자리로 돌아가는 김문호를 보는데 또 하나의 질문이 생겼다.

고아라면 여긴 어떻게 들어온 거지?

들어온 경위에 대한 건 둘째 치더라도 이 시점 국회의원 장대운 사무소에서 강남구청이란 의미는 기업이라면 사활이 걸린 중요한 거래처였다.

그런 거래처를 낙하산도 아니고 생짜 고아 출신 인턴에게 맡긴다고?

'하아…… 씨벌, 뭐가 이렇게 복잡해. 인턴 하나에.'

또 실수하지 않기 위해선 물어봐야 하는데.

정은희를 봤다. 컴퓨터 모니터에서 눈도 떼지 않는다.

백은호를 봤다. 언제 나갔는지 없다.

장대운은…….

젠장.

도저히 용기가 나지 않는다. 방금 물의를 일으켜 놓고 자숙의 시간도 없이 사고 치는 망나니 같은 건 더 싫다.

'그래, 이따가 보면 알겠지. 강남구청장이 어떻게 대하는지 보면…….'

◇ ◆ ◇

"아이고, 문호 씨 왔구나. 어서, 어서 와요."

엄청 반기네.

"이분은 누구……?"

스치는 눈길은 되레 이쪽이 불청객 같기도 하고.

"아아, 장 의원님 보좌관이시라고요?"

왠지 겉도는 느낌도.

'뭐지?'

도종현은 슬슬 헷갈리기 시작했다.

표면상 예의는 갖추나 아니, 분명히 예의를 다해 대접해 주기는 하나 대화의 주체가 계속 김문호였다.

"허허허허, 의원님이 정말 그렇게 생각하시나?"

"아이고, 저런…… 내가 조금 더 신경 썼어야 했구만."

"하하하하하, 그렇지. 그렇지. 안 그래도 고대하고 있네. 나 좀 팍팍 밀어주시게."

"식사? 좋지. 근데 의원님이 뭘 좋아하시나? ……그래? 아주 소탈하신 분이시구먼. 내 알아서 챙겨 봄세."

결론은 꼭 김문호와만 냈다. 나 여기 왜 따라왔지?

현타가 오기 직전, 강남구청장이 어떤 서류를 꺼내 넘겨줬다.

아주 두툼한 A4 용지 꾸러미였다. 제목이…….

오잉? 2004년 강남구청 재정 계획!

꿀꺽. 목울대가 자기도 모르게 움직인 도종현은 종이 꾸러미를 넘겨받자마자 서둘러 넘겼다.

'맞다. 재정 계획이다. 강남구청 사업의 모든 것!'

권진용 구청장과 김문호를 다시 봤다.

구청장은 이미 브리핑 중이었다.

"아무래도 세입을 늘릴 방법이 따로 없는 것 같아서. 어제 자네가 말해 준 대로 따라가 볼까 하네만."

'으응? 그게 무슨 소리?'

"자, 잠깐만요."

"예, 보좌관님."

"말씀 중에 죄송한데 방금 김문호 씨에게 뭘 들었다고 하신 것 같은데 어제 무슨 말씀을 나누셨습니까? 제가 이번에 오는 바람에 인수인계를 못 받았습니다."

"아아~ 별거 아닙니다. 돈 쓸데가 해가 갈수록 늘어나다 보니 쓸 만한 세입원이 없나 문의했습니다."

세입원이라면 예민한 분야였다.

게다가 세입원에 대한 일반적인 문제였다면 강남구청장이 따로 문의도 하지 않았을 것이다.

"그걸 김문호 씨에게 자문하셨다고요?"

"예."

인턴한테 세입원을?

어이가 없지만. 일단 참는다.

"뭐라고 했는지 여쭤봐도 되겠습니까?"

"긴 얘기는 아니고요. 문호 씨가 아주 간단하게 설명해 줬습니다. 일단 강남구청 내 숨겨진 은닉 세원이 있는지 찾아보라고 하더군요."

"아아, 그렇죠."

정답.

"다음은 고액 체납자들 위주로 강력 징수하고, 모범 납세인 등 감면 대상에 대해서는 합리적인 조정이 필요하다 했죠. 구청 내 낭비 요소도 파악하고요."

"아……예."

다 맞는 얘기다. 인턴이 아니라 일반인이더라도 충분히 거론해도 될 정도의 영역. 문제 삼을 곳은 1도 없다.

근데 어제는 왜 구청장과의 식사 얘기만 보고했을까?

도종현이 잠시 생각에 잠긴 사이 권진용은 본론을 꺼냈다.

"여기 좀 봐 주시게. 올해 본격적으로 밀어 볼까 했던 사업인데."

'주민 복지를 위한 예산 확보'란 소제목을 가리켰다.

내용은 몇 가지 없었다.

고령화 사회에 대비한 노인 복지 - 소규모 노인 센터 건립, 의료비 급여 지원.

경기 침체에 대비한 지역 경제 활성화 - 법인세 인하 및 행정 단계 축소.

자전거 이용 증대와 주차장 확보 - 지하철과 버스 정류장 근처에 자전거 이용대 설치.

주민 복지를 위한 문화센터 건립.

안전한 강남구를 위한 치안 계획 - CCTV, 관제센터, 가로등 시설물 관리.

"향후 5년간 2조 2천억 원이 투입될 계획일세."

2조 2천억 원이라는 숫자가 도종현의 정신을 벼락처럼 일깨웠다.

"예?!"

"예?"

"아…….."

"왜 그러십니까?"

"……아닙니다. 아, 죄송합니다. 제가 너무 생각에 잠겨 있었습니다."

오늘 진짜 실수 만발이다.

왜 이럴까? 천하의 도종현이가 왜 이렇게 아마추어같이 굴까?

더 기가 막힌 건 김문호의 반응이었다.

"에이, 구청장님, 이렇게 뭉개서 주시면 안 되죠. 부서별 내역 있죠? 그거 보여 주세요."

"그렇……지? 그걸 봐야 진단이 나오겠지?"

"그럼요. 그걸 보여 주셔야 얘기가 되죠."

"으흠흠흠, 문호 씨가 그럴 줄 알고 당연히 준비해 뒀지."

권진용 구청장이 이쪽을 쳐다봤다. 정확히는 이 손에 있는 종이 꾸러미를. 어서 내놓으라고.

어쩔 수 없이 줬다. 김문호는 아주 자연스러운 손길 페이지를 넘기고는 어느 한 부분에서 멈췄다.

"내가 이럴 줄 알았어요."

"왜 그러나?"

"이것 보세요. '안전하고 편리한 청사 관리' 항목에 5년간 170억이나 잡혀 있잖아요. 이 얘기는 계속 리모델링하시겠다는 거 아니에요?"

"그야…….."

"구청장님, 하루에 강남구청에 들르는 민원인들 숫자를 아세요?"

"……."

"모르시죠? 모르니까 1년 내내 속 편하게 리모델링하시는 거겠죠. 소음도 그렇고 그게 다 세금일 텐데 지나다니던 구민들이 인상 찌푸리는 거 한 번도 못 보신 거네요."

"그……런가?"

입을 떡 벌리는 강남구청장이었다.

김문호는 멈추지 않았다.

"여기도 또 보세요. 강남구의회 증축에 20억 원을 잡아 놨네요. 왜 걔들한테 돈을 쓰죠? 구 살림에 어떤 보탬이 됐다고요? 걔들 하는 것도 없잖아요. 증축? 구의원이 한 백 명 되나 봐요?"

"크음……."

강남구청장의 얼굴이 붉어진다.

"국외 선진 행정 벤치마킹에 11억은 또 뭐죠? 이거 해외여행 가겠다는 거 맞죠? 지금 시기가 어떤 시기인데 여기에 예산을 잡아요?"

"……."

"근데 여기 기타 항목은 또 뭐예요? 여기에 5년간 3천 9백억이 잡혀 있네요. 우와~ 이 큰 금액을 쓴다면서 구체적인 내용도 나열해 놓지도 않았어요. 그냥 막 대놓고 쓰겠다는 건가요? 이거 미친 거 아니에요? 이런 걸 우리 의원님이 두고 볼 거라고 생각하세요?"

"……."

고개를 푹.

"총무과 하나를 보는데도 이렇게 줄줄이 비엔나예요. 구청장님."

"……말하게."

"쇄신하신다 하셨잖아요."

"……"

"이거 올린 놈들부터 쇄신해야 할 것 같은데요."

"……"

"그리고 강남구청 이전 계획이 있다고 들었는데. 어떻게 하실 생각이세요?"

"그건…… 크음."

"아직도 미련이 철철 남으셔요?"

"후우…… 미안하네. 내가 또 예전으로 돌아간 모양이네. 별거 아니라고 생각했어."

"별거 맞아요. 미래 청년당에 오셨잖아요. 눈치 안 보고 제대로 일할 기회가 온 거잖아요. 뒤에 우리 의원님도 계시는데 똑같은 모습을 보이면…… 후우, 파이팅 좀 해 주세요."

"이거 면목이 없구만."

뭔 한 편의 연극인지.

지적한 내용이 예리한 건 둘째 문제였다.

숫제 혼내고 있었다. 저 60이 넘은 3선 구청장을.

구청장은 왜 또 바로 인정하고 무릎 꿇는지.

도종현도 김문호의 퍼런 서슬에 감히 끼어들지 못하고 있는 스스로를 발견했다.

'설마…… 나도 쫀 거야?'

"그냥 민원실만 고치시는 게 어떠세요?"

"민원실만?"

"민원인들의 편의 제공은 명분이 좋잖아요. 조금 더 깨끗하고 쾌적한 구청 나들이 정도로요. 하지만 직원들 사무실까지 해마다 돈을 몇십억씩 들여서 고칠 이유 있어요? 복지 포인트 예산도 섭섭지 않게 잡아 놨던데."

"으음…… 자네 말이 다 맞네. 1년 내도록 하는 리모델링이 구민들에게 어떤 식으로 비칠지 전혀 고려치 않았어. 알겠네. 재정 계획에 대해서는 일단 전체적으로 보이콧하겠네. 필요한 부분 외 나머지는 스톱시키지. 그러면 되겠나?"

"그래 주시면 구청장님께 좋은 선물이 갈 겁니다. 구민들께도요."

"알았네. 내 그렇게 함세."

그러고 끝. 또 쿨하게 헤어진다. 데이트하다가 시간이 늦어 각자의 집으로 가는 연인처럼.

김문호는 어제처럼 장대운 앞으로 가 시시콜콜한 것까지 전부 보고했고 장대운은 고개만 끄덕이며 별말 하지 않았다.

그 중요한 걸 자기 임의대로 처리했는데도 불구하고.

'그래, 네가 일반적인 인턴은 아니라는 거지?'

좋다. 수긍할 건 수긍하고 넘어가겠다.

어떻게 구슬렸는지 모르겠지만, 강남구청장이 인턴 놈에게 크게 의지하는 모습도 확인했고 이는 장대운 의원에게는 크나큰 도움이다. 객관적으로도 아주 큰 공을 세운 것.

물론 그 이면에 장대운이라는 힘이 크게 작용했겠지만, 어설픈 실무자 때문에 다 된 계약이 파탄 나는 걸 수없이 본 도종현은 김문호의 능력을 인정하지 않을 수가 없었다.

그건 그거고.

'이건 이거지.'

짚고 가야 할 문제가 많았다. 주제에 의외의 능력을 보이고 있다곤 하나 김문호는 위계질서를 무너뜨리는 중이다.

이는 용납할 수 없는 행태. 직책이란 그런 것이고 직책 간 단계는 조직을 유지해 주는 시스템이었다. 일 잘한다고 시스템을 무시하게 놔두는 건 조직을 위해서라도 좋지 않았다.

'그래, 내가 너무 어렵게만 가려 했어. 현실에 맞게 움직였어야지. 현실에 맞게.'

그 관점에서 보면 파고들 여지는 무궁무진했다.

한쪽에서 뛰어나다면 다른 쪽을 뒤집어 보면 될 일이다.

'이제 대학교 졸업한 놈이야. 문서 스킬이 있을 리가 없어.'

"문호 씨, 오늘 강남구청에서 있었던 일을 보고서로 올려주세요."

"옙."

군말 없이 대답하는 김문호이나 도종현은 속으로 웃었다.

이번만큼은 쉽게 넘어가지 못할 것이다.

나름대로 정성을 다하겠지만 결국 과제 리포트 수준이겠지.

문서 스킬이란 본래 많이 다뤄 보지 않으면 능력이 함양되지 않는다. 재능이 아무리 뛰어나도 최소한이란 물리적인 시간이 필요했다.

아마도 뒤죽박죽 논점을 찾을 수 없는 보고서가 올라오겠지.

그때 조용히 불러서 이것저것 코칭해 주면 된다. 상사로서
권위도 다지고.

　　"여기 보고서입니다."

　　"잘 정리한 거죠?"

　　"있는 그대로 옮겼습니다."

　　"그래요. 살펴보고 피드백 줄게요."

　　여기까진 누가 봐도 평범한 직장 상사와 부하의 대화다.

　　그러나 곧 아주 심도 있는 이야기가 나올 복선이라는 건 아
무도 모른다.

　　"어디 보자~ 음……."

　　'으응?'

　　뭐지? 틈이 없다.

　　어디 지적할 곳이 없다.

　　"……."

　　언제, 어디서, 누구와 무엇을, 어떻게, 왜…… 육하원칙에
의해 정확하게 나열돼 있다.

　　이번 만남의 목적과 나름의 평가까지.

　　가만 평가?

　　'강남구청장이 구청의 연간 계획에 불만을 품고 있다고?
아까 이런 말은 전혀 없었어…… 아! 재정 계획을 보여 준 자체
가 그 근거인가?! 이거 뭐야? 강남구청장의 바람대로 직언해
줬다고? 비로소 안심하는 얼굴을 봤다고?'

　　같이 나가서 다른 사람을 만나고 왔나?

'왜 나랑 다르지?'

게다가. 연간 계획에 불만? 안심하는 얼굴?

이 두 가지가 시사하는 바는 아주 명확했다.

- 강남구청장이 구청 연간 계획을 마음에 들어 하지 않는다.

이게 뭔 개소린지. 자기가 강남구청 최종 결재자잖아!

마음에 들지 않으면 처음부터 결재하지 않았으면 될 일이 아닌…… 설마 구청 내 인사에 다른 이들이 영향을 끼쳤다는 건가?

물어봐야 했다.

"이 평가 부분 말이죠."

"예."

"어떤 면에서 이런 판단이 나온 거죠?"

"이유는 간단합니다. 겉보기엔 편한 얼굴로 문의나 자문의 형식을 구했지만, 재정 계획은 기본적으로 대외비이기 때문입니다."

"그……렇죠."

국회의원은 언제든 강남구청의 자료를 열람할 수 있지만, 근거는 공식적인 요청에 의한다.

공식 요청도 없는데 대뜸 속살을 보여 준 격.

때문에 자신도 얼마나 놀랐는지 모른다.

"오늘 강남구청장의 목적은 재정 계획 컨설팅을 빗대 우리의 방향성에 대한 확신을 얻기 위이었습니다."

"그 말은 우리를…… 시험했다고요?"

"그렇죠. 저들과 똑같은지 아닌지."

"……!"

저들이라면 한민당?

강남구청장의 전 소속이 한민당이었으니 충분히 합리적인 추측이다.

"강남구청장은 수십 년 행정만 보아 온 행정통입니다. 국가 공무원 시절부터 행정으로써 엘리트의 길을 걸었고 구청 업무 또한 3선에 달하는 경험이 있습니다. 이 정도 문제점을 모르는 게 말이 안 되고 본인 또한 그걸 정확하게 인지하고 있었습니다."

"으음……."

"오늘 일로 강남구청장은 두 가지를 얻었습니다."

"두 가지나……요?"

"하나는 우리의 방향성과 비전이겠고요."

"방향성과 비전?"

"적어도 적폐는 아니구나. 정도죠."

"적폐……라. 후우, 다른 하나는요?"

"이제야 비로소 원하는 대로 일을 추진할 수 있겠구나. 라는 안심이죠."

"아……."

이게 본질이었구나. 살갑게 구는 강남구청장과 다소 딱딱하게 반응한 김문호가 나눈 대화의 본질.

도종현은 그제야 강남구청장이 보인 행동이 무엇을 뜻했는지 눈에 보이는 듯했다.

약한 척 간을 본 것이다. 얼굴도 붉어지고 멋쩍어하고 고개도 푹 숙이고 하며 우리의 반응을 유도했다는 것.

전부 계산된 행동이었다는 것. 그걸 김문호는 간파했다.

"그래서 듣고 싶어 하는 말을 해 준 것뿐입니다."

"……."

할 말이 없었다.

4급 보좌관이 인수인계 핑계나 대며 어버버 대는 와중에 인턴은 강남구청장과 치열한 수 싸움을 벌였다.

주고받고 주고받고 까불면 제동 걸고…….

'매일 강남구청에 출근하듯 다니던 것 같던데.'

계속 이 짓을 하고 있었다는 건가?

'이건 숫제 괴물……이잖아.'

뭐 이런 놈이 다 있을까?

이만한 놈이 어떻게 인턴인 건지.

인턴으로 부르면 안 된다. 절대 안 된다.

7급? 능력만 본다면 7급으로도 부족하다. 이유는…….

'내가 할 일을 얘가 다 하고 있었어.'

당장에 보좌관에 앉혀도 손색이 없는 능력이었다.

지금 당장 4급 보좌관으로 발령내도 아무도 이의 제기할 수 없는 기량.

도종현의 책상 아래로 내려간 손이 주먹을 꽉 쥐었다.

'낙하산이라고 인턴 놈이 주제도 모르고 나댄다고 생각했는데 오히려 내가 그 꼴인가?'

장대운을 보았다. 정은희를 보았다. 백은호를 보았다.

이들은 이미 알고 있었을 것이다. 이 괴물 같은 자식이 얼마나 대단한지를.

왜 말해 주지 않았냐고 물어봤자 자기 얼굴에 침 뱉기다.

'침착해야 한다. 침착해야 해. 여기에서 밀리면 변호사 커리어가 웃는다. 인정할 건 인정하고 넘어가자. 이 녀석이 나이를 뛰어넘는 능력을 가진 건 확실해. 하지만 그게 완벽하다는 얘긴 아니잖아.'

내기하다가 진 아이처럼 우기며 마음을 다잡아 봤지만.

졌다.

입에서 나오는 말도 머리와는 달랐다. 그러나 진심에 많이 가까웠다.

"좋아요. 이 보고서는 아주 훌륭하네요. 엑설런트를 주고 싶네요."

"아…… 감사합니다."

"일이 그렇게 흘러가고 있었다면 나도 더는 왈가왈부하지 않겠어요. 내 판단에도 문호 씨가 아주 잘 커버하고 있는 것으로 보이네요. 앞으로가 더 기대될 만큼 잘하고 있어요."

"감사합니다."

감격한 표정으로 인사하는 걸 보는데.

'내가 좀 쪼잔했나?' 부끄러운 마음도 들었다.

타고난 기획력과 분석력이 좋다 해도 스킬은 또 스킬이다 생각한…… 적어도 사무는 제대로 배워야 하지 않겠냐는 시도조차 정면으로 깨부순 녀석한테 여태 무슨 짓을 한 건지.

저 나이 때라면 도저히 가질 수 없는 영역에까지 도달한 녀석을 상대로. 제길.

'저 웃는 낯 뒤로 얼마나 많은 노력이 숨겨져 있기에.'

보지 않아도 알 것 같았다.

'고아 녀석이…… 그렇군. 이 녀석은 삶 자체가 전쟁이었겠어.'

왠지 지치는 느낌이다.

파면 팔수록 내 입지만 좁아지는 기분.

자존감에도 생채기가 났다.

'이런 아이를 갈굴 생각만 하다니. 도와주지는 못할망정 어른으로서 부끄러운 줄도 모르고. 도종현이 너 그렇게 살지 않았잖아.'

젠장. 우리 집이 언제부터 잘살았다고.

생활이 피기 시작한 건 형이 오필승에 입사하고서부터였다.

그 전까진 이사에 이사. 20번까지 세고는 지겨워서 안 셌다.

짐 트럭에 이삿짐과 실려 다니며 빌어 댄 일생의 소원이 내 집 갖기였고 집주인과 그 자식새끼들의 지랄만 안 보고 살 수 있다면 더 바랄 것도 없던 사람이 나다.

그런 가난뱅이 집안이 오필승과 만나면서 다리미로 펴듯 집안 자체가 쫙쫙 펴졌다.

구겨질 대로 구겨지고 검은 때가 더럽게 얼룩진 교복이 세

탁소에 들어갔다 나온 것처럼 깨끗하게 각이 선 것이다.

'개구리 올챙이 적 생각 못 한다고. 이 못된 놈아.'

"좋네요. 일 처리가 마음에 듭니다. 그런 의미로 일을 하나 더 주고 싶은데. 조금 어렵긴 해도 해 놓으면 모두가 도움 되는 일입니다. 관심 있습니까?"

"시켜만 주십시오. 최선을 다하겠습니다."

이랬다. 이 녀석은 처음부터 이렇게 최선을 다했다.

그걸 비틀어 본 놈이 배배 꼬인 거다.

부끄럽다. 창피하다. 수치스럽다.

장대운을 보았다.

어째 첫날부터 우리 문호 씨, 우리 문호 씨 하더라니.

이러니 안 이뻐할 수 있나.

"국회의원 현황을 만들어 볼까 해요. 앞으로 의원님께서 일 하실 때 참고할 만한 자료가 있어야겠죠? 나도 준비해 볼 테니 문호 씨도 따로 접근해 보세요. 문호 씨의 시선으로요. 한 2주면 될까요? 그때 같이 자료를 보면서 공유하는 건 어때요?"

부드럽게. 엘비스 프레슬리가 love tender를 부를 때보다 더 스무스하게.

이런 식으로 서로 최선을 다해 손잡는다면 남은 건 외적들 뿐이다. 아주 이상적인 보좌진이 될 거라 여겼는데.

"다 했는데요."

"예?!"

다 했다고? 뭘?

"다 해서 올렸습니다."

"그게 무슨 말이에요?"

"국회의원 현황 조사 이미 마쳤습니다."

"예?! 그게 무슨 말이에요? 국회의원 현황 조사가 무슨 문호 씨가 끝내야지 하면 끝날 만큼 쉬운 일이에요? 이름이나 알겠다고 지시한 게 아니잖아요. 약력부터 주요 업적, 추진하는 법안, 성향 등등 전부 조사해야지요. 이건 추후 문호 씨를 위해서라도 좋은 기회……."

"예, 다 해서 올렸습니다."

이게 정말 기회를 줘도…….

"지금 나랑 장난하자는 겁니까?"

"……."

"김문호 씨…… 아니다. 아니다. 벌써 다 올렸다고 했습니까?"

"예."

"다 올렸다고 했으니 확인해 보면 되겠네요. 가져와 보세요. 얼른요."

"예."

가져오랬더니 파일철 하나와 커다란 현황판을 들고 온다.

파일철은 그렇다 치고 저 현황판은 뭐지?

뒤집어 놨던 걸 돌리는데.

헐~.

국회 회관도였다. 각 층, 각 호실마다 들어간 의원의 사진과 그와 관련된 약력이 정리돼 있었다.

"저번에 강남구청장님께서 기자들을 몰고 오시는 바람에 한쪽에 치워 놓은 겁니다."

"……"

"그리고 이건 세부 내역입니다."

내놓는 파일철엔 각 호실 의원들의 신상 명세가 아주 세세하게 적혀 있었다. 속옷까지 센터 깐 것처럼 위험도 평가도 들어 있다.

얘 진짜 뭐야?

"이, 이걸 언제……?"

"출근하고 며칠이 안 돼 지시했는데 문호 씨가 금방 해 왔더라고요."

정은희가 대신 답한다.

"정 수석님, 이걸 이 친구 혼자 며칠 만에 했다고요? 그것도 출근한 지 얼마 안 된 사람에게 이런 걸 지시했고……요?"

"예, 국회 회관 사무실 배정을 연공서열순으로 한다잖아요. 감히 우리 의원님을 회의장 맨 앞에 앉혀 튀기는 침을 맞게 한다고 하고요. 로열층에 들어간 놈들이 어떤 놈들인지 확인하려고 시켰죠."

뭐가 어떠냐는 식의 정은희나 또 그걸 당연하게 해 오는 김문호나.

그 둘을 가만히 놔두는 장대운은 뭐고 백은호는 뭐…….

"……"

아유~ 씨벌 이젠 나도 모르겠다.

이 녀석은 7급이 아니라 5급으로 올려도 부족하다.

그냥 괴물.

하지만 이 나이가 되어 앵앵대는 건 더 못 봐준다.

끝까지 품위를 지키자.

"그……렇군요. 이 파일은…… 제 보기엔 더할 나위 없는데…… 의원님의 판단은 어떠시죠?"

장대운이 말없이 엄지 척.

"그렇군요. 모두가 비슷한 생각이군요."

김문호를 보았다. 또 다른 일 시키실 게 없는지 쳐다본다.

의욕 만땅. 눈이 반짝반짝거린다.

아~씨, 이젠 완전히 지쳤다.

하지만 입에서 나온 말은 그만 자리로 돌아가도 좋다는 말이 아니었다.

"문호 씨, 이따…… 저녁에 시간 있나요?"

"저녁 약속은 따로 없습니다."

말을 내뱉으면서 움찔했으나 도종현도 이왕 버린 몸, 멈추지 않았다.

"나랑 밥 먹을래요?"

"예?"

"할 얘기도 있고. 다음으로 미루자면 미룰게요."

"아닙니다. 도 보좌관님과 저녁 식사는 저도 바라는 바입니다. 영광입니다."

캬~~~.

그냥 대답일 뿐이고 조금 더 디테일하게는 저녁 식사를 바란다고 말해 준 것뿐인데 위안이 된다.

"그래요. 이따가 봐요."

"예."

퇴근 시간이 되자 두 사람은 어깨동무하듯 나란히 나갔고 정은희와 백은호는 부르지도 않았는데 장대운 곁으로 왔다.

"잘 풀린 것 같죠?"

"저도 그렇게 보입니다. 도 보좌관이 문호 씨를 인정한 것 같고 문호 씨도 도 보좌관에게 유감이 없어 보입니다. 식사하고 나면 꽤 친해져 있을 것 같습니다."

"최상인가요?"

"결과적으로 최최최최상입니다."

"극상이군요. 좋아요. 아주 좋아요. 그럼 이제 슬슬 일을 진행시켜 볼까요?"

"생각보다 빨리 해결돼 다행이에요. 두 사람 때문에 일부러 일을 미뤘는데."

"다 잘됐으니 내일부터 회의에 들어가 보죠. 슬슬 우리 사무실도 기지개 켤 때가 됐잖아요."

"넵, 준비해 놓겠습니다."

<2권에서 계속>

잇츠
초촌 현대판타지 장편소설
IT'S MY LIFE
마이라이프

무심코 내뱉은 술주정이 현실로?
다사다난했던 1983년으로 회귀하다!

우연한 술자리에서 속마음을 털어놓은 것은,
그저 가슴속 멍울을 해소하기 위한 몸부림이었다.

"솔직히 좀 부럽더라고요.
그런 인생을 살고 싶었거든요"

대기업 마케터로 잘나갔고, 작가의 삶도 후회하지 않는다.
마흔이 넘도록 내세울 것 하나 없다는 것만 빼면.
그래서 푸념처럼 했던 말인데, 정말로 현실이 될 줄이야.
5공 시절의 따스한 봄날, 7살의 장대운이 되었다.

지금이 아니면 다시는 돌아오지 않을 기회.
제대로 폼나게 살아 보자.
이 또한 장대운, 내 인생이니까.